磯　水絵
小井土守敏 編
小山　聡子

二松學舍大学学術叢書

源平の時代を視る

二松學舍大学附属図書館所蔵 奈良絵本『保元物語』『平治物語』を中心に

思文閣出版

装幀　上野かおる（鷺草デザイン事務所）

口絵1　即位式の場面（巻1）
（二松學舍大学附属図書館所蔵 奈良絵本『保元物語』より、以下同）

口絵２　鳥羽法皇が熊野参詣をする場面（巻１）

口絵３　崇徳院が配所で五部大乗経を書写する場面（巻６）

口絵４　西行が崇徳院墓所で歌を詠む場面（巻６）

口絵５　藤原信頼が源義朝に太刀を授ける場面（巻１）
（二松學舎大学附属図書館所蔵 奈良絵本『平治物語』より、以下同）

口絵６　信西の首が大路渡をされる場面（巻１）

口絵７　源氏の軍勢が集められた場面（巻２）

口絵８　常盤が母の助命嘆願のために平清盛のもとに参る場面（巻６）

緒言

二松學舍大学附属図書館蔵　奈良絵本『保元物語』『平治物語』（以下、二松本『保元・平治』と略称する）は、二〇〇五年度に鎌田廣夫・内田和文庫の資料として購入された。同文庫は、一九九九年に故鎌田廣夫教授夫人内田和氏の遺言によって寄せられた基金をもとに附属図書館に設置されたもので、以来、主に「国語学を学ぶ学生のため」に、貴重資料を蒐集し、構成されてきたものである。鎌田先生のお仕事の一角に、『佐賀県立図書館蔵平家物語』（複製。二松學舍大学出版部、一九八五年）、『天草本平家物語の語法の研究』（おうふう、一九九八年）等があることから、その蒐集品目中には自ずと軍記の類も多くなっていったのであるが、そこで、この文庫のいわば眼目として、最終期に残された基金の大半を割いて購入されたのが、この二松本『保元・平治』である。

それは、北海道の古書肆より買い入れられた新出本で、書誌は本学東アジア学術総合研究所研究成果報告書『二松學舍大学附属図書館蔵　奈良絵本『保元物語』『平治物語』』中に小井土守敏氏が「略書誌」としてまとめ、また、本書中にも改めて著しているからそれに譲るが、一二巻一二帖（『保元』・『平治』ともに六巻六帖の完本）で、表紙は緞子、本文料紙は金泥草木模様の鳥の子、見返しは卍繋地模様入り金紙、半紙本型列帖装の豪華本である。が、それは図書館に配架後、長らく書庫に眠っていた。そこで、貴重資料の公開推進が図られる昨今の事情を鑑みて、急遽、二〇一一年度二松學舍大学東アジア学術総合研究所の共同プロジェクト「二松學舍大学附属図書館蔵　奈良絵本『保元物語』『平治物語』の翻刻と研究」が、磯水絵・小山聡子・小井土守敏によって結成された。そして、翻刻の第一次稿本は、本学大学院生・学部生を募って開始された翻刻作業を受けて、二〇一二年三月に東アジア学術総合研究所研究成果報告書として上梓された。折から二〇一二年には平清盛が大河ドラマに取り上げられ、各地でそれに関わる展覧会やイベントが目白押しとなり、『平家物語』の絵巻、屏風絵、奈良絵本のみならず、それに先行する『保元物語』、『平治物語』等のそれも、多く世に紹介される仕儀となり、結果として、『保元・平治』の奈良絵本研究も、石川透氏を中心に大きく伸長した。本学において、二〇一二年二月二五日、一三年二月二三日に開催した公開ワークショップ「源平の時代を視る」も盛会であった。参考に、第一回、第二回の講演プログラムを次に記す。

第一回　「二松學舍大学附属図書館蔵『保元物語』『平治物語』について」　大妻女子大学　小井土守敏氏

「『保元・平治物語』の奈良絵本・絵巻」　慶應義塾大学　石川透氏

「奈良絵本「保元・平治物語」の装束について」　宮内庁書陵部　鈴木眞弓氏

第二回　「二松學舍大学蔵『保元物語 平治物語』の挿絵をめぐって」　立教新座中学校高等学校・立教大学兼任講師　出口久徳氏

「二松學舍大学所蔵『保元物語』『平治物語』にみえる建物等について」宮内庁書陵部　小森正明氏

「『愚管抄』と『保元物語』『平治物語』をめぐって」　日本女子大学名誉教授　麻原美子氏

この二回のワークショップが、諸方の二松本『保元・平治』への興味を深め、関心を呼び起こしたことは言うまでもないが、我々の研究にも多くの示唆を与えてくれた。

さて、二〇一三年一月には、東アジア学術総合研究所研究成果報告書を底本としての、「二松本『保元・平治』挿絵研究会」が、磯・小井土・田中幸江・神田邦彦、磯ゼミナール四年生（阿部美咲・泉谷絢子・小山田沙希）で組織され、五回の研究会が実施された。その席上においては、阿部・泉谷・小山田の三嬢より二松本『平治』

の挿絵の分析結果が報告された。それについてはさらに精査し後日発表する。
以上が、本プロジェクトの軌跡である。本書の上梓をもってその活動は終わるが、それが研究の終わりでないことは言うまでもない。

平成二十六年二月

磯　水絵

源平の時代を視る◆目次

第二部　奈良絵本と軍記物語

源平の時代を視る

二松學舍大学附属図書館所蔵　奈良絵本『保元物語』『平治物語』を中心に

奈良絵本『保元・平治物語絵巻』について

石川　透

一　はじめに

数年前、磯水絵先生から、二松學舍大学に奈良絵本『保元・平治物語』が入るので見てほしいとの御言葉をいただき、初めて奈良絵本『保元・平治物語』を拝見した。それまで、『保元・平治物語』の半紙本型の奈良絵本は、某書店に陳列されている作品しか見たことがなかったので、豪華な奈良絵本に感心しながら見入ったのである。半紙本型の奈良絵本は、綴葉装であることが特徴で、大本型奈良絵本や、絵巻であるならば、海の見える杜美術館に所蔵されているが、それらと同じように、二松學舍大学蔵の『保元・平治物語』も貴重な作品に思えたのである。

実は、それより以前に、半紙本型の『太平記』の奈良絵本が存在し、たいへんな意義があることがわかっていたし、また、半紙本型の『平家物語』の奈良絵本が複数あり、その筆跡に注目していたので、同じタイプの『保元・平治物語』も気になり出したのである。そして、磯先生を中心として、奈良絵本『保元・平治物語』の研究プロジェクトが始まり、さまざまな新たな情報をいただきながら、軍記物を中心とした奈良絵本・絵巻の研究の見直しができるようになったのである。

たまたま、二〇一二年七月に『保元・平治物語絵巻をよむ　清盛栄華の物語』（三弥井書店）を星瑞穂氏との共編で出版することができ、その解説と重なるところもあるが、あらためて、奈良絵本『保元・平治物語』について、考えてみたい。

二　奈良絵本『保元・平治物語』一覧

最初に、現在、どのくらいの数の、奈良絵本『保元・平治物語』が確認されているかを見てみよう。二〇一二年二月に行われた二松學舍大学でのシンポジウムで報告したが、これまでに知り得た『保元・平治物語』の奈良絵本は、以下の通りである。

海の見える杜美術館蔵　奈良絵本　六冊
二松學舍大学図書館蔵　奈良絵本　一二帖
某書店蔵　奈良絵本　一二帖（朝倉重賢晩期の筆跡）
彦根城博物館蔵　奈良絵本　一二帖（朝倉重賢晩期の筆跡）
エジンバラ市図書館蔵　奈良絵本　九帖（元一二帖）
石川透蔵　奈良絵本　断簡一二枚（絵のみ）

これら以外に、これらと同時代に制作されたと思われる、
海の見える杜美術館蔵　絵巻　一二軸（源平盛衰記絵巻・太平記絵巻と同筆）
が存在し、これについては、『保元・平治物語絵巻をよむ　清盛栄華の物語』で、その筆跡について論じ、その

挿絵部分は、小さくはあるが、全てをカラーで紹介した。

さらには、二〇一二年秋の根津美術館での展覧会で紹介された、小型扇面の『保元・平治物語』も興味深い作品で、同時に展覧されていた、小型扇面の『平家物語』とほぼ同類であることは簡単にわかった。おもしろいことに、小型扇面の『平家物語』は、現存しているものだけでも十点近くある。だいたい、小型扇面の作品は、そう多くないのに、見つかると、『平家物語』や『保元・平治物語』なのである。その制作年代を推定するのは難しいが、現在では、江戸時代前期の制作と考えるのが妥当であろう。

その小型扇面の『平家物語』と『保元・平治物語』が存在するのと同じように、半紙本型の奈良絵本『平家物語』と『保元・平治物語』が存在しているのである。特に、小型扇面の方は、絵だけしか存在しないので、時代を判定するのは難しいが、その絵は、半紙本型奈良絵本の『平家物語』や『保元・平治物語』とよく似ている。決して切り離せない関係であると思われる。

三　奈良絵本『保元・平治物語』について

ところで、一覧した奈良絵本『保元・平治物語』は、いずれも奥書等、時代を特定する材料は存在していないが、江戸時代前期の制作と考えられる。特に、二番目以下の五点は、半紙本型の綴葉装であること等、特徴が一致する。同じような環境で制作されていたことは明らかであろう。その根拠は、拙著『奈良絵本・絵巻の生成』(三弥井書店、二〇〇三年八月)、『奈良絵本・絵巻の展開』(三弥井書店、二〇〇九年五月)、『入門　奈良絵本・絵巻』(思文閣出版、二〇一〇年八月)等に記したので、それらを御参照願いたいが、これまで、美しさの印象からもっと新しいと考えられていた奈良絵本・絵巻が、だいたい十七世紀を中心に作成されていたことが、明らかになってきたのである。

奈良絵本・絵巻として考えた場合、『保元・平治物語』は、絵巻が一点、大型奈良絵本が一点、半紙本型奈良絵本が五点現存していることになる。半紙本型が圧倒的に多いのである。この状況は、『平家物語』の奈良絵本・絵巻と同じである。江戸時代前期から中期に制作された版本の世界においても、『保元・平治物語』『平家物語』『太平記』の軍記物語は、どこか似た作品が多く作られている。江戸時代前期は、ジャンルによって本としての形が決まっていたとまではいえなくとも、それに近い状態であったのである。

しかも、一覧に示したように、半紙本型奈良絵本『保元・平治物語』のうち、二点の本文は、朝倉重賢と思われる筆跡である。半紙本型奈良絵本『平家物語』においても、最近、朝倉重賢と思われる作品が数点出現している。奈良絵本としては、十冊以上の作品は大部なものである。その大部な『平家物語』や『保元・平治物語』を、それぞれ複数同じ人物が書いているのである。場合によっては、『保元・平治物語』と『平家物語』のセットの奈良絵本があったかもしれない。朝倉重賢は、これら以外の奈良絵本においても、大量にその本文を記しているが、分量的に多いのは、これに『太平記』を含めた軍記物語なのである。

二松學舍大学蔵奈良絵本『保元・平治物語』は、朝倉重賢の筆跡ではないが、その制作方法は酷似している。もちろん、基本的に、上記の軍記物語の半紙本型奈良絵本は、それぞれがとてもよく似ているのである。おそらくは、江戸時代前期の京都の絵草紙屋が注文を受けて、同じような作品を多く制作したのであろう。それは、版本のような普及版ではなく、豪華な彩色絵入りの高級品なのである。

その奈良絵本のような高級品を注文する人物たちといえば、おそらくは、大名家であろう。現在でも、細川家、真田家、井伊家等の有力大名の家に伝わっている作品が多いことからすると、大名家が武士の家として、軍記物語の豪華奈良絵本を注文し、保管していたと考えるのが妥当であろう。もちろん、家の先祖が登場するような作品であるならば、喜んで注文したであろう。

これらの奈良絵本・絵巻は、とても美しい状態で保存されていることが多い。おそらくは、大名家により保管され、ほとんど中身を見ることもなかったのかもしれない。これらの作品は俗に棚飾り本といわれるくらいであるから、大切に飾られるだけであったかもしれない。もちろん、それよりは、蔵にしまわれたままであった可能性の方が高いであろう。場合によっては、嫁入り本として、姫君に持たせた可能性もあるが、さすがに嫁入り道具としては、『伊勢物語』や『竹取物語』の奈良絵本・絵巻の方がふさわしいであろう。それよりは、自分の家の武士としての価値を高める道具として、軍記物語の豪華本を所有していたのではないかと思うのである。

四　おわりに

小型扇面を含めて、『保元・平治物語』の奈良絵本・絵巻に類する作品がにわかに多く出現し、それらがみな類似していることから、同じ時代に、同じような環境で制作されたものだと推測できる。特に、軍記物語においては、半紙本型奈良絵本が多く制作されている。これは、その本文の分量が多いことに起因していよう。おわかりのように、本文の長い作品を絵巻や大型奈良絵本に仕立てると、費用もかさみ、時間もかかるのである。そこで、半紙本型ならば、もちろん豪華であっても、少し小さな字で書けるし、挿絵に使う絵の具も少なくて済む。注文を受けてから、比較的短期間に完成させることもできるのである。

おそらくは、注文主が大名家であったために、その注文があったのは、江戸時代前期に偏り、中期以降になると、どの大名家も経済的に苦しくなり、とうぜん注文がなくなってくる。注文がなくなれば、それを制作する絵草紙屋も消滅していく。まさに、奈良絵本・絵巻の制作は、当時の時代や、環境を写す鏡であったのである。一見美しく見えるがために、江戸時代後期の制作といわれることもあるが、注文主や経済的なことを考えれば、まさに江戸時代前期に落ち着くのである。

拙著で論じたような、筆跡や記入年号の証拠だけではなく、その周りの状況からみても、奈良絵本・絵巻の制作時期は限られ、二松學舍大学蔵奈良絵本『保元・平治物語』も、まさにそのような時代に作成されたものと考えられるのである。

第一部　二松學舍大学附属図書館所蔵の奈良絵本『保元物語』『平治物語』の諸相

二松學舍大学附属図書館蔵奈良絵本『保元物語』『平治物語』について

小井土守敏

本稿は、二松學舍大学附属図書館が所蔵する、奈良絵本『保元物語』『平治物語』（以下、二松本と略す）の書誌的な情報および問題点を報告し、特にその本文について、考察を加えるものである。

一　書誌

本書の書誌情報は、以下の通りである。

巻　数　一二巻一二帖（『保元物語』『平治物語』ともに六巻六帖の完本）
表　紙　水紋に紅葉等をあしらった緞子
大きさ　縦二四・〇cm×横一八・〇cm
製本様式　列帖装
綴　糸　朱（改綴）
本文料紙　金泥草木模様鳥の子
見返し　卍繋地模様入り金紙

半葉行数　一〇行
一行字数　一六～一九字
字　高　一九・五cm（全巻一筆、平仮名交じり。濁点・ふりがなを付すが、必ずしも一定ではない）
丁数等（現況）

『保元物語』

巻	前遊紙	墨付	挿絵（内、見開き絵）	後遊紙
一	1	38	12（4）	1
二	1	37	10（5）	4
三	1	45	8（4）	4
四	1	50	9（3）	4
五	1	49	11（3）	2
六	1	44	9（2）	1
計	6	263	59（21）	16

『平治物語』

巻	前遊紙	墨付	挿絵（内、見開き絵）	後遊紙
一	1	40	9（4）	3
二	1	54	9（5）	3
三	1	45	8（5）	3
四	1	52	11（4）	1
五	1	44	12（1）	1
六	1	41	9（2）	2
計	6	276	58（21）	13

外　題　「保元物語　絵入　一（～六全）」「平治物語　絵入　一（～六全）」
題　簽　金泥雲霞引き書き題簽（縦一四・一cm×横三・三cm）を表紙中央に貼付
目録題　「保元物語巻第一（～六）目録」「平治物語巻第一（～六）目録」
内　題　『保元物語』巻一のみ「保元合戦記上」、他「保元物語巻第二（～六）」「平治物語巻第一（～六）」
尾　題　なし
識　語　なし
印　記　なし
箱　あり

製作年代　寛文延宝（一六六一～八〇）頃
その他　錯簡あり（『保元物語』巻五の一五オ以降巻末までは『平治物語』巻六の一七オ以降巻末までと錯簡）
錯簡を訂した場合の丁数等

『保元物語』

巻	前遊紙	墨付	挿絵（内、見開き絵）	後遊紙
一	1	38	12（4）	1
二	1	37	10（5）	4
三	1	45	8（4）	4
四	1	50	9（3）	4
五	1	39	9（2）	2
六	1	44	9（2）	1
計	6	253	57（20）	16

『平治物語』

巻	前遊紙	墨付	挿絵（内、見開き絵）	後遊紙
一	1	40	9（4）	3
二	1	54	9（5）	3
三	1	45	8（5）	3
四	1	52	11（4）	1
五	1	44	12（1）	1
六	1	51	11（3）	2
計	6	286	60（22）	13

錯簡を生じている点は惜しまれるが、表紙や見返し、本文料紙等、上質な材を用いており、また保存の状態も良好で、全般に非常に良い状態の美本である。絵数も、『保元物語』五七図、『平治物語』六〇図（いずれも錯簡を訂した数）と、後に取り上げる他伝本類と比較しても多く、贅沢な作りとなっている。こうした点からも、この本は、しかるべき家柄の武家が所有した、調度品としての美装本、いわゆる嫁入り本であろうことが想像される。

二　錯簡の発生と製作工程の推定

前掲の通り、本書の製本様式は列帖装である。列帖装とは、料紙を数枚から一〇枚程度、重ね合わせて中央から内側へ向けて二つ折りとし、数折重ねて、表と裏に表紙を加え、各折の折り目に綴じ穴を開け、両端に針を付けた二本の糸を用いて綴じ合わせたものである。(1)本書に生じた錯簡について考えるうえで、まず、本書を構成している折と料紙の数を確認しておきたい。

『保元物語』（現状）

巻	折数	各折紙数	紙数合計
一	2	10 11	21
二	2	10 12	22
三	3	9 9 8	26
四	3	10 10 8	28
五	3	8 10 9	27
六	3	8 9 7	24

『平治物語』（現状）

巻	折数	各折紙数	紙数合計
一	3	9 7 7	23
二	3	10 10 10	30
三	3	9 9 7	25
四	3	9 10 9	28
五	3	8 7 9	24
六	3	9 7 7	23

　各巻は、二ないし三折からなっており、各折は一〇枚前後の料紙によって構成されている。本書で生じている錯簡、すなわち『保元物語』巻五の一五オ以降巻末までと『平治物語』巻六の一七オ以降巻末までとの錯簡であるが、『保元物語』巻五の一五オ以降というのは、巻五の第二・第三の折に、『平治物語』巻六の一七オ以降は、巻六の第二・第三の折に該当する。なお、折の内部における順序に齟齬は生じていないことから、本書に生じた錯簡は、折の綴じ違えによるものである。

　そこで問題となるのが、この綴じ違えは、どの段階で生じたのかという点である。筆者は当初、列帖装の書物にしばしば見受けられる、綴じ直し時の錯誤と考えた。綴じ糸の劣化により、解体してしまった書物を、改めて綴じ直した際に錯簡が生じてしまったのだと。

しかし、本書の状態は、先にも述べた通り、非常に良好である。多くの人々の閲覧に供され、さかんに開閉されたとは、やはり考えにくい。また、一二巻すべての綴じ糸が同程度の経年を思わせる赤糸であることから、綴じ直しが行われたとすると、全冊改綴済みということになる。はたしてそのようなことがあるだろうか。制作の当初から、すでに錯簡は生じていたとは考えられまいか。これまでに見てきたように、装丁や筆致、画風、あるいは箱の大きさなどを考え合わせても、この二作品は取り合わせたものではない。しかるべき家格の者が、しかるべき対価を支払って、制作させた〝お道具〟としての美装本である。同じ工房で、同時に制作されたと考えるべきであり、その制作段階から、すでに錯簡は生じていたとは考えられないだろうか。

そもそも列帖装の書物は、その製本様式から、冊子体として完成してから本文が書き込まれるのが一般的である。書き上げた（刷り上げた）料紙を書写面（印字面）を表に山折りして綴じ重ねる袋綴じの様式と異なり、列帖装の書物が帖の末尾に余白を残すこと多いことからも、そのことは理解されよう。ただし、すべての列帖装の書物が、完全に製本された冊子体に書き込まれていくわけではなさそうである。特に、それが商品として繰り返し制作されているような場合、列帖装を構成する各折を仮綴じした、あるいはただ料紙を必要数重ねて半折しただけの状態でも、書写は始められるわけである。各折が、本文・絵ともに揃った後に、綴じ糸で綴じる。その段階で、折を取り違えた可能性を考えるのである。

本書がどの段階で綴じられたのかを考える際に、注目したいのが、絵の収まり方である。

本書の挿絵は、別紙に描いて片面もしくは見開き面に貼り付けられている。(2)『平治物語』巻一の三八オの次に白紙の見開きがあるが、三八ウ・三九オにわたる見開き絵〔平9〕の片面が剝離したものと見られることからも、そのことは確認できる。挿絵が配置される丁の直前は、調節のためとおぼしき散らし書きふうの配字がなされていることから、挿絵の配置場所は、あらかじめ決定していたと考えられる。挿絵の位置が決まっていたということは、当然、挿絵の絵柄、挿絵の数も決まっていたということでもある。その上で、筆耕と絵師とがそれぞれに制作を進め、製本段階で統合していったという工程が考えられる。

さて、見開き絵のほとんどは、それぞれの折の中で、異なる料紙をまたぐかたちで貼り付けられているが、見開き絵の中央部には、糸綴じのための切り込み口が確認される（〔保25〕等）。これはその糸綴じ以前の段階で、絵が貼り付けられていたことを示している。

また、見開き絵の中で、絵が折の中央部に位置する場合がある。すなわち、料紙の見開きに、そのまま見開き絵が貼り付けられているケースである。列帖装の場合、折の中央部には、必ず綴じ糸が現れる。『保元物語』巻六の三九ウ・四〇オの見開き絵〔保56〕および『平治物語』巻四の四五ウ・四六オの見開き絵〔平36〕がそれに該当するが、そこには綴じ糸が絵の上に現れている。すなわち、絵は、糸綴じの前に貼り付けられていたことがわかる。

さらに、折と折の間に見開き絵が置かれる場合がある。『平治物語』巻二の一八ウ・一九オの見開き絵〔平13〕および同三八ウ・三九オの見開き絵〔平17〕である。前の折の最終面と、次の折の最初の面にまたがる配置で、折同士を綴じた後でないと貼り付けられないと思われる。しかし、見開きの中央部をよく見ると、閉じるための切り込み口が確認できる。つまり、折同士が糸で綴じられる以前にこれらの見開き絵は折をまたいで貼り付けられ、その後に背に綴じ糸を通すための切り込み口が入れられたということである。ちなみに、この帖は三つの折から構成されるが、たまたまその折りをまたいで見開き絵が配置されたため、列帖装に特有の〝表紙の巻き込み〟が見られないことになる。

これらのことから、本書の制作工程において、糸綴じは〝おおむね〟最終段階で行われたと考えられる。折ごとに本文が作成され、挿絵が貼り付けられ、表紙が準備され、折同士を並べて必要ならばその間を挿絵でつなぎ合わせ、その後に糸で綴じられた。その工程において、『保元物語』巻五の第二・第三の折と、『平治物語』巻六の第二・第三の折とが取り違えられてしまった。本書の錯簡は、やはり制作当初に生じていたものと考えてよいものと思う。ただし、『平治物語』巻三に、以上の検討に対していささか不都合な現象が生じている。『平治物語』巻三の四一ウ・四二オの見開き絵〔平26〕は、実は第三の折の中央部に位置しているが、綴じ糸が確認できない。綴じ糸は、絵の下にあると思われる。つまり、この絵についてのみ、糸綴じの後に貼り付けられたということになるのである。本帖の見開き絵のいくつかには、糸綴じのための切り込み口が確認されるので、原則的には絵は糸綴じの前に料紙に貼り付けられていたと思われる。〝おおむね〟最終段階と述べたのは、これ故である。この部分を、合理的に説明するすべを筆者は持たないが、一点一点手作業による制作の現場を想像するに、こうした例外的事象――錯簡を含む――は起こりうるだろうと考えるのである。

三　奈良絵本『保元物語』『平治物語』の諸本

奈良絵本および絵巻『保元物語』『平治物語』の諸本については、原水民樹氏が二〇〇四年の御論考でその概要を整理され(3)、最近では石川透氏が二〇一二年時点の諸本の伝存を報告されている(4)。それらを整理すると次のようになる。

二松學舍大学図書館蔵　奈良絵本　保元・平治物語
彦根城博物館蔵　奈良絵本　保元・平治物語　※
海の見える杜美術館蔵　保元・平治物語絵巻(5)　※
海の見える杜美術館蔵　奈良絵本　保元・平治物語(6)　※

玉英堂書店蔵　奈良絵本　保元・平治物語（「玉英堂稀覯本書目」第二一〇号（平成四年一〇月）掲載）(7) ※
エジンバラ市図書館蔵　奈良絵本　保元・平治物語（残欠本）
原水民樹氏蔵　奈良絵本　零葉　※
石川透氏蔵　奈良絵本　断簡

原水氏は、このうち※を付した五本にチェスター・ビーティー・ライブラリィ蔵『平治物語絵巻』を加えた六伝本について調査され、絵においても本文においても、伝本間の相互関係は判然としない、ただし、本文の底本に、寛文三年（一六六三）版平仮名交じり絵入り整版本の如きものを用いている可能性が高い、ということを指摘された。本文についてはさらに、絵を持たない流布本系統美装本の一〇伝本にまで調査対象を広げ、本文の分類を試み、これらの底本と考えられる本文は、古活字版以降、明暦三年（一六五七）版本までであり、その後に刊行される貞享二年（一六八五）版・元禄一五年（一七〇二）版は該当しないことから、奈良絵本及び美装本の作成方式は、貞享二年版本の出版・普及以前にすでに固定していたかと指摘される。

こうした先行研究に導かれつつ、二松本『保元物語』『平治物語』について、検証を進めていきたい。

原水氏は、先の六伝本について伝本間の相互関係は判然としないとされたが、二松本とではいかがであろうか。まずは、奈良絵本（冊子体）の体裁をとる二松本、彦根城博物館蔵本、玉英堂書店蔵本、海の見える杜美術館蔵奈良絵本、エジンバラ市図書館蔵本の五本に寛文三年平仮名交じり絵入り整版本を加えた六本を対象として、その絵数の一覧を以下に示す。なお筆者が実物に当たって調査し得たのは、二松本、彦根城博物館蔵本、寛文三年平仮名交じり絵入り整版本であり、これ以外は目録等による確認である。

エジンバラ市図書館蔵『平治物語』は完本ではないので参考に留めるとして、絵数のみを比較してみても、二松本と他の伝本間とで類似性は見出せない。むしろ、二松本が、絵数、特に見開き絵の絵数において、群を抜い

	『保元物語』							『平治物語』							
巻	一	二	三	四	五	六	計	一	二	三	四	五	六	計	合計
二松本	(4) 12	(5) 10	(4) 8	(3) 9	(2) 9	(2) 9	(20) 57	(4) 9	(5) 9	(5) 8	(4) 11	(1) 12	(3) 11	(22) 60	(42) 117
彦根城博物館蔵本	(1) 7	(2) 6	(2) 7	10	7	7	(5) 44	(1) 8	(2) 7	(2) 8	(1) 10	8	(1) 9	(7) 50	(12) 94
玉英堂書店蔵本	(2) 7	(3) 5	(2) 6	(1) 7	(2) 6	(2) 6	(12) 37	(2) 8	(2) 6	(2) 8	(1) 6	(2) 6	(2) 6	(11) 40	(23) 77
海の見える杜美術館蔵本							35							37	72
エジンバラ市図書館蔵本							47								
寛文三年版本	11		13		11		35	15		10		12		37	72

（ ）内は見開き絵の数。海の見える杜美術館蔵奈良絵本およびエジンバラ市図書館蔵本の見開き絵数は不明。

て多く、その豪華さが理解されよう。

原水氏は、彦根城博物館蔵本と玉英堂書店蔵本の絵の類似性を指摘し、石川透氏はこの二本の本文を朝倉重賢晩年の筆跡と判じている。また、原水氏は、海の見える杜美術館蔵奈良絵本の絵は、彦根城博物館蔵本とは異なるが、絵数も含めて寛文三年版本と酷似すると指摘される。

二松本の絵は、筆者の素人目には、彦根城博物館蔵本のもとのは異なるようにみえる。おそらく二松本に先行して制作されたものと考えられる彦根城博物館蔵本は、大きさ・体裁・分量等、かなり似通うところがあるものの、同じ場面を描いた絵であってもその構図を異にするなど、この二本間の相互関係は認めがたい。原水氏が御論考の中で指摘されている彦根城博物館蔵本の脱文箇所[8]についても、二松本はその部分を備えている。また、二松本の絵は、寛文三年版本の挿絵とも、絵画化する場面の相違や、同じ場面であっても異なる構図であることから、寛文三年版本ならびに海の見える杜美術館蔵奈良絵本との直接的な関係も認められないことになる。つまり、二松本を加えてみても、これら奈良絵本の伝本間の相互関係はわからないということになる。

四　二松本の巻立てについて

三巻仕立てで知られる『保元物語』・『平治物語』であるが、書誌に記した如く、該書はそれぞれの物語を六巻に分割し、併せて一二巻（帖）に仕立てている。これは、二松本ばかりでなく、彦根城博物館蔵本や玉英堂書店蔵本も一二巻としているところからすると、こうした豪華本の類で一般に行われていた巻立てだったようである。おそらく『平家物語』の一二巻に倣い、〝保元平治の物語〟として一二巻ということであろう。

本節では、六巻仕立ての巻立ての様子を報告することとする。実際に調査できた彦根城博物館蔵本ならびに寛文三年版本についても掲出しておく。

彦根城博物館蔵本との比較においては、『保元物語』の巻六、『平治物語』の巻二で、巻の分割に相違が認められる。やはり両本に直接的な関係はないと見るべきである。ただ、いずれも寛永三年版、いわゆる版行本系統の

『保元物語』

章段名	二松	彦根	寛文
後白河院御即位の事			
法皇熊野参詣幷御託宣の事			
法皇崩御の事			
新院御謀叛思し召し立たるゝ事	一	一	
官軍方々手分けの事			

親治等生け捕らるゝ事 新院御謀叛露顕幷調伏の事付内府意見の事			一
新院為義召さるゝ事付鵜の丸事 左大臣殿上洛の事付着到の事 官軍召し集めらるゝ事 新院の御所各門々固めの事付軍評定の事 将軍塚鳴動付彗星出づる事 主上三条殿行幸事付官軍勢揃への事	二	二	一
白川殿の義朝夜討ちに寄せらるゝ事 白川殿を攻め落とす事 新院左大臣殿落ち給ふ事 新院御出家の事	三	三	二
朝敵の宿所焼き払ふ事 関白殿本宮に帰復し給ふ事 左府御最後幷大相国御歎きの事 勅を奉て重成新院を守護し奉る事 謀叛人各々召し捕らるゝ事 重仁親王の御事 為義降参の事 忠政正弘等誅せらるゝ事 為義最後の事 義朝弟誅せらるゝ事	四	四	二
義朝幼少の弟悉く誅せらるゝ事 為義の北の方身を投げ給ふ事 左大臣殿の御死骸実検の事 新院讃州に御遷幸幷重仁親王の御事	五	五	

不塩君の事	六	六	三
左府の君達付謀叛人各遠流の事			
大相国御上洛の事			
新院御経沈めの事付崩御の事			
為朝生け捕り遠流に処せらるゝ事			
為朝鬼が島に渡る事（幷最後の事）			

『平治物語』

章段名	二松	彦根	寛文
信頼信西不快の事	一	一	一
信頼卿信西を亡ぼさるゝ議の事			
三条殿へ発向付信西の宿所焼き払ふ事			
信西の子息闕官の事付除目の事幷悪源太上洛の事			
信西出家の由来幷南都落ち付最期の事			
信西の首実検の事付大路を渡し獄門に掛けらるゝ事			
唐僧来朝の事	二		
叡山物語の事		二	
六波羅より紀州へ早馬立てらるゝ事			
光頼卿参内事幷許由事付清盛六波羅に上着の事			
信西の子息遠流に宥めらるゝ事			
院の御所仁和寺に御幸の事			
主上六波羅に行幸の事			
源氏勢揃への事			
待賢門軍の事付信頼落つる事＊	三	三	
義朝六波羅に寄せらるゝ事幷頼政心替わりの事付漢楚戦ひの事			
六波羅合戦の事			
義朝敗北の事			

信頼降参の事幷最期の事 常盤註進付信西子息各遠流に処せらるゝ事 義朝青墓に落ち着く事 義朝野間下向の事幷忠致心替わりの事 頼朝青墓に下着の事	四	四	二
金王丸尾張より馳せ上る事 長田義朝を討て六波羅に馳せ参る事付大路渡して獄門に掛けらるゝ事 忠致尾州に逃げ下る事 悪源太誅せらるゝ事 清盛出家の事幷滝詣で付悪源太雷となる事 頼朝生け捕らるゝ事付常磐落ちらるゝ事 頼朝遠流に宥めらるゝ事付呉越戦ひの事	五	五	三
常盤六波羅に参らるゝ事 経宗惟方遠流に処せらるゝ事同召し返さるゝ事 頼朝遠流の事付盛安夢合はせの事 牛若奥州下りの事 頼朝義兵を挙げらるゝ事幷平家退治の事	六	六	

巻立てには倣っており、それをさらに二分割しているということがわかる。章段名についても、おおむね寛永三年版に倣っているが、一か所、寛永三年版や二松本が「待賢門軍の事付信頼落つる事」（平治・巻三）とするところを、彦根城博物館蔵本のみ「待賢門軍の事付官軍内裏へ入替る事付信頼落つる事」とする。

巻を改めるに際し、特段の本文改変は行われていない。ただ単純に巻（帖）を改めたという感じである。彦根城博物館蔵本との相違箇所について触れておくと、「不塩君の事」（保元・巻六）が、美福門院の介入で皇位が決められたことを批判するための説話であると解するならば、巻五の「新院讃州に御遷幸幷重仁親王の御事」との関連が深く、彦根城博物館蔵本の巻立ての方が妥当であると考えられる。一方、「唐僧来朝の事」（平治・巻二）は、信西の生前の逸話として、直後の「叡山物語の事」と対をなすと考えるならば、二松本の巻立ての方が妥当であると考えられる。こうした相違も、分量に従い、単純に巻（帖）を改めたということであるならば、取り立てて考察すべきものではないかもしれない。

ただ、二松本では、『保元物語』巻五の末尾「新院讃州に御遷幸幷重仁親王の御事」の最後に、「不塩君の事」の挿絵〔保47〕が載るという混乱が生じている。なお、この部分は、『平治物語』巻六と錯簡を生じている部分であって、つまり、二松本『保元物語』『平治物語』全体としての最後の挿絵が「不塩君の事」の絵になってしまっているのである。絵の挿入位置の問題と、錯簡の問題とを、併せて考えるべきかどうか、筆者には判断しかねるが、挿絵の位置の問題については、「新院讃州に御遷幸幷重仁親王の御事」の終盤が、帝と后のありようについての記事が展開されているので、その挿絵として誤ったとも考えられてよかろう。しかし、挿絵を誤る例は他にはないので、その混乱の原因は、やはり巻五と巻六との分割の時点に求めることができよう。「不塩君の事」の本文だけが巻六へ送られ、挿絵は巻五に残ってしまったのである。少なくとも彦根城博物館蔵本のように、「不塩君の事」を巻五末に入れておけば、この絵も挿絵として機能したであろう――もっとも、このまま巻五末に「不塩君の事」を送ったとしても、その章段名の前に挿絵が載るという例外的な配置とはなるが――。

五　二松本の書写態度と依拠本文

最後に、二松本の本文について言及しておきたい。

二松本の本文は、版行本系統[9]に固有な特徴である冒頭の序文や、『保元物語』における為朝説話、あるいは『平治物語』における源家後日譚を備えているので、版行本系統に属するものと即断できる。そして、以下に引く例の如く、章段分かち書きによる章段冒頭などに整序の跡が確認できる。

【二松本】

平治物語巻第三

待賢門軍付のふよりおつる事

さる程に六波羅の皇きよにハ公卿せん／き有てきよもりを召れけり……

【寛永三年版本】

平治物語巻第二

待賢門《たいけんもん》軍《いくさ》付のふよりおつる事

去程に六波羅の皇《くハう》きよにハ。公卿《くきやう》せんぎ有てきよもりを召れけり。……

【東洋文庫蔵　寛永中刊古活字版（第八種）】

平治物語中

たいけんもんいくさ付のぶよりおちらる丶事

六はらの皇《くハう》居には公卿《きやう》せんきあつて清盛《きよもり》をめされ／けり……

つまり、版行本系統の中でも、流布本・整版本に依っていることが判明する。

その書写態度は、あまり厳密なものとは言えない。目移りによる誤脱が複数箇所認められるが、そのうちの二例を示す。（　）内が目移りによる誤脱箇所である。「／」は改行位置を表す。なお、（　）内には寛永三年版の本文を示した。

をと若ハいのちをおしミてやのち／にきられけりと人いはむすらんまつたく／そのぎにてハなしかやうの事をいはん／につけても（又、我きられんをミんにつけても）と丶まりたるおさなきもの丶／又なかんも心く

るしふていはぬなり　（『保元物語』巻五「義朝幼少の弟悉く誅せらる、事」一〇オ）
すけ殿上野の国大くほ／太郎かむすめ十三のとしくまのまいり／のついてに故殿のけんさんに入くたりし／
かち、にをくれてのち人のつまとならは／平家の者にハ契らし同しくハひてひら／が（つまとならんとて、
女夜にげにしておくへくたる程に、ひてひらが）らうどうしのぶの小大夫と云もの道にて／よことりして二
人の子を／まうけたり　（『平治物語』巻六「牛若奥州下りの事」二八ウ（錯簡部分））

『保元物語』の例では、なんとか文脈を追えそうだが、『平治物語』の例では文脈がわからなくなってしまう。
この他、『保元物語』巻二の末尾の章段名は、「主上三条殿行幸の事」とあるべきところを、「上皇三条殿行幸
の事」と目録・本文ともに誤る。敵対関係にある主上と上皇とを取り違えているわけで、いずれもテクストへの
関心の低さがうかがえる例である。

大幅な誤脱、あるいは削除かと思われる部分も確認できる。

《光頼卿参内記事》《許由の故事》……なんち世をのかれんとおも／は、なをみ山にこそこもるへきに何そ／
牛馬のすミかにましはりて何よりも／にこりて見えつるかけかれたりけりしか／れは牛にもかハしとてむな
しく引／てかへりける也／〔平15〕（信頼卿ハ小袖にあかき大口冠にこしがミ／入てひとへに天子の御ふる
まひのことく也。大弐清盛ハま／つ稲荷のやしろにまいり、をのく杉の枝をおりてよろ／ひのそでにさして。
六波羅へそつきにける大内にハさためて／今夜や寄せんすらんとて。甲のを、しめてそまちあかし／ける）
（『平治物語』巻二「光頼卿参内事幷許由事付清盛六波羅に上着の事」三〇ウ）

『平治物語』巻二「光頼卿参内事幷許由事付清盛六波羅に上着の事」の部分であるが、緊迫感に満ちた光頼卿
参内記事を記し、許由の故事を紹介し、その末尾、巣父が飼い牛に水を飲ませるのをやめた、という記事に続け
て、寛永三年版では、括弧内の記事が載る。しかし、二松本ではその部分を欠く。これを誤脱と判断してよいか

は留保したい。というのも、ここに挿入される絵〔平15〕は、いわゆる「許由巣父図」なのである。寛永三年版はここで、帰京する清盛一行の絵を挿入しており、彦根城博物館蔵本も同様である。つまり二松本は、「付清盛六波羅に上着の事」の絵よりも、「許由巣父図」を入れることのほうを重視した、とも考えられるわけである。絵柄の用捨が、本文の用捨に影響を与えた可能性が考えられよう。ただし、清盛帰京の記事を欠くということは、章段名としての「付清盛六波羅に上着の事」を欠くことになる。

なお、これらの誤写・誤脱について、訂正や書き入れは一切行われていない。修正や書き直しは、〝美術品〟としての本書の価値を損ねることになるということであろうか。また、別筆（後人）による書き入れも極めてわずかしか確認されない(10)。この点は、本書の享受のあり方を想像させるものでもある。

最後に、二松本の依拠本文について考えてみたい。

『平治物語』巻二「主上六波羅に行幸の事」に、行単位の見落としと思われる、ほぼ一行文に該当しそうな誤脱箇所がある。「▽」部には、「右少弁成頼を以て六波羅を皇居になされたり」という字句がなければならない。その前後と、『平治物語』の整版各版ならびに彦根城博物館蔵本の当該箇所を、配行のままに挙げてみる。

【二松本】

……行幸なしてけれハ平家の人〳〵いさ
みよろこぶ事かきりなしやかて蔵人
▽朝敵ならしと思ハんともからハいそき
はせまいれよとふれられけれは……

（『平治物語』巻二「主上六波羅に行幸の事」四〇オ）

【寛永三年版本】

……………………………………行幸なして

けれは。平家の人々いさミよろこぶ事かきりなし。やかて蔵人右少辨成《へんなり》よりをもつて。六はらを皇居《くハうきよ》となされたり。朝敵《てき》ならしと思ハんともからハいそきはせまいられよとふれられけれハ。……

【明暦三年版本】

……………………行幸なしてけれハ。平家の人々いさミよろこぶ事かきりなし。やかて蔵人右少弁成《へんなり》よりをもつて。六ハらを皇居《くハうきよ》となされたり。朝敵《てき》ならしと思はんともからハいそきはせまいれよとふれられけれバ。……

【貞享二年版本】

……行幸なしてけれハ平家の人々いさミよろこふ事かきりなしやかて蔵人右少弁なりよりをもつて六はらを皇居となされたり朝敵ならしと思ハんともからハいそきはせ参れよとふれてけれハ……

【彦根城博物館蔵本】

……………行幸なしてけれハ平家の人〳〵いさミよろこふ事かきりなしやかて蔵人右少弁成よりをもつて六はらを皇居となされたりてうてきならしと思ハんともからハ

いそきはせまいられよとふれられけれハ……

右のように、誤脱箇所がちょうど一行文に該当する版本は見出せない。このことがそのまま、いずれの版本も依拠本文ではないということにはならないであろうが、積極的に依拠本文であるとする根拠にも欠ける。また、「はせまいれよとふれられけれは」の部分についての微細な異同を検討していくと、いよいよ煩雑になっていく。その一方で、本書の書写態度を考え合わせると、微細な字句の異同の調査がどれほど有効かという問題も生じてきそうである。原水氏の御論考でも指摘されているように、版本の転写本を底本としていた可能性まで想定していくと、依拠本文の策定は、ほぼ不可能である。

いずれにせよ、能筆で丁寧に書かれてはいるが、その書写態度はそれほど厳密ではない、本文の正しさにはそれほど重きを置いていなさそうだということは、結論として述べておいてよいであろう。

以上、二松本『保元物語』『平治物語』の概要を報告し、特にその本文について検討を行ってきた。やや煩雑なものとはなったが、該書を対象とする研究の一端については、その任を果たしたのではないかと考えている。今後、図像学や軍記文学と奈良絵本との関係、あるいはこうした豪華本の存在することの意味について、さらなる研究が展開されることを期待したい。

（1）『日本古典籍書誌学事典』（岩波書店、一九九九年）による。

（2）挿絵の番号は、磯水絵・小井土守敏・小山聡子編『二松學舍大学付属図書館蔵奈良絵本『保元物語』『平治物語』』（二松學舍大学東アジア学術総合研究所、二〇一二年）による。

（3）原水民樹「奈良絵本保元・平治物語について」（『汲古』四五、二〇〇四年）。

（4）石川透・星瑞穂編『保元・平治物語絵巻をよむ　清盛栄華の物語』（三弥井書店、二〇一二年）所収の解説。
（5）前掲注3論文で「王舎城美術宝物館蔵　保元・平治物語絵巻」とされていたもの。
（6）絵数の一致から、前掲注3論文で「「世界の古書」展（一九九九年三月開催）思文閣出展　奈良絵本　保元・平治物語」とされていたものが、海の見える杜美術館に収蔵されたものと推測される。
（7）「平成二十三年度古典籍展観大入札会目録」に、一二冊からなる奈良絵本『保元平治物語』が掲載されている。その目録によると、全七七図、内見開き二三図とあり、「玉英堂稀覯本書目」掲載本の絵数と合致するので、この二つは同一のものと推測される。
（8）前掲注3論文に、「保元では、ほぼ一行文の欠脱が二箇所認められること（第五巻墨付二十五オ・第六巻墨付二十五オ）」とある。
（9）『保元物語』『平治物語』の諸本分類については諸説があるが、本稿では、犬井善壽氏が『将門記・陸奥話記・保元物語・平治物語（新編日本古典文学全集）』（小学館、二〇〇二年）の解説に整理された分類による。
（10）『保元物語』巻五・三五オ「ふち川」の「ち」に「し歟」、『平治物語』巻二・三五オ「身になり」の「身」に「実」、同巻四・四五オ「つひ立所を」の「ひ」に「ゐ」と、別筆によると思われる傍書が確認される。

二松本『保元物語』挿絵についての一考察
――「後白河院御即位の事」の挿絵を素材として――

小森　正明

はじめに

二松學舍大学附属図書館には、奈良絵本『保元物語』『平治物語』[1]が所蔵されている（以下、二松本と称する）。奈良絵本研究の第一人者である石川透氏のご教示によれば、その製作時期は江戸前期の寛文・延宝期頃（一七世紀後半）とされ、現存する奈良絵本の中でも優品に属するものという。

本稿では、このうち『保元物語』の挿絵にみえる即位式の様子を検討し、これらの挿絵がどの程度の考証をもとに描かれているのか、またそこに描かれている装束や調度などについて検討しようとする試みである。

これら奈良絵本の性格は、たとえば平治の乱勃発後、二、三〇〇年を経て乱の様子を描いたとされる鎌倉時代制作の『平治物語絵詞』[2]などに比べれば、制作された時期も制作の意図も恐らくは比べるまでもないと思われる。奈良絵本の挿絵は、あくまで読者に対する物語理解のための一助で、厳密な考証に裏打ちされる必要はなかったと思われる。

しかし、二松本『保元物語』の挿絵の一つである即位式の図は、他の本にはみられない独自性があり、これを素材として奈良絵本制作の背景などを検討する余地はあるものと思う。

近年、一六世紀以降に制作された『源氏物語絵』を素材として、源氏絵に表出された江戸時代上流階級の寝殿造への憧憬と復古表現を支えた考証過程を論じた研究[3]が発表されており、後世の人間の古き時代へのまなざしを学問的に論じたものとして注目される。本稿は、こうしたレベルまで達するものでないが、将来的には奈良絵制作の背景にある絵師達の営みについてアプローチできればと思う。

一　『保元物語』巻一「後白河院御即位の事」にみえる挿絵

『保元物語』は、作者未詳ながら、保元の乱の顚末を記した物語で、いずれの伝本もおおむね「後白河院御即位の事」からはじまっている[4]。

近年、石川透・星瑞穂両氏によって紹介された海の見える杜美術館所蔵で、江戸初期に制作されたと考えられている『保元平治物語絵巻[5]』の巻頭も同じく「後白河院御即位の事」からはじまっているが、その挿絵が図1である。この挿絵は、公卿らが詮議を行っている様子を描いたようにみえる。

後白河天皇は、名を雅仁といい、大治二年（一一二七）九月、鳥羽天皇の第四皇子として誕生された。母は待賢門院藤原璋子。同年一一月親王宣下。永治元年（一一四一）同母兄の崇徳天皇が異母弟の近衛天皇に譲位したため、雅仁親王は皇位へののぞみを断たれた。そのためか、それ以降今様や朗詠などの芸能に熱中したという[6]。

鳥羽天皇はこのような雅仁親王をみて、皇位に即くべき器ではないと考えたという。しかし、久寿二年（一一五五）七月、近衛天皇が後嗣無きまま崩御されると、雅仁親王は鳥羽天皇の皇后であった美福門院藤原得子の後押しにより、ついに皇位に即いたのであった。美福門院は、崇徳天皇の皇子の即位を阻止するため、敢えて雅仁親王の即位を推進したとされる。雅仁親王、時に二九歳であった。

図１　『保元平治物語絵巻』（海の見える杜美術館蔵）

図２　『保元物語』（早稲田大学図書館蔵）

この経緯をみてもわかるように、近衛天皇の後嗣無き状況の中で、様々な思惑が飛び交い、当時の宮廷社会は混乱した状況にあったと考えられる。公卿たちの詮議はこの時の様子を描いたものと考えられようか。図1のように、公卿らが鶴首し天皇の候補を詮議している様子は、この章段の挿絵としてふさわしい。

また、江戸時代初期に刊行されたと推測される版本『保元物語』(7)の「後白河院即位の事」の挿絵が図2である。図1とは図様が異なっているが、御所での公卿たちの姿が描かれている、とすれば、『保元物語』巻一「後白河院御即位の事」では、即位にいたるまでの公卿たちの詮議の様子等を挿絵にすることが一般的であったことが理解される。

このことは、図1と図2が全く同じ図様でないことからもうかがわれる。奈良絵本は、既製の版本をもとに制作されたものが多いとされる近年の研究成果(8)によれば、版本の挿絵をそのまま、あるいは若干改変するなどして挿絵を描くはずであり、図2と異なった図様をもつ図1は、版本を基礎として新たな挿絵を描いたものか、あるいはもとになったテキストが異なったものであるのかなど、いくつかの場合を想定できる。さらに、制作した工房の違い、あるいは制作時期の相違なども併せて想定されよう。

しかし、当時の絵巻や挿絵制作の基本姿勢は、粉本や既製のテキストをもとにするという原則からすれば(9)、恐らくは制作工房のもつ情報の差（粉本の蓄積）によるところが大きいのではあるまいか。

二　二松本『保元物語』挿絵の検討

では、二松本『保元物語』「後白河院御即位の事」の挿絵はどうであろうか。図3がそれである。一見して図1・2と異なっていることがわかる。図3は、図1・2のように公卿詮議等の様子を描いたものではなく、即位式そのものを主題として描いている。この点が、他の二本と大きく異なる点である。

図３　『保元物語』（二松學舍大学附属図書館蔵）

以下、この図3を詳しくみていくことにしよう。

（1）建物等の描写について

まず、この挿絵は平安時代に描かれた『源氏物語絵巻』以来、日本の絵画表現に踏襲されてきた吹抜屋台という技法を用いて描かれている[10]。平安時代以降、絵巻や絵入本の挿絵は、この技法を用いているのが通例であり、図3もこれに倣っているといえる。この技法は、屋内の様子を俯瞰できるようにするため屋根を描かず、上から屋内の様子を覗き眺められるようにした技法である。二松本『保元物語』『平治物語』各々の挿絵も、屋内の様子はこの吹抜屋台の技法で描かれる。そして、図3全体は、即位式を行った紫宸殿を描いたものであると考えられる。

ただ、後白河天皇の時代には、いまだ朝堂院の大極殿が存在していたと考えられ、後白河天皇の即位式は、『台記』久寿二年一〇月二六日条によれば「今日無風雨難、天子即位大極殿、内弁太政大臣云々」[11]とみえるように、大極殿において執り行われたことがわかる。この大極殿は、治承元年（一一七七）の火災以来再建されることはなく、内裏の紫宸殿にその機能が移り、以降即位式は紫宸殿において行われるようになっていった[12]。

また、紫宸殿の前には、庭上を挟んで門が描かれている。建物が紫宸殿であるとすれば、承明門であると推測される[13]。平安時代の承明門は、切妻屋根に丸柱を特色とするが、図3①では切妻屋根ではあるが正面に唐破風をのせた唐門様式として描かれている。唐破風付きの屋根は、平安時代にすでに存在したとされるが、貴族の邸宅の門などに使用される形式ではなかった。

また、承明門でないとすれば、その外側に位置する建礼門であるが、この門も切妻屋根で、唐破風の付いた唐門様式ではない。後世寺院などにおいては唐門様式の門が多用されるようになるので、即位式を行う場にふさわしい門として唐門を描いたのであろうか。

二松本『保元物語』『平治物語』には、建物を描いた挿絵が多数みられるが、唐破風を付した唐門が描かれるのは、この図3のみで、紫宸殿という特別な空間を描いたために門も唐破風付の形式に描き分けたと考えられる。

図3①　承明門

（2）高御座の描写について

次に、高御座（図3②）に注目してみたい。高御座は、既に奈良時代から用いられており、天皇即位や朝賀・蕃客引見などの大礼に用いられた中国風の調度品で、大極殿に安置されていた。近年の平城京跡に復元された大極殿内にも当時の様式を考証して高御座が復元されている。

また現在、京都御所に安置される高御座（図4）は、大正天皇即位に際して、大正二年（一九一三）に再建されたが[14]、古式に則って復元されたものという。その際、従来玉座は茵を置いた平座であったが、それに替えて倚子を置いた形式としたとされる。

これらの高御座に共通するのは、その形が八角形であることである。八角

図３②　高御座

図４　高御座（京都御所）

図５①　高御座
『文安御即位調度』
（早稲田大学図書館蔵）

形であることの意味はここでは論じないが、図３②と比較するとその形を大いに異にしている。図３中に描かれた高御座は、四角形である。中世の高御座の姿を伝えているとされる『文安御即位調度』（図５①）[15]に描かれた高御座も八角形で、高御座は基本的には八角形が正しい。

しかし、図３中に描かれた高御座は四角形であり、この図３を描いた画家は高御座の本当の姿を知らなかったのかもしれない。また手元にあった粉本に描かれた高御座が四角形であった可能性も高い。

では四角形に描かれる高御座は、荒唐無稽なものであろうか。そこで想起されるのが、『聖徳太子絵伝』と称される絵画である。[16]『聖徳太子絵伝』は、聖徳太子の生涯を絵画化したもので、平安時代の延久元年（一〇六九）に制作された国宝『聖徳太子絵伝屏風』（東京国立博物館所蔵）を嚆矢とし、以降様々な絵伝が制作されていった。そのうち大阪府太子町所在の叡福寺所蔵『聖徳太子絵伝』七幅[17]は、室町時代制作とされるが、その一幅に推古天皇が高御座（図６）に座している様子が描かれている場面があり、その高御座は四角形に描かれる。

四角形といえば、平安時代以降に貴族の寝室として使用される御帳台は四角形であり、推古天皇が座する調度が御帳台という認識で描かれた可能性もあるが、図６では屋根に宝珠が描かれており、御帳台として描かれたも

図6　高御座
『聖徳太子伝絵』(叡福寺蔵)

図3③　執翳の女嬬

のではないと思われる。しかし、本来高御座の屋根には鳳凰を配するのが通例で、宝珠を配した高御座の図は管見では見いだすことができず、後考を俟ちたい。

もちろん、この『聖徳太子絵伝』とここで論じている奈良絵本と直接的に関連づけることには無理があるが、高御座のような特殊な調度品を四角形に描く絵画は、図3制作以前にすでに存在していたことは重視すべきかと思う。高御座を四角形に描く伝統は、全くなかったわけではない点はおさえておく必要がある。

(3) 執翳の女嬬の描写について

即位式にあたっては、古来様々な儀式が行われたが、後白河天皇即位にあたっても「二九女嬬」（『兵範記』久寿二年一〇月二六日条）が翳を天皇にかざしている。「二九」とは、一八人のことを指す。後白河天皇即位の頃には、左右あわせて一八人（つまり、左右各九人）の女嬬がこれを行ったが、のちには左右合わせて六人となった（左右各三人）。室町時代以降に成立したと考えられる『御即位次第抄』[18]には、「執翳女嬬六人」とみえ、江戸時代以降も執翳の女嬬の人数は、左右合わせて六人となっている。[19]

図3中には、六人の執翳の女嬬の姿が描かれており（図3③）、江戸時代以降に一般化した六人の女嬬という描写となっている。また、霊元天皇即位の時の絵図と考えられる『正親町本御即位図』[20]（図7）にも、六人の執翳の女嬬が描かれている。

図３④　礼服姿の公卿

図３⑤　庭上に侍る武士

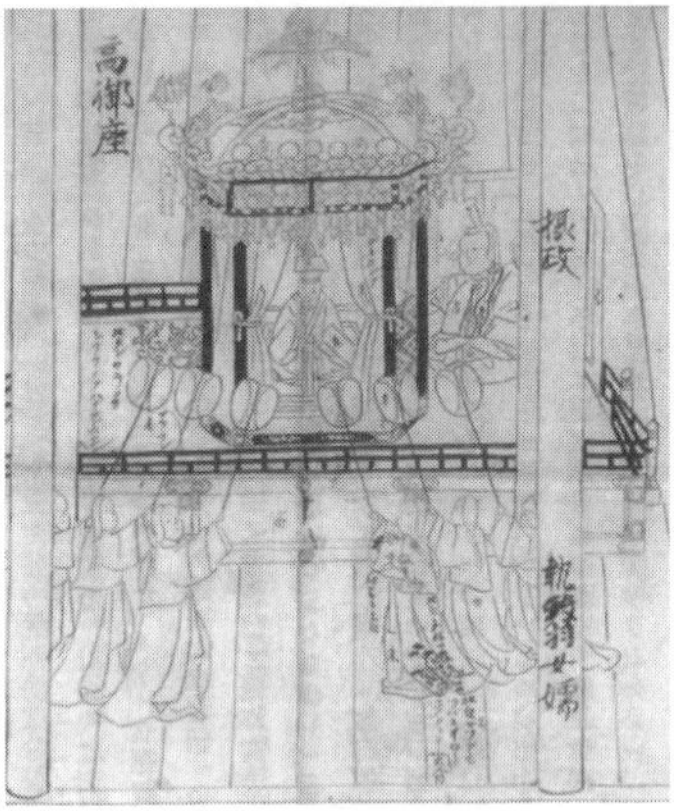

図７　執翳の女嬬
『正親町本御即位図』
（東京大学史料編纂所蔵）

（４）装束の描写について

紫宸殿上において即位式に奉仕する公家達の姿も、和風化された束帯姿ばかりでなく、江戸時代まで即位式には一般的に用いられてきた中国風の礼服姿に描かれている人物も散見され（図３④）、公家の装束＝束帯・衣冠のようなイメージではなかったことを認識していたと思われる。この点は故実を踏まえた描写となっているといえるだろう。

ただし、高御座にいる後白河天皇と考えられる人物の装束は、束帯姿に描かれているようにみえる。『兵範記』久寿二年九月二六日条には、「有御即位礼服御覧事」とみえ、即位に際して礼服御覧の儀が行われている。この礼服は、袞冕十二章と称される中国風の装束であろう。また、後白河天皇は二九歳での即位であるが、図３の高御座に座する天皇の姿は、幼帝として描かれているようにみえる。

庭上で侍る武士は、月代を剃り、肩衣（裃姿といえるか）姿で描かれており（図３⑤）、明らかに江戸時代初期以降の風俗で描かれている。

（５）見物人の描写について

森田登代子氏の研究(21)によれば、即位式は奈良時代から庶民が見物できるものであったらしく、江戸時代になると見物に関して京都市中に町触が出されており、即位式は庶民にとって非日常的な見物の場と化していたという。そして、明正天皇の即位式の様子を描いた『明正天皇御即位行幸図屏風(22)』には、紫宸殿前の南庭上において多くの庶民が即位式の様子を見物している様子が描かれている。また、紫宸殿の簀子縁や建物内部にも女性が見物している姿を描いている。いずれの女性も顔をおおう被衣姿である。森田氏は、これらの女性は宮廷に仕える女房や特権階層に相当する女性であると推測している。

図3にも、紫宸殿の中の高御座を囲むように女性の姿を認めることができる（図3⑥）。これらの女性も被衣姿であるという森田氏の指摘と共通する。とすれば、図3に描かれた見物人達の姿は、江戸時代の即位式を念頭において描写されたと推測できる。

（６）庭上の幡等の描写について

図3⑥　見物の女性

このほか、図3に描かれた即位式場において敷設された幡や旗（図3⑦）は、先に紹介した『東山天皇御即位図』（図8）(23)と比較しても、想像上のものでなく描かれている（図5②）。これらは、四神旗や日像幢や月像幢とよばれる。

また、前掲の『文安御即位調度』にも同様な幡・旗が描かれており、多少の違いはあるが図3はおおむね故実を踏襲しているといえよう。庭上に据えられた幡や旗は、即位式を描く際の決まり事であったようである。

（月像幡）（銅烏幢）（日像幡）

図3⑦

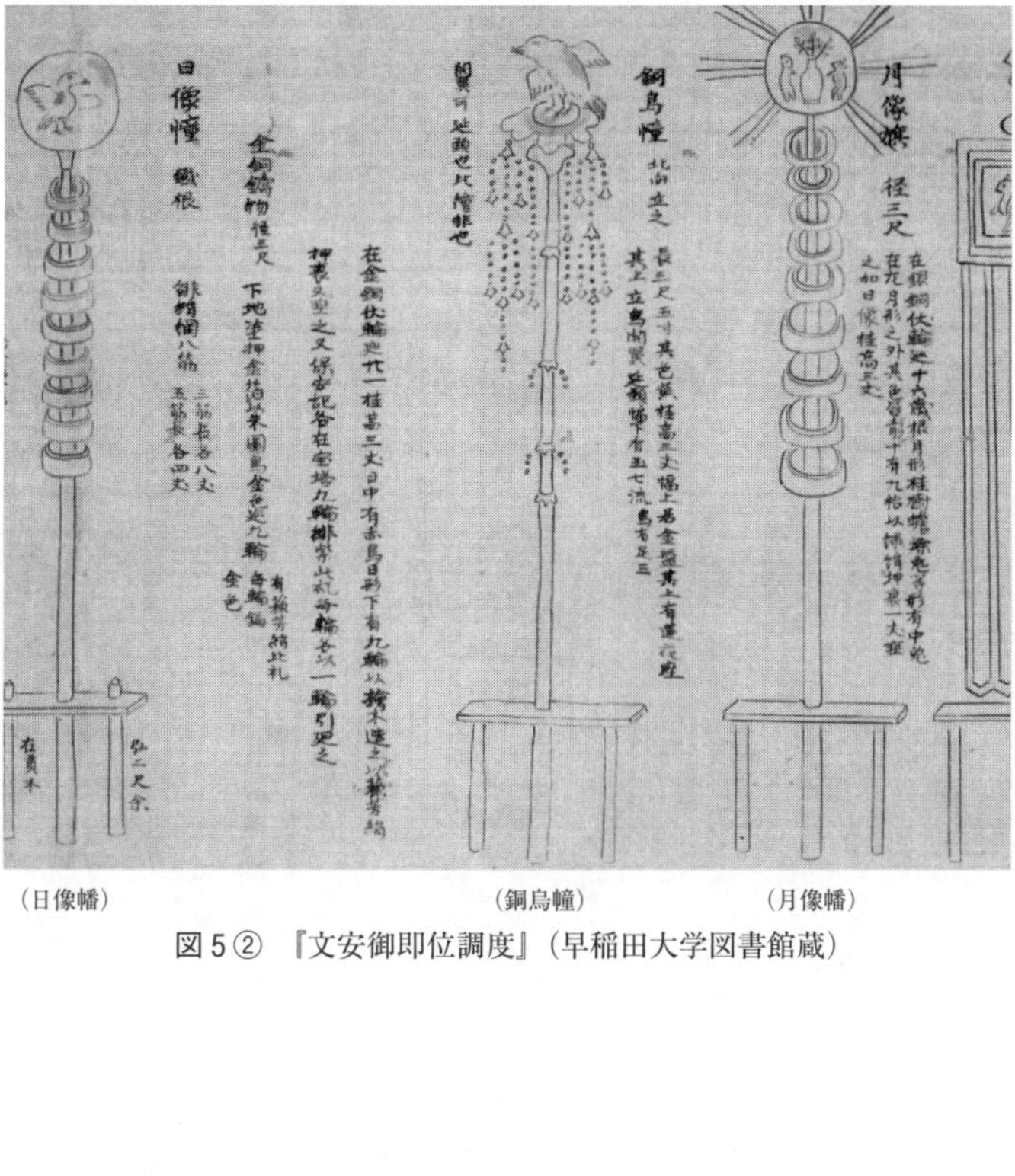

（日像幡）（銅烏幢）（月像幡）

図5② 『文安御即位調度』（早稲田大学図書館蔵）

図8　『東山天皇御即位図』（東京大学史料編纂所蔵）

おわりに

以上、粗雑ながら二松本『保元物語』巻一に描かれた後白河天皇即位式の挿絵の検討を行ってきた。最後にまとめとこれからの課題について述べてみたい。

冒頭でも述べたところではあるが、江戸時代に制作された奈良絵本の挿絵は、享受者の物語の理解を助けるために作成されたもので、物語理解の一助となればその役割は果たせたと考える。つまり、ここでとりあげた『保元物語』の舞台である平安時代についての細かい考証をする必要はなく、江戸時代の人々が平安時代をイメージできる描写でこと足りたといえよう。

個々の挿絵についてみれば、かつて鎌倉時代に描かれた『平治物語絵詞』のように細部にいたるまで当時の風俗を忠実に描くこともなければ、描く必要もなかったのである。

しかし、今回『保元物語』の一挿絵の検討からも明らかになったように、奈良絵本作成の画家は、恐らく長い年月をかけて画家の家・工房（一派）が蓄積してきた粉本をもとに、当時のイメージを復元しようと努力していたと考えられる。そして、それぞれの画家が生きていた江戸時代に行われた儀式の様子なども参考とし、物語の理解を助ける挿絵を描いていったのであろう。

今後は、こうした挿絵制作がどのような組織（画家、工房）によって行われたのかや、粉本の発見、他の『太平記絵巻』『保元平治物語絵巻』などの制作工房が判明・推測できるものとの場面比較など、地道な作業が必要と思う。近年、『太平記絵巻』の制作注文主体が御三家の一つ水戸徳川家であったことが明らかにされている。(24)今後は、各大名の藩政史料などの再検討を行うことによって新たな事実が明らかになる可能性もある。

奈良絵本の分析経験のないいわば素人の思いつきであるため、テキストに対する誤解・誤読なども多々あろうかと思われる。大方のご叱正をお願いする次第である。

また、奈良絵本という筆者には縁の無かった素材考察の機会を与えて下さった二松學舍大学教授磯水絵先生をはじめ、プロジェクトに関わっておられる多くの方々に感謝申しあげたい。

（1）両書の本文・挿絵・書誌的情報については、磯水絵・小井土守敏・小山聡子編『二松學舍大学附属図書館蔵　奈良絵本『保元物語』『平治物語』』（二松學舍大学東アジア学術総合研究所、二〇一二年）による。

（2）『日本絵巻大成13』（中央公論社、一九七七年）所収。なお、同絵詞については、鈴木敬三『初期絵巻物の風俗史的研究』（吉川弘文館、一九六〇年）に有職故実的な視点から詳しい分析が行われている。

（3）赤澤真理『源氏物語絵にみる近世上流住宅史論』（中央公論美術出版、二〇一〇年）。著者は建築史を専門とするが、こうした視点は歴史・国文・風俗各分野の研究において学ぶべき点であろう。

（4）『保元物語』流布本の本文については、栃木孝惟他『新日本古典文学大系43　保元物語　平治物語　承久記』（岩波書店、一九九二年）を参照した。

（5）石川透・星瑞穂編『保元平治物語絵巻をよむ』（三弥井書店、二〇一二年）。本稿では、同書の掲載図版を利用させていただいた。
（6）古くは安田元久『後白河上皇』（吉川弘文館、一九八六年）などに天皇の生涯が描かれている。
（7）早稲田大学古典籍総合データベースによる。『保元物語　巻第一 - 三』（請求番号：文庫30ｅ０１３１）中野幸一氏旧蔵図書という。
（8）田代圭一「書陵部所蔵『狭衣物語』について――奈良絵本制作事情の一端――」（『書陵部紀要』六三号、二〇一二年）など。
（9）粉本利用については、河合正朝「絵巻の見方、読み方――美術史研究の立場から――」（石川透編『魅力の奈良絵本・絵巻』三弥井書店、二〇〇六年）に言及がある。
（10）秋山光和『王朝絵画の誕生　『源氏物語絵巻』をめぐって』（中央公論社、一九六八年）。前掲註9、河合論文にも吹抜屋体の技法についての言及がある。
（11）『台記』の引用は、『増補史料大成　台記』（臨川書店復刻、一九七五年）による。また、後白河天皇の即位の様子については、『兵範記』久寿二年（一一五五）一〇月二六日条に詳しい記述がある。以下の『兵範記』の引用は、『増補史料大成　兵範記』（臨川書店復刻、一九七五年）による。
（12）「大極殿」（福山敏男執筆）（『国史大辞典8』吉川弘文館、一九八七年）。
（13）藤岡通夫編『日本の美術99　京都御所と仙洞御所』（至文堂、一九七四年）。
（14）『高御座と御帳台』（総理府・宮内庁、一九九〇年）。図版は、前掲註13書による。
（15）早稲田大学古典籍総合データベースによる。『文安御即位調度』（請求番号：ワ０３０６７４９）。一般には、『文安御即位調度図』とするが、早稲田大学本は『文安御即位調度』とする。
（16）宮内庁書陵部の石田実洋氏のご教示による。また石田氏には、「所謂『文安御即位調度図』の祖本をめぐって」（『書陵部紀要』六四号、二〇一三年）があり、『文安御即位調度図』の位置づけと、即位式における調度品について多くを教えていただいた。
（17）菊竹淳一編『日本の美術91　聖徳太子絵伝』（至文堂、一九七三年）所収。図版は同書による。また、奈良国立博物館編『聖徳太子絵伝』（奈良国立博物館、一九六九年）三六五図にも、より詳細な同寺所蔵本の図版が掲載されている。
(18) 神宮司庁蔵版『古事類苑　帝王部二』（内外書籍、一九三二年）所収。
(19)『東山天皇御即位図』などによる（加藤友康研究代表『画像史料解析による前近代日本の儀式構造の空間的構成と時間的遷移に関する研究（科学研究費補助金・基盤研究（A）研究成果報告書）』（二〇〇八年）所収）。
(20) 同図も、前掲註19、報告書に所収。
(21) 森田登代子「庶民の天皇即位式見物――女帝即位式装束を中心に――」（日本風俗史学会編『風俗史学』四九号、二〇一二年）、同「近世民衆、天皇即位の礼拝見」（笠谷和比古編『公家と武家Ⅲ　王権と儀礼の比較文明史的考察』思文閣出版、二〇〇六年）、同「近世民衆、天皇即位式拝見――遊楽としての即位儀礼見物」（『国際日本文化センター紀要日本研究』三三、角川書店、二〇〇六年）、同「大嘗会再興と庶民の意識」（『一八世紀日本の文化状況と国際環境』思文閣出版、二〇一一年）。
(22) 宮内庁三の丸尚蔵館所蔵。前掲註21、森田「近世民衆、天皇即位の礼拝見」に図版で紹介されている。
(23) 前掲註19、報告書に所収。
(24) 石川透「『源平盛衰記』と『太平記絵巻』」（『奈良絵本・絵巻　研究』九号、二〇一一年）。

（補注）

本稿脱稿後にメトロポリタン美術館所蔵『保元平治合戦図屏風』に描き込まれた絵に後白河天皇の即位の図があり、紫宸殿での即位式の様子が描かれていることに気づいた。勿論ここで検討している奈良絵本との関連性については未詳であるが、即位式そのものを描いている点には注目しておきたい。なお、その全容については梶原正昭他編『保元平治合戦図』（角川書店、一九八七年）を参照されたい。

二松本『保元物語』『平治物語』挿絵の天皇表現について
――庶民の描かれた「御即位図」との関連――

山本　陽子

はじめに

二松本『保元物語』の挿絵第一図（口絵1）は、即位儀式の場面である。この絵が貼り込まれている巻一第一段の題は「後白川の院御そく位の事」であるが、ここに描かれる帝は後白河天皇ではない。この段には近衛と後白河という二代の天皇の即位が記されている。近衛帝は本文に「三さいにて御そく位有」とあり、絵はその次頁に見開きで挿入されている。絵を見れば左上の高御座《たかみくら》の中の天皇の顔と身体は、たしかに他の人物より小さい。一方の後白河帝もこの段末で「御位につけ奉り給しかハ」と書かれているが、即位時には二九歳の成人であったことを照合すれば、これは近衛天皇の即位場面ということになる。本稿では、この近衛天皇即位図が孕む、天皇の肖像と即位図という二つの問題について考察したい。

この高御座は帳が上げられ、翳《さしは》は左右に外されて、中に坐す幼い天皇の顔が、明らかに見えるように描かれている。これは平安王朝以来の絵巻物のような歴史や物語中では天皇の顔をあらわには描かないという慣習からすれば、異例のことである。このことに拠って、宮廷系の絵師と奈良絵本の絵師との発想の違いを探りたい。

この即位式の克明な描写はまた、絵巻物や奈良絵本を見慣れた者に違和感をもたらすものでもある。見開きの画面一杯に展開する儀式は、よく見れば異様である。高御座に据えられた幼帝に、屋内にもかかわらず翳を掲げる女官たち、様々な旗鉾が立つ広場に併存する唐装と和装の諸臣、その外縁にここだけは妙に日常的な被衣《かつぎ》姿の女たちや裃《かみしも》姿の男たちがぞよめく。他の挿絵に共通する奈良絵本特有の王朝風俗とも、時折挿入される中国故事の異国風俗とも違うこの図様は、何に基づき何のために挿入されたのかも、併せて考えたい。

一　肖像画を忌避する風潮について

平安末期以前、天皇や貴族の俗形の肖像画が描かれなかったこと、たとえ描かれても似ていないものであったことは[1]、熊谷宣夫[2]・家永三郎[3]・梅津次郎[4]らによって指摘されてきたが、その理由としては諸説がある。

家永三郎が肖像技術の未発達を想定したのに対し、梅津次郎は、当時の絵巻において貴人の表現として様式的な引目鈎鼻が使われる一方で、庶民の顔貌は写実的に描かれていることを挙げて否定し、「位高き御姿は、びんなければはばかりて描かぬ」という『月詣和歌集』の詞書などから、俗人で身分の高い者は顔もあらわな肖像画には描かないものという「当代の伝統的保守的な考え方」が存在したことを指摘する。また赤松俊秀[5]は、肖像画が呪詛に悪用されることを恐れたためと考えたが、米倉迪夫[6]は赤松の挙げた影像の供養や礼拝の例が肖像画の忌避に直結するものではないとして呪詛説を否定する。近年では伊藤大輔が、当時は「個体差が醜さとして認識され」た時代であったことを指摘し、個人をその特徴によって他と識別させるような肖像画には忌避感を抱いていたと説く。

理由がいずれであるにしても、このような肖像画の忌避は、後白河上皇の庇護の下で藤原隆信による貴族の似絵が流行するようになると薄れ、鎌倉時代には過去の天皇の大形の肖像[7]や、貴人の似絵による肖像画集である

『天子摂関御影』『公家列影図』(8)などさえ作られるようになってゆく。

二　絵巻において天皇の顔を見えぬように描くこと

絵巻物においても、平安時代に天皇をはじめとした貴人を描く場合には、肖像画の場合に倣って、その姿、殊に顔貌を見せないように配慮がなされてきた(9)。例えば『信貴山縁起絵巻』の「延喜加持巻」では、延喜帝が病悩する場面も、剣の護法童子の到来によって帝の病が癒えた場面のいずれも、清涼殿には御簾が下りて屋内の天皇の姿は全く見えない。病とその治癒という劇的な場面効果を犠牲にしてまでも、天皇の姿を表すことを避けたのである。

もっとも、物語の展開の中で最高権力者である天皇を全く描かずに済ますことは難しい。そこで、清涼殿に垂れ込めた御簾や、御輿などで天皇が中に座すことを暗示する以外にも、天皇の姿、特に顔を見せないように表す、いじましいほど様々な工夫が考案された。例えば宮廷絵師常盤光長の『年中行事絵巻』（模本）からは、御簾を半分まで挙げて赤いお引直衣を着た天皇の下半身のみを見せ上半身を御簾で隠す、天皇の顔の前に霞や木の枝や屋根が被さる角度で描く、後ろ姿にして顔を見せない、など多くの例が挙げられ、これらの技法は光長が属していた宮廷絵所を中心に発達したと考えられる。

一方、閉ざされた屋内の出来事を表現するために屋根や手前の壁などを省略した「吹抜屋台」の中に限っては、天皇は顔もあらわに描かれた。『源氏物語絵巻』「宿木一」や、『伴大納言絵詞』上巻の天皇がそれである。これは「吹抜屋台」が現実には見えないものを仮に見せるための虚構であるゆえに、実際には見せてはならない天皇が顔もあらわに描かれたものと推測される。

また、その絵巻の中で天皇が自身よりも上位にあたるとされる親や神仏と対面する場合も、目上の親や神仏の姿を描かない一方、目下にあたる天皇の方を顔もあらわに描く場合がある。『年中行事絵巻』の北辰を祀る「御燈」や賀茂臨時祭の「庭座の儀」「還立御神楽」で天や神を祀る場面、後代のものであるが『枕草子絵巻』で母君に対面する場面、『東大寺大仏縁起絵巻』の大仏開眼式における聖武天皇などが、これにあたる。

　平安末期から鎌倉時代にかけての似絵の流行によって、貴族や皇族の間に俗人の肖像画は描かないという禁忌が薄れ、過去や当代の多くの肖像画が描かれるようになってからも、絵巻物に限っては相変わらず、天皇のような貴人の顔をあらわに見せないように配慮がされている。代々の記録や個人の追善のために制作され拝される肖像画の公的な性格とは違い、娯楽や好奇心を満たす目的で観賞される絵巻において、物語の一場面として貴人が様々な表情や姿勢で描かれることが、はばかられたのかもしれない。

　例えば金刀比羅宮蔵『なよ竹物語絵巻』は、後嵯峨天皇の恋物語を一四世紀に描いたもので、絵巻の絵の中に主人公の後嵯峨天皇が登場する場面は四箇所ある。天皇が女を見初めるところ、女の行方を見失って宴会においても打ち沈んでいるところ、女からの返書を読むところ、女と会うところであり、いずれも天皇の心の動きがその先の展開の鍵になる場面ある。しかし天皇の顔は立木の枝や、殿中にもかかわらず棚引く霞によって隠され、或いは女と語らう後ろ姿として描かれ、一切その表情を見ることはできない。絵師が天皇の顔を知らなかったゆえに顔を隠して描いたのでないことは、この後嵯峨天皇の似絵が後世の『天子摂関御影』などに写されていることからも裏付けられる。このように天皇のような貴人の顔が見えないように配慮する慣習は、平安時代から中世へと続き[10]、近世では宮廷絵所の系譜を引く土佐派や住吉派[11]、復古大和絵派の冷泉為恭ら[12]に受け継がれた様相は、絵巻や画帖や色紙、屏風や襖絵等の作例に確認できる。

　近代に至っても、明治三八年完成の『孝明天皇紀附図』三五図の全てにおいて、絵の主役である天皇の顔が見えぬように配慮されている。その天皇の顔を隠す手段多くは、従来の絵巻における方法と等しい。『孝明天皇紀附図』は、孝明天皇の公的記録に附すべく、先帝御事蹟取調係の依頼で、「大和絵の堪能者」として選ばれた北小路随光・香川陽太郎・入江為守の三名により、明治三〇年から八年がかりで制作されたものである。

実は最初の下絵では、このうち二図や廃棄された下図のうち七図で天皇の顔が明らかに描かれていたものが、『孝明天皇紀』編集委員と先帝御事蹟取調係によって、天皇の顔を隠す方が「絵巻物ノ体宜カラン歟」と迫られ、顔が見えない構図に変更したことが判る。[13] 絵巻の中では天皇の顔を描かないという禁忌は、明治天皇肖像画の複製が「御真影」として下付され始めた後もなお、[14]宮廷文化の中では続いていたのである。

三　奈良絵本・絵巻における天皇の表し方

もっとも、近世に多く作られた奈良絵本や絵巻における天皇の表現は、この限りではない。例えばチェスター・ビーティー・ライブラリィが所蔵する絵巻・冊子・画帖形態の『竹取物語絵』五本のうち、後半がかけた一本を除く四本の特定の箇所において、天皇が顔もあらわに描かれていると、磯部祥子はいう。[15] すなわち、帝の図像では、通常、直接的に顔を描かずに霞や御簾などで遮るという伝統的な表現がある。他の場面ではその伝統に則って描かれているが、かぐや姫との対面場面では全身および顔貌がはっきりと描かれる。CBL本においては立ち姿で姫の袖をとる図様（CBLJ1125）（CBLJ1001）、座して袖をとる図様（CBLJ1193）、繧繝縁の上畳に座り、姫と対座する図様（CBLJ1188）がみえる。いずれもその顔貌を明確に描いており、上半身を隠す後段の宮中の場面とは対照的である。宮内庁書陵部本（絵巻二軸）のように絵巻の中で帝の姿を全く描かないものもあるが、対面を絵画化する場合には、他の諸本でも、ほぼこの三種類の図様のいずれかを選択しているのである。

引用文中で磯部が挙げた宮内庁書陵部本絵巻以外にも、近世の奈良絵の『竹取物語絵』としては、国立国会図書館本絵巻[16]・早稲田大学所蔵本[17]・國學院大學図書館本[18]・諏訪市博物館本[19]・九曜文庫蔵絵巻[20]など多くあり、これら諸本の同場面においても天皇は顔があらわに描かれている。このうち天皇のいる場所が吹抜屋台に描かれているCBLJ1125本や国会図書館本・早稲田大学本・九曜文庫本などは、吹抜屋台の中に描かれているゆえ顔が描かれると解釈もし得る。けれどもCBLJ1001本や、國學院本・諏訪市博本などは吹抜屋台でもない。天皇が目上の天人としてのかぐや姫と対面しているゆえと解釈しようにも、相手のかぐや姫も顔が描かれているのである。いずれの『竹取物語絵』においても、宮中で臣下に命じたり報告を受けたりする場面や、行幸途上では、天皇は御簾で全身もしくは上半身が隠されたり、鳳輦の帳の内であったりして、顔はあらわに描かれない。これらの奈良絵本や絵巻では、どのような観点の下で天皇の顔が描かれたり隠されたりしたのか。

ひとつの仮定として、これらの奈良絵の絵師が、天皇の顔をあらわに描くこと自体を禁忌と考えてはいなかった可能性がある。絵巻において天皇のような貴人の顔を表さないことは、宮廷絵所の慣習ではあっても、破ったとして罰せられる類の規則ではない。肖像画としては歌仙絵や百人一首の挿絵[21]であれば、すでに天皇の姿も顔も描かれているのである。奈良絵の絵師たちは、御簾の垂れ込めた宮殿や、半ばまで降ろされた御簾の下から見える赤いお引直衣などを、宮廷絵師のような禁忌への対策としてではなく、臣下の奏上を鷹揚に聴く場面のような「天皇らしい表現」として模倣したのではないか。

宮廷絵師たちによって、本来は天皇の顔を隠す目的で編み出されたこれらの手段は、奈良絵師においては、単に天皇を表象する目的の舞台装置にすぎない。そのような奈良絵制作の場において、天皇が「かぐや姫に直接対面して迫る」ような、これらの定型表現からはみ出す行動を表す場合には、ことさら天皇の顔を見せないように工夫するのではなく、新たな動きを表すことに重点を置いたため、結果として天皇が顔もあらわに描かれたと考えられる。

四　二松本『保元物語』『平治物語』における皇族の表現

この奈良絵本としての二松本『保元物語』『平治物語』には、冒頭の即位式以外にも天皇が登場する場面がある。また、院政を敷いて事実上は天皇より権力を持つ場合がある上皇と、出家した上皇である法皇や親王なども、描かれている。そこでそれらの貴人たちはどのように表現されているのか、顔が見えるか否かに重点を置きつつ、天皇と上皇・法皇、親王の登場する場面を抽出したものが、別表【二松本『保元物語・平治物語』における皇族の表現】である。『保元物語』では即位式の近衛天皇の他に、後白河天皇がそれと思しき場面も含めて六箇所、

鳥羽(法皇)	崇徳(上皇)	重仁(親王)	備考
			童形
○後ろ姿			
○後ろ姿			
●全身			
	○牛車内		
	○上半身御簾内		
	○御簾の内		
	○御簾の内		
	●騎乗		
	●立ち姿		
		○牛車内	
	○牛車内		
			童形
	●全身(出家後)		

後白河(上皇)	備考
○上半身御簾内	
	御引直衣
○上半身建物奥か？	右下に鳳輦 女装

●…顔が見える○…顔が見えない

（別表）二松本『保元物語・平治物語』における皇族の表現

『保元物語』（錯簡訂正後）

巻	絵番号	事項	近衛（天皇）	後白河（天皇）
1	1	御即位式	●全身（吹抜屋台）	
	2	鳥羽法皇熊野神託を受ける		
	3	鳥羽法皇託宣を占わせる		
	4	鳥羽法皇崩御		
	7	後白河天皇武士を召す		○御簾の内か？
	11	崇徳上皇斎院へ逃れる		
2	12	崇徳上皇為義を召す		
	14	崇徳上皇勢着到		
	15	後白河天皇軍勢招集		○上半身建物奥か？
	16	崇徳上皇御所門固め		
	20	後白河天皇三条殿へ移る		○御簾の内
3	28	崇徳上皇側敗走		
	29	崇徳上皇側解散		
4	31	関白復官と賞罰		○上半身霞（吹抜屋台）
	35	重仁親王逃れる		
5	44	崇徳上皇流罪鳥羽前		
	45	諸臣内裏へ馳せ参り尋ねる		○御簾の内
	46	崇徳上皇の夢想の記を読む		●全身（吹抜屋台）
	51	崇徳上皇経文に誓状を記す		

『平治物語』（錯簡訂正後）

巻	絵番号	事項	二条（天皇）	鳥羽（法皇）
1	1	後白河上皇信西に尋ねる		
	3	二条天皇牛車に乗り移る	●全身	
	5	信西子息闕官など除目	○上半身御簾内	
2	10	信西と唐人問答		○上半身御簾奥
	16	後白河上皇仁和寺に移る		
	17	二条天皇牛車で逃れる	●牛車内全身？	
3	19	六波羅にて清盛を召す	○上半身御簾内	
4	32	除目と賞罰	○上半身建物奥	

僧形である鳥羽法皇が三箇所、物語の中心となる崇徳上皇は八箇所、その第一皇子の重仁親王が一箇所の計一九箇所、『平治物語』では、二条天皇が五箇所、鳥羽法皇が過去の話で一箇所、上皇となった後白河が二箇所の計八箇所である。これらの各場面において、貴人の顔が見えないように描かれたものは○、顔が見えるものには●を附した。

○を附した顔が見えない表現の内訳は、上半身が御簾や建物や霞に隠れお引直衣などの下半分のみが見えるものが九例と約半分を占め、下まで降ろした御簾の内に座すと思われるものが五例、牛車の内で姿が見えないものが三例、後ろ姿のものが二例である。託宣を下す熊野社の童子や巫に向かい合ったために後ろ姿として描かれた、鳥羽上皇の二例を除き、これらの表現は宮廷絵所系の平安時代以来の絵巻に基づくもので、また奈良絵本にも一般的に使われていた種類ものである。ちなみに、海の見える杜美術館所蔵『保元・平治物語絵巻』(22)は別の絵師による奈良絵であるが、この絵巻の皇族の表現を同様に調べた内訳は、全二一箇所のうち、御簾や建物の奥に描かれるものが九箇所、牛車の内が五箇所、御簾の内に上半身が隠れるもの三箇所と、その頻度は異なるものの、顔を隠す技法の種類は共通している。

二松本において、天皇などの顔が明らかに描かれた場面は八箇所である。天皇として『保元物語』では冒頭の近衛帝即位図以外に一箇所、後白河天皇が崇徳上皇の手箱にあった「夢想の記」を見る場面がある。御簾は半ば下りているが、天皇はそれよりも下に小さく描かれるので顔があらわに見える。顔が描かれた理由は吹抜屋台の内であるためとも解し得るが、興味深いのは、天皇が成人男子である後白河ではなく、髪を結わずに後ろに流した幼児か女性のように描かれていることであり、冒頭の近衛天皇即位図の幼帝の表現に引きずられたものかと推測される。

『平治物語』では、二条天皇が二箇所で顔が描かれている。前者は炎上する三条殿から牛車に遁れる場面の、今にも牛車に乗ろうとするお引直衣姿の男性である。後者は六波羅へ逃げようとする牛車の御簾が兵によってかき上げられる場面であり、右前上席の女装した天皇の顔はあきらかに描かれている。

天皇以外で顔が見えるのは、鳥羽法皇の臨終場面、崇徳上皇が敗走する「あまりにあやうくみえさせ給へハ蔵人のふさね御馬のしりにのつていたきまいらす」場面と、動けなくなった崇徳上皇が諸将とちりぢりになる場面、また配所において「参ってみ奉れハ柿の御衣のすゝびたるに長頭巾をまきて大乗きやうのおくに御誓状をあそハして」という鬼気迫る場面である。いずれも特異な状況や形状の場面で、従来のように御簾で顔を隠しては伝え切れない情報を、全身を隠すことなく描いて表したものと考えられる。

すなわち奈良絵本・絵巻において、天皇のような貴人の顔をあらわに描くことは、すでに絶対的な禁忌ではなかったと推測される。これらの絵にしばしば登場する御簾の降りた殿舎や、半ばまで降りた御簾の下からお引直衣が見える描写は、貴人の姿や顔を隠す目的というよりは、むしろ「天皇らしさ」の表現手段となっていたのであろう。それゆえに天皇がこれらの定型に収まらない状況の場合は、顔を見せないように配慮することよりも、その状況を隠すことなく描く方が優先されたのである。

五　特異な即位場面

天皇の顔があらわに描かれた挿絵である『保元物語』『平治物語』第一図、近衛帝即位場面（口絵1）は、和装と唐装、平安王朝風と江戸時代の風俗が入り交じり、この本の一〇〇図余の挿絵の中でも、とりわけ異彩を放つものである。見開きの大きな画面の左上には大極殿と思しき殿舎が描かれ、右下には門がある。その間の庭上には日月を象った幡の類が列立し、背後の建物には幔幕が張られている。殿舎の内と庇間《ひさしのま》と庭には、束帯とは異なる唐装のような姿の官人達が立ち並び、所々には束帯姿の文武の官人達が座す。吹抜屋台に表されて殿舎の

図1　貞享二年版『保元物語』挿絵　近衛帝即位場面

中が見下ろせ、奥には鳳凰を飾った屋根付きの高御座が据えられ、その手前左右には三人ずつの冠を付けた官女達が立ち、長い柄のついた団扇のような翳を高御座に向かって差し出す。高御座の帳は開かれて、中の小さな天皇が顔もあらわに描かれている。官女達の背後には、被衣姿の女性達が顔を見合わせたりしながらぞろぞろと座っている。庭上の列旗の背後には、裃姿で月代《さかやき》を剃った丁髷《ちょんまげ》姿の男達がひざまずいて集まっている。

この場面はまた、他の『保元物語』絵の同段と比べても異色である。丹緑本『保元物語』の木版筆彩の挿絵[23]は、大極殿らしき殿舎の庇間に束帯らしき姿の公卿たちが控え、御簾と蔀の降りた奥を見守る構図である。また多く流布したと思しき貞享二年版（図1[24]）の挿絵も、見開きの右に門、左奥に御簾の降りた大極殿を描き、庇間に束帯らしき姿の公卿たちが控える構図である。一方、奈良絵の海の見える杜美術館本『保元・平治物語絵巻』では、大極殿と思しき殿舎に公卿たちが集まり詮議をしているらしき場面で、半ばまで降りた御簾の奥に天皇の存否は明らかではない。

また『平家物語』絵の場合も、林原美術館所蔵絵巻[25]の絵巻では第四巻の安徳天皇の即位の場面で、消失した大極殿に替わる紫宸殿と思しき建物の内部と庇間には束帯姿の公卿たちが並ぶ。真田宝物館所蔵の奈良絵本『平家物語』[26]第一巻の高倉天皇の即位式も大極殿の庇間から階段と前庭に束帯姿の公卿たちを描くが、周囲に二松本と同じく唐装の官人達が立つ。いずれにしても軍記物語絵の中で天皇の即位式を描く場合は、御簾の降りた大極殿などの殿舎の庇間に束帯姿の公卿たちが控える形式が一般的である。二松本の即位場面は、これらと比べて図様の特異さが際立つ。

六　唐風の即位式

しかし故実と照合した場合、実際の即位儀式に近いのは、むしろ二松本の描写である。明治以前、天皇の即位礼の儀式とその装束は、鳥羽天皇の即位儀に参加した藤原長子（讃岐典侍）が「唐土のかたかきたる障子の昼の御座にたちたる見る心地」と感じ[27]、加茂正典が「平安朝的形態の即位式は、天皇が冕服を着すことに象徴されるように中国的に整備・完成された儀式である[28]」と述べるように、極めて中国色の強いものであった。

天皇即位の儀式次第・鋪設・儀仗は『儀式』巻第五「天皇即位儀[29]」に基づき、同書に「一に元会の儀の如し」とあることにより、『儀式』巻六「元正朝賀儀」も参照される。加茂（註28参照）によれば、即位式の当日、殿前の南庭には銅烏幢が建てられ、その東に日像幢、朱雀旗・青龍旗が、西に月像幢、白虎旗・玄武旗が設置される。中国の五行思想に基づくこれらの四神に加え、龍像纛幡・鷹像幡、虎像纛幡・熊像幡など中国由来の種々の幡がその後所定の場所に建てられる。また殿内中央には、特殊な形状の高御座が、天皇の御座として安置される。

これらの幢幡や天皇の高御座の形状は『文安御即位調度図』に見ることができる[30]。この図は書名にある文安元年（一四四四）より遡る時代の内容といい、福山敏男によれば永治元年（一一四一）の近衛天皇か、永万元年

（一一六五）の六条天皇、仁安三年（一一六八）の高倉天皇のいずれかの即位式を描いたとされる。[31]

二松本挿絵の前庭で目を引く列立する旗幟と御座の描写は、『儀式』巻第五に記述される儀式の次第や、『文安御即位調度図』の幢幡と高御座にかなり近い。中央の半球状の台の銅烏幢を挟んで立つ、[32]それぞれ烏と兎の描かれた円形の日像幢と月像幢、塀に半ば隠れる四神旗の先が叉状に割れた形の鉾先、左右に一列に並んで立てられる幢幡の、鉾形や半円形の先端。黒漆塗りで仏壇のような香狭間が刳られた台座の上に、鳳凰が載せられた神輿形の屋根を持つ高御座。その数は相当省略されているにしても、日本ではほとんど見る機会のない幢幡が即位式に列立しているという事実と中国の古式に則ったその形態や、即位礼以外には用いられることのない高御座が、比較的正確に描かれているのである。

同じことが二松本挿絵や真田本『平家物語』の、一部の参列者の唐風の装束についても言える。殿内や庭上に立つ官人たちは、見慣れぬ三山冠をかぶり、束帯とは異なる、袖先の部分だけ色の違う丸味を帯びた装束を着ている。これらは唐風に見えるものの、『保元物語』の「呉越の戦ひの事」（絵49）・「無塩君の事」（絵47）・『平治物語』「漢楚戦ひの事」の挿絵（絵25）のような中国故事で描かれる着衣とは異なる。これらは日本の朝廷が唐装に倣った礼服であり、平安初期から近代まで即位式と朝賀に着用されたので、近衛天皇や高倉天皇の即位式にも用いられていたはずの装束である。

また二松本では、高御座を囲む女性達が、長い柄のついた団扇状の翳を天皇に向けてかざしている。この場面は、『儀式』巻第五「天皇即位儀」によれば、宣命に先立って、天皇が帳の降ろされた高御座に後方から入ると、二人の命婦が高御座前面の帳をかかげ、左右に立って翳を差し出していた女官たちは翳を伏せる。すると天皇の顔が初めて顕《あらわ》れ、群臣は拝礼し、焼香・宣命と式が進行するという、即位儀礼上の重要な段階である。[33]「天皇即位儀」には翳を執る女官の数を一八名とするのに対し、二松本では左右計六名と省略されてはいるが、頭頂に釵《さい》子《し》を飾って、官人と同様に礼服らしき姿で描かれている。

しかし当時の宮廷絵所が、幢幡や高御座、古様な礼服、奉翳という中国的な要素を持つ日本の即位儀式をそのまま描くことは、ほとんどなかった(34)。わずかに残るのは『文安御即位調度図』のような、貴族間の指図においてのみである。奈良絵である二松本の宮廷とさほど縁が近かったとは思えない絵師は、即位式に関するこのような視覚的情報を、どのようにして入手したのだろうか。

七　即位図の見物人

もっとも二松本の挿絵が、必ずしも実際の近衛天皇の即位式に基づいて描かれたものであったとは限らない。即位儀式における中国的要素の強い幢幡や装束等は、平安時代以降も孝明天皇即位式の弘化四年（一八四七）、明治天皇の即位時に日本風に改められる前まで存続していたという。他の代の即位図を参考とした可能性は充分にある。

その手掛かりとなるのが、南庭の左右に列立する幢幡の後方で、地面に座している男たちである。みな肩衣を付けた裃姿であり、このうち左の若衆と右端の烏帽子姿を除いた四名は頭頂部を広く剃った髷姿で、烏帽子をかぶっていない。この男たちに限っては、二松本が制作された江戸時代の風俗なのである。上代から続く厳格な即位儀礼の中に闖入したような、これらの当世風の男たちは何を意味するのか。

このような姿の男たちは、別の即位図屛風にも見出すことができる。その一例、ネルソン美術館所蔵「明正天皇御即位行幸図」屛風(35)は、屛風という大画面に極めて多くの官人やその従者達を描き込まれ、人名が書かれた小紙が各所の人物に添付されているので、「即位の様子をかなり忠実に絵画化し、克明に記録しようとする意図に裏付けられていることが判明する」とされ、「寛永七年（一六三〇）をさほどくだらない頃」の「漢画系の技法を学んだ人」の手になると推定される[36]。

この即位図においても、前庭の右側の二松本よりやや殿舎寄りのあたりに、素襖に侍烏帽子の男たちや被衣姿の女たちが多数、ばらばらと地面に座っている。横を向いて隣と話したり、片膝を立てたりする様子で、さほどかしこまって描かれてはいない。

「即位図」屏風としては他に、「「明正院即位図」と同工異曲の構図を持」ち、ネルソン本とは「見物する老若男女の庶民の描写はかなり異なっている」宮内庁所蔵本[37]と兵庫某家蔵本[38]があり、ネルソン本にやや遅れる一七世紀半ばの制作とされ、後水尾帝の四人の子供の即位時に制作された可能性があるという（註36参照）。ここには素襖や袴姿、杖をついた巡礼、子連れの女まで庶民階級が多様に描かれている。森田登代子は「近世民衆、天皇即位式拝見――遊楽としての即位儀礼見物[39]」において、同屏風では即位礼の最中に幢をゆらす子供、胸をはだけて授乳する母親まで描かれていることを指摘する。なかでも一部の被衣を着た女たちが紫宸殿内廊下や内侍所に座っていることは[40]、二松本の挿絵で、高御座の左右の女官たちのさらに外側左右に、あちこちを見ながら座る被衣姿の女たちがかたまって描かれていることに符合する。

森田に拠れば、即位図の民衆の見物人は絵画上の虚構ではなく、江戸時代に実際にあったことが、宮中と庶民双方の文献資料から証されるといい、明正天皇時も「明正院寛永御即位記」に「見物ノ貴賤庭上ニ充満[41]」と記されている。二松本挿絵に描かれた袴姿の男たちは、このような江戸時代の、即位式を見物する庶民と考えられる。

八　即位式見物の流行と即位図

もっとも、平安時代の即位式にもこのような見物衆が存在しなかったわけではない。藤森健太郎は、三条天皇の即位式の『権記』寛弘八年（一〇一一）十月十六日条の、

此間（宣命などの間——藤森註）左花楼南庭龍尾欄干見物人多各相押、欄落人堕、有二被レ疵之者一云々、是宣命之後復レ之間、雖レ聴二群庶之呼叫一（以下略）

という記事に注目し、記主藤原行成には「「群庶」としか認識されなかったような見物人が、本来天皇の空間であったはずの龍尾壇上に群がっていた」ことを指摘する。[42] 平安時代すでに、厳粛な即位儀礼のすぐ近くで「群庶」がそれを見物していたのであり、この時代から、京の庶民にとって即位式が見物の対象とされていたことになる。

即位式には「中世・近世を通じ、会場には盛んな見物が押し寄せていた」[43]のではあるが、財政逼迫により即位式が二一年遅れた後柏原天皇のような時代を経て、再び「政治ショーであり天皇の権威を「みせるもの[44]」として即位式が大きな注目を浴びるようになった契機は、明正天皇の即位であろう。

明正天皇は、後水尾天皇と徳川秀忠の娘和子（東福門院）との間に生まれた女一宮であり、寛永七年（一六三〇）九月一二日の即位式に「朝儀の復興に熱心であった（後水尾）帝が、威儀の整えられた式が行われることに深く意を注いだことは想像にかたくな」く、「また幕府にとっても徳川秀忠の外孫の即位であり」、狩野探幽を派遣してその記録画を描かせたという。[45] また、壮年の後水尾天皇からの譲位、「八〇〇年ぶりの女帝登場という話題性も相俟って、公家階層ばかりでなく庶民階層も多く禁裏内に集った」（註44参照）ことが指摘されている。

森田登代子が民間側の記録として挙げた『京都町触集成』からは、庶民の即位式見物は宝永七年（一七一〇）の中御門天皇の即位式以降も続き、即位式の日取りや見物の許可条件が布告されたり、見物の人数制限のため切手札が発行されたり、拝見の順路まで定められたりしている様子から、その盛況ぶりが伝わってくる。即位儀礼の記録も、江戸時代を通して「公家や有職故実関係者の筆になるものや無記名、さらに無名の人たちなど数多く残されている」という（註44参照）。

即位図も多種多様で、ネルソン本などのような屏風から縦三〇横四五糎ほどの摺物までである。[46] 摺物について森田は、「このような木版墨刷りの形で即位図があらわされるようになったのは、明正天皇からで」「庶民が即位図を眺めることができるようになったのは、幕府側との緊張関係の大きな要因であった後水尾天皇との繋がりが希薄になった東山天皇や中御門天皇からではなかろうか」（註44参照）と推測する。

手描きの作例は、先の三本の屏風以外では掛軸や巻物形態で、岡國雄『御即位庭上幢鉾調度図』[47]・岸駒筆「御譲位図式」[48]「桜町天皇享保二〇年御即位式図」[49]「即位儀礼之図」[50]・東京大学史料編纂所所蔵「御即位図」[51]・京都産業大学所蔵「桜町天皇御即位図屛風」[52]・高野辰之旧蔵「御即位式図」[53]・早稲田大学図書館所蔵「天子御即位御図」[54]・国立国会図書館蔵「御即位図」（図2）[55]などのように、比較的近世の民間における作品が伝来する。これらは岸駒本以外では、上部を霞に描くか金雲にするかというような小異はあっても、図様はほぼ共通している。このうち真正面から俯瞰する岸駒本以外は、門や紫宸殿を正面やや右上から俯瞰するように描いたもので、左上から描いたネルソン本等の屏風や二松學舍本挿絵の構図とは相違する。さらに岸駒本以外ではいずれも見物人を描かない。このことについて森田は、「天皇即位式の様子を知ろうとすれば、その場に同席する庶民の姿は必要ないからである」という。これらは儀式の形態と役職を説明し記録する役割に重点を置く図様として、成立したものであったと考えられる。

二松本の挿絵は、これら江戸時代の即位図の中で、どのような位置にあるのか。正面右から描かれ、見物人が居らず、整然とした一連の即位図とは、構図も発想も違う。これらと比較すると二松本は、即位場面が未だこのように定型化される以前、ネルソン本など屏風からあまり遅れない頃に制作されたと思われる。ただし、ネルソン本等三本の屏風の即位図では、いずれも高御座が屋根で隠されて天皇の顔が見えないように配慮されていることに対し、二松本では高御座の中の天皇の顔は隠すことなく明らかに描かれている。

図２　「御即位図」（国立国会図書館蔵）

宮廷系の絵師であれば描かないはずの天皇の顔をあからさまに見せていることや、八角形の高御座が四角形であること、中央の銅烏幢の烏が描かれていないことから、挿絵の絵師が正確な有職故実の知識を持っていないことがわかる。しかし他の儀式では見ることのない高御座が描かれ、翳を持つ女官たちや幢幡の形状と配列がかなり正確であり、礼服と束帯を描き分けていることから、即位式に関する具体的な絵画情報を参照したと考えられる。恐らく絵師は、摺物のような江戸時代の簡単な即位図を手本として、近衛天皇即位式の図として描いたのであろう。

おわりに

本論では二松本『保元物語』『平治物語』挿絵の天皇表現において、天皇のような貴人の顔があらわに描かれているか否かと、第一図の近衛天皇即位式の特異な図様について、という二つの問題を考察した。

前者では、天皇などの貴人を御簾の内であったり、半ばまで降ろされた御簾に上半身を隠したりして顔を見せない例が多いものの、貴人が特別な状況にあったり、特異な行動を取った場合は顔もあらわに描いている。そこで、奈良絵本や絵巻では「貴人の顔をあらわに描くこと」は絶対的な禁忌ではなく、御簾や霞で姿や顔を隠すことが「貴人らしさ」の表現として用いられたものの、天皇や貴人がその定型に収まらないような行動や状況の場合には、顔を見せないことよりも、状況を明確に描くことの方が優先されたと考える。

後者の、特異に見える二松本第一図の唐風の即位式や見物人は、故実に沿ったものと判明する。ただし、参照した対象は平安時代ではなく江戸の、恐らくは明正天皇をはじめとする後水尾天皇の子供が相次いで皇位についた時代のもので、有職故実に詳しくはない絵師が、即位式に際して発行された摺物の如き絵画に基づいて描いたと推測される。(56)

それにしてもなぜ、従来の奈良絵本における平安王朝風の場面に変えてまで、一見、違和感を覚えさせるような唐風の即位式が描かれたのか。この二松本の制作に近い時期に即位式があり、それが「唐めいた儀式」であること、平安時代からの伝統であることが、当時の話題となっていたためではないか。それゆえに見慣れぬこの儀式の図を精一杯写し、挿絵の第一図として正確さと格式の高さを示そうと意図したのであろう。さほど作成時代の文化の反映が見られない奈良絵本に残る、かすかな当時の痕跡なのである。

（1）「菩提樹院被写後一条院御影事　御堂には。故院の御えいをかきたてまつりたり。にさせ給はねど御なをし姿にて。御脇息におしかゝりておはします。いとあはれなり」（『栄花物語』「巻四十　松のこずえ」寛治二年）。

（2）熊谷宣夫「大和絵肖像画について　其二」（『国華』四三九号、一九二七年、一六九～一七六頁）。

（3）家永三郎「上代に於ける肖像画の研究」（『画説』六二号、一九二七年、九八～一一五頁）。
（4）梅津次郎「鎌倉時代大和絵肖像画の系譜――俗人像と僧侶像――」（『仏教芸術』二三号、一九五四年、四九～五八頁）。
（5）赤松俊秀「鎌倉文化」「似絵」（『講座日本歴史五　中世一』岩波書店、一九六七年、三一六～三二七頁）。
（6）米倉迪夫「肖像画の場――世俗人物画の場合」（『絵は語る』四「源頼朝像　沈黙の肖像画」平凡社、一九九五年、一二～三二頁）。
（7）村重寧「崇拝像と回顧像」（『日本の美術』三八七号「天皇と公家の肖像」至文堂、一九九八年、五三～六七頁）。
（8）宮次男「鎌倉時代肖像画と似絵」（『新修日本絵巻物全集』二六「天子摂関御影・公家列影図・中殿御会図・随身庭騎絵巻」角川書店、一九七七年、三～一八頁）。
（9）以下この段は、山本陽子「絵巻における天皇の姿の表現」（『MUSEUM』五六四号、四九～七二頁、二〇〇〇年。『絵巻における神と天皇の表現――見えぬように描く――』中央公論美術出版、二〇〇六年、に加筆収録）に拠る。
（10）このことは、平安時代から江戸時代初期に至る著名な絵巻を全図掲載した中央公論社版『日本絵巻大成』二六巻・『続日本絵巻大成』二〇巻・『続々日本絵巻大成』八巻中で、天皇の登場する計六三場面のうち、肖像画集の性格を持つ『天子摂関御影』と、吹抜屋台の中に描かれた一二例、天皇が神仏や親のような目上の者と対面する場面を描いた五例を除いた四五場面で、何らかの手法で天皇の顔が隠されていることからも裏付けられる。
（11）拙論「源氏絵における天皇の表現」（『日本宗教文化史研究』四―一号、二〇〇〇年、一〇三～一二三頁。前掲註9『絵巻における神と天皇の表現』に加筆収録）。
（12）山本陽子「冷泉為恭の天皇表現について」（『明星大学研究紀要』［日本文化学部・造形芸術学科］一〇号、一七～二五頁、二〇〇二年。前掲註9『絵巻における神と天皇の表現』に加筆収録）。
（13）山本陽子「天皇を描くことをはばかる表現の終焉――『孝明天皇紀附図』と『明治天皇紀附図における天皇の顔の表し方――』（『明星大学研究紀要』［日本文化学部・造形芸術学科］九号、二〇〇一年、二一～三五頁。前掲註9『絵巻における神と天皇の表現』に加筆収録）。
（14）明治二一年に写真を元にしてキヨッソーネによって描かれ、翌二二年から「御真影」として下付され始めた。

(15) 磯部祥子「竹取物語総説」（国文学研究資料館・チェスター・ビーティー・ライブラリィ編『チェスター・ビーティー・ライブラリィ絵巻絵本解題目録　解説編』勉誠出版、二〇〇二年、一〇～一二頁）。

(16) 三軸（所蔵番号　本別十二―三）「このような特徴をもったものを奈良絵という」（杉本まゆ子「解説」『竹取物語絵巻』勉誠出版、二〇〇三年、五五頁）。

(17) 中野幸一編『奈良絵本絵巻集』一（早稲田大学出版部、一九八七年）。

(18) 國學院大學図書館デジタルライブラリー（http://k-aiser.kokugakuin.ac.jp/digital/diglib/taketori-3/taketori3_02.html　二〇一三年二月二三日現在）。

(19) 高島藩主諏訪家伝来。諏訪市博物館ウェブサイト「館蔵資料紹介」（http://www.city.suwa.lg.jp/scm/siryou/siryou_take/index.htm　二〇一三年二月二三日現在）。

(20) 中野幸一監修『竹取物語絵巻』（九曜文庫蔵奈良絵本・絵巻集成第一期大型絵巻第一巻、勉誠出版、二〇〇七年）。

(21) 山本陽子「冷泉為恭と百人一首」『明星大学青梅校日本文化学部共同研究論集・第八輯　批評と創作』（三二一～三五三頁、二〇〇五年。前掲註9『絵巻における神と天皇の表現』に加筆収録）。

(22) 石川透・星瑞穂編『海の見える杜美術館蔵　保元・平治物語絵巻をよむ　清盛栄華の物語』（三弥井書店、二〇一二年）による。

(23) 早稲田大学図書館蔵（出版年・出版者不明。横山重旧蔵本リ0512430）「古典籍総合データベース」（http://www.wul.waseda.ac.jp/kotenseki/html/ri05/ri05_12430/index.html　二〇一三年二月二四日現在）。

(24) 国立国会図書館蔵（貞享二年刊。和古書・漢籍 857-86）「国立国会図書館デジタル化資料古典籍資料（貴重書等）」（http://dl.ndl.go.jp/info:ndljp/pid/2567377?tocOpened=1　二〇一三年三月五日現在）。

(25) 小松茂美編『平家物語絵巻』第四巻（中央公論社、一九九〇年）。

(26) 小林一郎・小林玲子「絵で読む「平家物語」」第二回（『長野』一九四号、一九九七年）掲載図版「東宮立」による。

(27) 『讃岐典侍日記』下巻一二月朔日「鳥羽天皇の即位に帳あげを務める」（『新編日本古典文学全集』二六、小学館、一九九四年、四三六～四三九頁）。

(28) 加茂正典「『儀式』から見た平安朝の天皇即位儀礼」（『日本古代即位儀礼史の研究』第一篇第二章、思文閣出版、一九九九年、四三～七八頁）。
(29)『神道大系』朝儀祭祀編一（神道大系編纂会、一九八〇年、一五四～一六〇頁）。
(30)加茂正典「「節旗」考」（前掲註28『日本古代即位儀礼史の研究』第三篇第三章、一九〇～二二八頁）。
(31)福山敏男「大極殿の研究　朝堂院概説」（『福山敏男著作集五』「住宅建築の研究」中央公論美術出版、一九八四年、三六～一八九頁）。
(32)もっとも二松本では、台座の上に烏の形状は見当たらない。
(33)加茂正典「「奉翳女儒」考」（前掲註28『日本古代即位儀礼史の研究』第二篇第二章、一〇〇～一三一頁）。
(34)後白河上皇の企画による『年中行事絵巻』に描かれていた可能性は考えられるが、少なくとも現存する模本のうちには即位式の場面はない。
(35)『近世風俗図譜　第十一巻　公家・武家』（小学館、一九九四年、図版二・三）、『日本屏風絵集成　第十二巻　風俗画』（講談社、一九八〇年、図版二九・三〇・三四）。『在外日本の至宝』第四巻（図一〇三～一〇五）では後水尾天皇の即位図とされるが、画中に貼付された小紙の記名など（仲町啓子「寛永御即位新殿御移徙図屏風」『実践女子大学美術史学』第六号、一九九一年）、後水尾天皇の即位式にはないはずの南門が描かれていること、参列した家康の牛車が見えないこと（脇坂淳「時世の荘厳・公武風俗画」前掲『近世風俗図譜　第十一巻　公家・武家』）から、明正天皇即位図と判断されている。
(36)仲町啓子「図版解説」（前掲註35『日本屏風絵集成　第十二巻　風俗画』九五～九六頁）。
(37)『皇室の至宝　2御物　絵画Ⅱ』毎日新聞社、一九九一年、図版五～八）、前掲『日本屏風絵集成　第十二巻　風俗画』（図版三一・三二）。
(38)前掲註35『日本屏風絵集成　第十二巻　風俗画』（図版三三）。
(39)森田登代子「近世民衆、天皇即位式拝見――遊楽としての即位儀礼見物――」（『日本研究』三二号、二〇〇六年、一八一～二〇三頁）。
(40)森田は、岡國雄『御即位庭上幢鉾調度図』の見聞記部分に、「母なる者ハ女官のゆかりありて　南殿の御ひさしにさふらひてことのかきりを拝ミ侍りぬ」と、女官の縁者が殿内に挙げてもらえた実例があることを挙げる（前掲註39参照）。

(41)「明正院寛永御即位記」(『天皇皇族実録』一〇六「明正天皇実録」ゆまに書房、二〇〇五年、二二一～二二八頁)。
(42)藤森健太郎「一〇～一二世紀の「天皇即位儀」」(『古代天皇の即位儀礼』第二部第六章、吉川弘文館、二〇〇〇年、二八五～二九八頁)。
(43)藤森健太郎「皇位継承儀礼――「践祚」「即位」儀礼の変遷――」(『天皇・天皇制をよむ』東京大学出版会、二〇〇八年、一二～一五頁)。
(44)森田登代子「近世民衆、天皇即位の礼拝見」『公家と武家3　王権と儀礼の比較文明史的考察』(思文閣出版、二〇〇六年、一二一～一六五頁)。
(45)その一連の行事の下絵が東京芸術大学に保管されている(仲町啓子「公家風俗を描いた屏風について」前掲註35『日本屏風絵集成　第十二巻　風俗画』)。
(46)京都・林治左衛門吉永刊の「御即位図」(国立国会図書館古典籍資料室蔵YR8-N22)。
(47)「庭上図」(岡國雄『御即位庭上幢鉾調度図』大阪府中之島図書館蔵)(註44、図6)。
(48)岸駒筆「洞口　虎頭館蔵　御譲位図式」(註44、図8)。
(49)「桜町天皇享保二〇年御即位式図」(國學院大學図書館蔵)(註43、口絵9)。
(50)「即位儀礼之図」(『思文閣古書資料目録』二二一号、214図)。
(51)「御即位図」(東京大学史料編纂所蔵4057-11「所蔵資料目録データベース」)。
(52)「桜町天皇御即位図屏風」(京都産業大学蔵『京都産業大学図書館報 Lib.』三三一号掲載)。
(53)高野辰之旧蔵「御即位式図」(高野辰之『芸海遊弋』口絵)。
(54)「天子御即位御図」(早稲田大学図書館蔵、古典籍ワ03　03971「古典籍総合データベース」)。
(55)「御即位図」(国立国会図書館蔵、和古書・漢籍亥二-73「古典籍資料データベース」)。
(56)即位時に近衛天皇は数え年の三歳であったが、挿絵の天皇は周囲の女官たちより小さく描かれているもののそこまで幼くは見えない。この姿は、明正天皇の五歳、後光明天皇の一〇歳など、一八世紀前半にかけて頻発した若年での即位式の記憶に拠るものかと思われる。

描かれた『保元物語』『平治物語』の世界――二松本を中心に――

出口　久徳

一　奈良絵本『保元物語』『平治物語』を取り巻く状況

近年、奈良絵本をめぐる調査・研究が盛んになりつつある。今後は個々のテキストにそくした本格的な検討を行い、それらを相互に関連づけることが必要となってこよう。今回は二松學舍大学蔵附属図書館蔵の奈良絵本『保元物語　平治物語』（以下、二松本『保元』『平治』）を論じる機会をいただいた。ここでは二松本の挿絵の表現の特徴について、いくつかの角度から述べていきたい。

先行研究によりながら、奈良絵本『保元物語　平治物語』諸本を整理しておこう(1)。

二松學舍大学附属図書館蔵	奈良絵本	一二帖	保元…五七図、平治…六〇図
海の見える杜美術館蔵	絵巻	一二軸	保元…五〇図、平治…五一図
同右	奈良絵本	六冊	
玉英堂書店蔵	奈良絵本	一二帖	保元…三七図、平治…四〇図
彦根城博物館蔵	奈良絵本	一二帖	保元…四四図、平治…五〇図

エジンバラ市図書館蔵　　　　　　　奈良絵本　九帖（元一二帖）
石川透氏蔵　奈良絵本　　　　　　　断簡　　　一二枚（絵のみ）
国文学研究資料館蔵　　　　　　　　断簡

（参考）

寛永三年版版本　　　　　　　　　　　　　　保元…三五図、平治…三七図

まず注目したいのは、二松本の絵の数の多さである。数の多さは、挿絵の性格にも関わってくる。(2) また、奈良絵本諸本の挿絵については、いくつかの本で寛永三年版（一六二六、以下寛永版）『保元物語』『平治物語』を利用している可能性が指摘されている。(3) 星瑞穂(4)は海の見える杜美術館蔵絵巻について「寛永三年版が大きな原動力となり、本絵巻の成立に深く関わっていたとみられるのである」と指摘している。海の見える杜美術館蔵絵巻の絵はそっくりそのままではないが、場面選択など寛永版（もしくは同様の図）をもとにしている可能性は高い。他の絵についても原水民樹は寛永版をもとにした可能性を指摘している。(5)『保元』は中世期に遡る絵はあまりないし、『平治』も奈良絵本類の絵は『平治物語絵詞』の図様とは異なっている。『保元』『平治』の版本に目を向けると、寛永版の後の明暦三年版（一六五七）は図数もふくめて寛永版をふまえて作られている。貞享二年版（一六八五）は寛永版と大きく異なっていて、現時点では奈良絵本の絵とはあまり関連性が見られない。

本稿では主に寛永版と海の見える杜美術館蔵絵巻（『保元・平治物語絵巻をよむ　清盛栄華の物語』三弥井書店、以下頁数は同書）との比較を通して、二松本の表現の特徴を明らかにしていきたい。調査が充分ではないが、ここでの成果をもとにして他の本に広げたいと考えている。

二　二松本の挿絵と寛永版との関係

この節では寛永版との関係を見ていきたい。二松本『保元』巻六「北方身をなげ給ふ事」（巻数や章段名は二松本。以下同様）では、保元の乱後、源為義の北方が入水する場面がある。夫や幼い子ども達の死を聞いた北方は自ら桂川に飛び込むのである。〔保42〕（磯水絵・小井土守敏・小山聡子編『二松學舍大学附属図書館蔵 奈良絵本『保元物語』『平治物語』』（二松學舍大学東アジア学術研究所二〇一二年）の図の番号。以下同じ）（図1）は北方の入水直後の場面である。絵には入水に驚く人々の様子が中央に描かれ、画面下には北方の足が水面に描かれて飛び込んだ直後であることが知られる。注目したいのは北方の入水に驚く人々の姿である。画面中央左で上半身裸の男は両手を広げている。その下の童も両手を広げている。さらに画面左下の北方が積んでいた石の塔にも注目しておきたい。本文に北方が夫や子ども達のためと回向して石で塔を組む様子が語られるのに対応しているのだろう。北方は塔を組む間にそしらぬ顔をして自らの懐に石を入れていた。確実に沈むようにと入水の準備をしていたのであった。寛永版の同場面（図2）では構図は逆になるが、中央に両手を広げて驚く男がいる。そして飛び込んだ直後の北方の足が水面に見えている。また石で組まれた塔もある。このような共通点があり、寛永版をふまえて描かれたことが推測される(6)。海の見える杜美術館蔵絵巻（三六頁）でも同様の場面がある。やはり手を広げて驚く男の姿があり、共通性が感じられる。川の中には飛び込んだ北方の足は見えないが、着物のみが見え、飛び込んだことが表現される。ここでは海の見える杜美術館蔵絵巻よりも二松本の方が寛永版との共通点は多いようだ。

『平治』巻二「唐僧来朝の事」では生前の信西の姿が語られる。鳥羽法皇を前にした唐僧と信西との対面場面だが、唐僧の言葉を理解する信西の様子が語られる。二松本〔平10〕では左上の御簾越しに鳥羽法皇がいて、鳥

図１　北方入水の場面〔平42〕

図２　寛永三年版本　同場面（福井市立図書館蔵）

羽法皇の右下に唐僧がいる。信西は左下の近くに控えている。さらに画面の右下に控える人物がいる。そして、画面上側には山並みが描かれる。これは鳥羽法皇が熊野参詣の時になされた対面であり、熊野という場が「山並み」で表現されている。

寛永版でも同様の構図が用いられる。画面の上側には「山並み」が描かれ熊野参詣時であることが表現される。鳥羽法皇が画面左上で御簾越しにいて、唐僧が右下に控える。信西の位置は二松本と異なり、さらに画面の右下端（法皇と距離があるように）に控えている。寛永版は「信西末座に候ひけるが」とある本文をふまえたのだろうか。二松本では通訳的な役割である信西のあり方に注目して法皇の膝元の位置に描かれたのだろう。寛永版との共通点も多く、典拠とされた可能性も高いのだが、物語理解をもとに描き変えているようだ。

この場面は海の杜美術館蔵絵巻（五三頁）にもある。構図は同様だが、御簾は上がり、鳥羽法皇は顔を出している。また、画面上側の山並みがない。この場面でも二松本の方が寛永版に近い。

『平治』巻五「頼朝をんるになためらる、事」では、囚われの身となった源頼朝が卒塔婆を作る姿が語られる。二松本では卒塔婆を作る頼朝の姿が描かれる。頼朝の背後には屏風があり、縁には控える人が二人描かれる。同じ場面は寛永版にも描かれるが、二松本に比べて簡潔な表現である。

このように寛永版を典拠としたと考えられる絵もいくつかあるが、そのふまえ方はそれぞれである。同様の場面でも異なる表現も見られるものの、寛永版（もしくは同様の図）が二松本制作の際の資料となっていた可能性は高いのではないかと考えている。だが、二松本は他の奈良絵本に比べて絵の数も多く、寛永版にない場面も少なくない。寛永版以外の典拠も今後検討する必要があるだろう。

三　物語本文と挿絵の表現——逐語訳的な絵画の表現——

二松本の挿絵の表現で、特徴的なのは物語本文との関係である。結論的なことを述べると、物語本文の個々の表現を逐語訳するかのように絵に再現しようとする志向が強い。本文をどのように再現するのかは絵を分析する際の一つの指標となる。

『保元』巻二「上皇三条殿御幸の事　付官軍せいそろへの事」では、保元の乱前に官軍が参集する様子が語られる。〔保21〕では、見開き図で官軍の参集場面が描かれるのだが、三つの固まりに分けて描かれている。これは物語本文で、「よしともにあひしたかふつハものおほかりけり〜二百よきとそしるしたる」「きよもりにあひしたかふ人々にハ〜六百よきとぞしるしたる」「兵庫のかミよりまさにあひしたかふつハものたれたれそ〜二百きはかり也」と源義朝・平清盛・源頼政と三者に分けて語られていたことに対応している。寛永版や海の見える杜美術館蔵絵巻（一五頁）では二松本のような描き分けはなされていない。

図3　信頼と義朝の対面場面（海の見える杜美術館蔵絵巻）

『平治』巻一「信頼卿しんせいを亡さるゝぎの事」では藤原信頼が対立する信西を滅ぼすための話し合いが行われて、源義朝が呼び出される。そこで信頼から義朝に太刀などが授けられることとなる。〔平2〕（口絵5）では、義朝が呼び出された場面が描かれるのだが、ここで描かれる内容が本文の個々の表現に対応しているのである。「（信頼が）いか物つくりのたち一こしみつから取いたしかつハよろこひのハしめとてひかれたりよしともつゝしんてうけとりて」「白く黒くさるていなる馬二疋かゝみくらをひて引立たり夜陰の事なれハたいまつふりあげさせて」「よりまさ光もとすゐさねとうをもめされ候へ」と本文にある。絵は、縁の上に信頼がいて太刀を前に義朝が同じく縁の上で控えている。庭には白い馬・黒い馬が一疋ずつ連れられている。庭には松明を持つ人が描かれていて夜（夜陰の事）であることが表現される。松明の人が先導して頼政と思われる人も庭にやってきている。本文の個々の表現に対応するかのように絵には再現されている。海の見える

図４　三条殿闇討の場面〔平４〕

杜美術館蔵絵巻（図３）では信頼と義朝の室内での対面場面があるが、二人は向かい合い、間に太刀があるのみで、二松本のような個々の本文との対応は図られていない。寛永版も室内での信頼と義朝の対面場面となっている。

『平治』巻一「三条殿へ発向　幷信西の宿所やきはらふ事」では三条殿や信西の宿所などに火がかけられる。『平治物語絵詞』などで三条殿闇討ちとして知られる著名な場面である。押し寄せた軍勢と逃げまどう人々の様子が描かれ、後世、模写されることも少なくない。〔平４〕（図４）ではそうした著名な絵の表現とは異なり、縁の上で女が両手を広げて松明を掲げた武士の尋問を受けている様子である。また、女が倒れ込んだり、子どもがつかまえられたりと女や子どもに対して武士達が追及する様子が目立つ。これは、本文の「女わらハのあはてまよひ出けるをしんせいかすかたをかへて逃らんとて」とあるのに対応して、信西が女や子どもに姿を変えて逃げるのではないかと疑い、取り調べている様子を描いたものである。海の見える杜美術館蔵絵巻（四九頁）にも女や子どもの姿は描かれるが、二松本ほどの注目度で描かれるわけではない。二松本の武士に松明で照らされて縁の上で尋問を受けている女などは、信西と疑われて申し開きをしている様子と解せる。両手を広げて身の潔白を示しているのだろうか。寛永版では背後に炎がある中で人々が逃げていく場面である。メトロポリタン美術館蔵『保元平治合戦図屏風』（角川書店版、五二・五三頁、以下頁数は同書）は三条殿の中に人があふれ争う様子である。他本と比較すると、二松本の本文を再現する性格が明らかになってくる。

『平治』巻四「義朝はいほくの事」〔平27〕では、藤原信頼や源義朝の屋敷に火をかける平家軍の様子を描く。屋敷に火をかけた場面が絵の表現の中心にあるが、その一方で画面左下には雲で分けて室内での義朝の娘の様子が描かれる。これは、義朝の命令を受けた鎌田が義朝の娘のもとに赴いた場面である。この後、娘は自害をすることとなる。本文では、「ひめきミ仏前にきやう打よミておハしけるか、まさ家を御らんじて、さていくさハいかにと、ひ給へしかハ」とあり、絵では娘が経を読んでいる時に報告がなされた様子を描く。雲で画面を区切ることで、街中で起こっていることとは別なドラマが同時に起こっていることを描きだしている。寛永版では屋敷と炎の表現のみがクローズアップされ、人は描かれない。海の見える杜美術館蔵絵巻にはここで屋敷を焼き払う場面はない。なお、メトロポリタン美術館蔵屏風（八五頁）では娘が手をあわせているのを泣く泣く手にかけようとする鎌田の姿が描かれる。

このように、二松本は本文の表現を逐語訳していくように再現しようとする志向が強い。場面を大づかみにするような描き方ではなく、本文の描写に基づきながら再現していくのである。

物語本文との対応ということでは、時刻、季節や天候にも二松本は関心を寄せている。例えば、『保元』巻四「関白殿本官にきふくし給ふ事　付ぶしにくハんしやうおこなハるゝ事」では、源義朝・平清盛・陸奥新判官が昇殿を許される。これは「十一日夜に入て」と夜の出来事であることが記される。その時刻が意識されているのか、〔保31〕では燭台に火が点されて「夜」が表現される。海の見える杜美術館蔵絵巻（一二三頁）にも同様の場面はあるのだが、そこでは燭台などの表現はなく、「夜」が意識されていない。寛永版でも「夜」の意識はない。

『平治』巻二「源氏せいそろへの事」は、天皇が平清盛により奪還された後、源氏勢が集められる章段である。〔平18〕（口絵7参照）では集まってきた源氏方の人々が描かれるが、ここで注目したいのは、木々に雪が残り、右上に朝日が描かれることである。これは、「十二月廿七日たつのこくはかりの事なるにきのふの雪きえのこりていしやうハたまをしくかことくなるにあさ日のひかりゐいてつして物のくのかなものか、やきわたつてことにゆうにそみえたりける」と、昨日の雪が残っていたこと、そして朝日が鎧装束を照らし輝いていて見えたと本文にあることに対応していよう。海の見える杜美術館蔵（絵巻五八・五九頁）にも同様の場面はあるのだが、そこには「雪」や「朝日」は見えない。これも二松本が本文の細部にこだわった結果であると思われる。また、『保元』巻三「白川殿をせめおとす事」〔保24〕では、源義朝のもとに鎌田次郎が報告にする場面が描かれるが、本文に「夜もやうやう明行に」と夜が明けようとする様子が語られており、それに対応してか、左上に朝日が描かれる。

　この他にも、二松本は「夜」を表すために火を点している表現があったり、朝日を描いたりなど、本文の天候や時刻の描写を絵に再現する傾向にある。これも逐語訳する意識で描いていく傾向といえよう。本節で述べた傾向は寛永版とは性格が異なるものである[7]。

図５　頼長上洛の場面〔保13〕

四　場面の〈状況〉の再現

　二松本が物語本文の個々の描写を逐語訳的に再現していく性格があることは確認できた。それだけではなく、その場面の「状況」をも再現していこうとする性格も有している。

　『保元』巻二「左大臣しやうらくの事」では保元の乱の動きが語られ、崇徳院方の水面下の動きが表現されている。〔保13〕（図５）では、中央に牛車で移動する様子、そして画面右下に輿で移動する様子が描かれる。牛車で移動するのは山城前司重綱と業宣である。本文に「御車にハ山城のせんししけつなかんきうれうなりのふ二人をのせられて御出の体にてうぢより入給へハ夜半はかりにもともりかちんのまへをそやりとをしける」とあるあたりを描いたものであろう。保元の乱前の緊迫した状況で、人目を忍んで宇治からやってきたのである。絵を見ると、牛車の周りの者達が周囲を見まわして警戒をしながら進んでいく様子が見て取れる。また、右下の輿に乗るのは、藤原頼長である。頼長は「左大臣殿ハ御こしにてだいご路をへて白川殿へ入せ給ふ」とあり、都に戻ってきたことが語られている。

頼長が乗る輿だが、これは張輿と思われる。本文には張輿に乗ってきたとの描写はないが、金刀比羅本（岩波書店、大系）には「我身はあやしげなるはりごしにやつれ給ひて、醍醐路をしのび〳〵にまいる」とある。張輿は略式の輿であり、左大臣である頼長が乗るのにはふさわしくない。張輿が用いられた例としては、『吉記』には文治元年（一一八五）に平宗盛が捕らえられて護送されるとき、元弘の乱（一三三一）で俊基中納言が刑されるとき、後醍醐天皇が笠置へ落ちられるときもこの輿を使っていることが『太平記』にある」（櫻井芳昭『輿（ものと人間の文化史156）』（法政大学出版局、二〇一一年）と挙げられている。また、メトロポリタン美術館蔵屏風（一五頁）では山中を進む頼長の輿がやはり画面の隅に描かれる。隅に描くことで「人目を忍んだ」様子が表現されているのだろう。二松本の本文（およびもとにしたであろうと思われる流布本）には直接語られずとも、頼長が忍びつつ入京を果たしたことを挿絵は表現しているようだ。頼長が張輿に乗り隅に描かれているのもそうした「忍びつつ」といったニュアンスを表現しようとしてとられた結果だと思われる。

『保元』巻五「義朝の幼少の弟悉うしなハるゝ事」は、合戦の勝敗が決した後、源為義の子ども達の様子を描いたものである。子ども達は為義からの迎えとだまされて輿に乗ることとなる。本文では、「我さきにとこしにあらそひのられけるこそあはれなれ」と語られる。子ども達が先を争い乗る様子を〔保39〕（図6）は輿を並べ、

図６　義朝の子ども達が輿に乗る場面〔保39〕

輿に乗っている状態、これから乗り込もうとしている状態などと描き分け、子ども達に動きを出すことで、争って乗り込む様子を表現している。海の見える杜美術館蔵絵巻（三四頁）では一つの輿の中に四人が乗って移動している。寛永版はこの場面の絵はない。

『平治』巻二「待賢門軍　付のふよりおつる事」では、合戦中、平重盛と悪源太義平との争いが語られる。〔平20〕では義平と重盛の争いが描かれる。画面左から馬に乗り走り寄るのが義平である。両手をあげて弓を脇に挟んでいる。これは「あくげんだ弓をばこわきにかいはさミあふミふんはりつ立あかり左右の手をあげ」の本文の再現である。本文の表現に対応させていく絵の姿勢の表れでもある。また、画面中央に木が存在感を持って描かれる。これは「あくげんたをはしめとして十七きの兵とも大しやう軍にめをかけて大庭のむくの木を中にたてゝ左近の桜右近のたちはなを七八とまてをいまハして」「さきの五百よきをハとゞめをきあらて五百よきをあひ具して又大庭のむくの木までせめよせたり」「さきのことく大庭のむくの木の下を追まハして五六とまてこそまふたりけれ」と物語の中で繰り返し語られる椋の木が描き込まれている。椋の木が物語内で特に機能しているわけではないのだが、繰り返し語られる椋の木を、この場面の背景として重視し中央に存在感を持って描いたのであろう。

　このように、二松本は物語本文を再現しようとするだけではなく、「お忍びで動いている様子」「争うように乗る様子」などその場面の状況や動きをも再現しようとしている。また、背景にあった「椋の木」を描き込んだりしている。より物語を読み込み、再現しようとする性格がうかがえる。

五　イメージとしての〈源平合戦〉として読む『保元』『平治』

『保元物語』『平治物語』は一つの独立した作品であるが、それらを読む時には、『平家物語』や『曾我物語』、『義経記』、またはそれらに題材を得た能や幸若舞曲などを視野にいれなければならない。それらの作品や芸能、または絵画などで構成される、いわば、「イメージとしての〈源平合戦〉」を考えなければならない。一二世紀後半を背景に展開された一連の物語や芸能は成立年代や成立事情などはまちまちだが、近世期には横並びになり、それぞれのテキストの読みに影響を与えている。

例えば、『平治』の斎藤実盛の描き方に注目してみよう。斎藤実盛は『平家物語』巻七「実盛最期」に語られる最期の様子がよく知られている。老齢の身を隠すために、白髪を染めて戦いにのぞみ、討ち取られてしまった。名のらずに死んでいったが、首実検の際に、源義仲等によって実盛ということが判明したという。この話は謡曲『実盛』としても知られる。その最期の地（首洗い池）は、近世期になると名所として俳諧の世界で詠まれるようにもなっていく（『誹諧名所小鏡』など）。『平治』を読む際は、『平家』や謡曲で知られる実盛の若い頃の様子として読まれたのではないか。『平治』では、実盛は合戦中のいくつかの場面で活躍しているわけだが、そのエピソードを二松本は描いていく傾向にある。

『平治』巻三「待賢門軍　付のふよりおつる事」〔平23〕では画面上側に実盛が東条五郎を射殺す場面が描かれる。また、同じ章段の〔平24〕では、源頼政と悪源太義平の争いが描かれる。実盛は義平から命じられて山内須藤滝口俊綱（西に向かい手をあわせている、画面左下）の首を斬ろうと走り寄っている。また、『平治』巻四「義朝はいほくの事」〔平28〕では、逃げていく源義朝に同行した実盛は、山法師を説得、また、兜を投げてその隙に逃げ出している。山法師の説得場面はメトロポリタン美術館蔵屏風（八五頁）や海の見える杜美術館蔵絵巻（六四頁）にも描かれるものの、他の二つの場面は寛永版や海の見える杜美術館蔵絵巻には描かれない。なお、メトロポリタン美術館蔵屏風（七一頁）には実盛が東条五郎の首を町人に見張らせる場面が描かれる。また、山内須藤滝口俊綱が落馬しかけている場面（七五頁）は描かれるが、実盛の姿を描いていない。二松本の実盛の動向への注目がうかがえる。

作品間のイメージの連関ということでは源頼朝の姿も注目できる。『平家』などで知られる頼朝の若い頃の姿を読むこととなる。『平治』巻四「常盤ちうしん　并信西子息各をんるにしよせらる丶事」〔平34〕では、雪深い山中で義朝等からはぐれてしまった頼朝が描かれる。これは海の見える杜美術館蔵絵巻や寛永版にはない。また、『平治』巻四「頼朝あふハかに下着の事」〔平37〕は、頼朝が鵜飼いと話し青墓へと向かう場面である。海の見える杜美術館蔵絵巻にはなく、寛永版は頼朝が青墓に向かう別の場面を描く。『平治』巻五「頼朝いけとらる丶事」〔平44〕（図7）では藪の中に隠れる頼朝が描かれる。草むらのなかに隠れる様子は、『伊勢物語』一二段「武蔵野」の絵（図8）とイメージが重なる。『伊勢』では、男が女を連れて武蔵野へ行ったのだが、女を草むらにおいて逃げていく。ところが、伊勢物語絵では男女がともに草むらの中にいる形で描かれる。これは女が詠んだ歌の一節「つまもこもれり我もこもれり」という女の歌の心を描いたものといえる。(8)

改めて両者の絵を見比べてみると、草むらにこもる男と頼朝が重なる。追手の人が『伊勢』では松明を持ち、『平治』では長刀を持つ。注目したいのは、左肩を出して弓を持つ追手の男が両者で共通して描かれる点である。絵師も『伊勢』のこの場面を意識したであろうし、読者も『伊勢』の絵を意識しつつ読むはずである。『伊勢』と重ねて描くことで、頼朝の「東国へ下る貴公子」イメージが強化されるのではないか。

『平治』巻六「頼朝をんるの事　付盛やす夢あハせの事」〔平52〕では捉えられた後の頼朝に纐纈源五郎盛安が

図7　藪の中に隠れる頼朝の場面〔平44〕

図8　『伊勢物語』12段「武蔵野（『伊勢物語絵』角川書店）」

「出家をしないように」頼朝にささやく場面が描かれる。これも寛永版、海の見える杜美術館蔵絵巻にはない。次の〔平53〕では池禅尼と頼朝との別れの場面が描かれ、池禅尼と頼朝がともに涙している。これも海の見える杜美術館蔵絵巻や寛永版には描かれない。さらに、〔平54〕では頼朝が東国へ下るために琵琶湖で舟に乗る場面が描かれる。これも寛永版や海の見える杜美術館蔵絵巻には描かれない。舟に乗る絵は『伊勢』九段「隅田川」を思わせる。もともと『平治』本文に舟に乗る場面があるのだが、ここで描かれることで、『伊勢』と重ねあわせ「東国へ下る貴公子」イメージがさらに強化されるのではないか。

ここまで見てきたように、挿絵はことに頼朝に注目して描こうとする姿勢、頼朝の動向を細かく描いていくあり方が見える。『伊勢』のイメージを重ねながら、「東国へ下る貴公子」イメージを強化しているといえるだろう。

この後、物語は義経の動向へと移っていくわけだが、頼朝のイメージを義経が引き継ぐように描かれていく。『平治』巻五「うし若奥州くたりの事」〔平55〕では、遮那王（義経）のもとを吉次が訪れ、話をする場面が描かれる。絵だけをみると、頼朝と義経の姿は同じように描かれ、頼朝の話の続きのように見える。〔平56〕では遮那王の元服場面である。続けて〔平57〕では藤原秀衡が太刀や馬を義経に授ける場面である。右下の縁側には佐藤兄弟が控えている。物語本文にあるとおりに、鎧・太刀・馬が逐一描かれている。なお、海の見える杜美術館蔵絵巻は義経をめぐっては、鞍馬寺の様子しか描かれず、寛永版には義経の動向は描かれない。義経の動向に注目して描くのは二松本の特徴といえるだろう。

また、『平治』の結末部分にも注目したい。『平治』巻六「頼とも義兵をあけ平家たいぢの事」〔平58〕は「富士川合戦」の絵である。『平家』巻五「富士川」に詳しいが、水鳥の音を聞いた平家軍が逃げ出していく場面である。ここも海の見える杜美術館蔵絵巻や寛永版には描かれない。〔平59〕では、平家が滅んだ後、頼朝が京上りを行った際の絵である。近江国松原付近で、二人の老人が土瓶を二つ持ってくる。尋ねてみると、かつて追われる身であった頼朝はこの地で匿ってもらったことがあり、その際に口にした濁り酒なのだという。頼朝は、そのことを思い出し褒美を取らせるのであった。また、末尾の絵である〔平60〕では、頼朝は纐纈源五郎盛安に様々な褒美を授けている。盛安はかつて頼朝に出家をしてはいけないと進言していた人物であった。かつて頼朝を助けた者が褒美を受けとる図式だが、結末を飾る二つの絵は、権力者としての頼朝の姿を示した絵であった。頼朝と臣下たちの姿は、そのまま近世期の武士達の主従関係に投影することができよう。二松本の挿絵は、そうした時代背景や奈良絵本が制作される過程をも想像させる。また、頼朝と義経の挿絵での姿は「源氏再興の物語」として読まれるだろう。そのような読みを導くように挿絵は描かれているのである。

六　近世的な表現、残酷な場面の回避、中国イメージ、女性の描き方

前節までで、二松本の挿絵の特徴を述べてきたが、ここでは課題も含めて、気になる点をいくつか上げておきたい。

『平治』巻五「悪源太ちうせらるゝ事」では、悪源太義平は平清盛の命を狙っていた。義平は自身の郎等の志内六郎景澄と過ごし、景澄を主人、義平を下人として生活していた。義平が住んでいた家（宿か。金刀比羅本は三条烏丸の宿とする）に家主が障子の隙間からのぞいてみると、主人が下人に膳を用意して、主人自身は下人の飯を食べていた。家主は不審に思い、平家一門に報告する。その後、義平は難波次郎経遠により捕縛されてしまうのであった。ここで食事をしている様子が〔平41〕（図9）にあるのだが、この場面は、家の様子や暖簾の屋号など、いかにも近世的な表現であろう。制作年代は寛文・延宝頃とされる本書であるが、まさにその時代の町中を描いた表現になっている。絵画の時代考証的な側面はあまり気にしない方がいいのかもしれないが、この場面はいかにも近世の風景である。

図9　義平が見つかった場面〔平41〕

また残酷な場面が回避される傾向にあるようだ。例えば、『平治』巻四「信頼かうさんの事　幷さいこの事」では藤原信頼の処刑が語られる。物語本文では信頼は必死の抵抗を見せて暴れたとある。どうにもならぬので押さえつけて首を斬ったとしている。〔平31〕は処刑場面であるが、信頼は手を合わせて後ろで太刀を振り上げる

人物がおり、一般的な処刑場面といえよう。メトロポリタン美術館蔵屛風（八九頁）では信頼は押さえつけられた上で斬られようとしている。寛永版では処刑人自身が信頼の首を押さえている。また、海の見える杜美術館蔵絵巻（六八頁）では首のない信頼の遺体とそれを杖で打つ人物が描かれる。杖で打つ人物は、かつて信頼に所領を横領されたとのことでこうした仕打ちにでたのであった。二松本は「暴れて押さえつけられる」「死後に杖で打たれる」といった本文が語る信頼の最期の表現を避けて、より一般的な処刑場面として描いているといえよう。

また、『保元』巻五「義朝幼少の弟悉うしなハるゝ事」では、源義朝の幼い弟達が処刑される様子が語られる。〔保40〕は、処刑を前にして、年上である一三歳の乙若が幼い弟達に語りかける場面である。見開きの画面の左側にいるのが乙若で右側に三人いるのが弟達であろう。海の見える杜美術館蔵絵巻（三五頁）は、あとを追い自害する乳父たちの姿が描かれる。切腹をしたり、互いに差し違えている様子が描かれている。寛永版では弟達の処刑後、首実検が行われた場面である。四つの首が並べられている。二松本は「幼い者達の処刑」「乳父たちの自害」「首実検」などの場面を避けたのだと思われる。他の奈良絵本にもいえることだが、二松本は残酷な、生々しい場面は避けられる傾向にある。これは制作の事情（嫁入り本として制作されたなど）という性格が関係しているのだろうか。

さらに、寛永版等と比べて中国説話をもとにした絵が増えている。『保元』『平治』自体が『平家物語』や『曾我物語』『太平記』などと比べてそれほど多くない中で、機会を逃さずに描いているといえる。『保元』巻五「新院御せんかうの事　幷重仁親王の御事」〔保47〕は無塩君が帝に意見する場面である。(9)『平治』巻二「きよゆうか事」〔平15〕では、巣父が牛を引いてやって来た時に耳を洗う許由の姿を描いたものである。『平治』巻三「義朝六波羅に寄らるゝ事　頼政心替の事　付漢楚のたゝかひの事」〔平25〕では、王陵の母親が息子のために自害した場面が描かれる。この絵は寛永版や海の見える杜美術館蔵絵巻にはない。『平治』巻五「付こゑつのたゝかひの事」〔平49〕では獄中の越王を描いている。この場面は海の見える杜美術館蔵絵巻にもある。寛文・延宝期という時期の中国イメージの広がりは総合的にとらえる必要がある。(10)今後の課題といえるだろう。

また、女性の描き方も注目できるだろう。為義の北方・常盤・池禅尼など物語には女性達の姿もさまざまに語られている。それらを描いた絵の傾向も検討する必要があろう。〔平25〕で見た、王陵の母親が息子のために自害をした場面を描いた点も注目できる。近世期は軍記物語が女訓書の題材に使われた例もある。また、嫁入り本として制作された可能性がある奈良絵本の類とその挿絵の性格についても検討課題である。

七　まとめと今後の課題

ここまで見てきたように、二松本は、寛永版を部分的に典拠としていた可能性がある。そのふまえ方は絵によりさまざまであった。そして挿絵の性格を考えていく上でのポイントは、物語本文の再現であった。物語本文を遂一再現していく絵のあり方は、寛文前後にいくつかの作品で見えてくる。(11)寛文・延宝頃の制作と考えられているが、こうした挿絵の性格も、その証左といえるかもしれない。また、本文の表現に対応させていくという性格も、図数が多いことにもつながっていくことになる。

今回は限られた資料での比較で指摘にとどまるものも少なくないが、ある程度の方向性は出せたのではないかと思う。今後は調査を重ねてさらに二松本の性格を追究していきたい。

（1）　磯水絵・小井土守敏・小山聡子編『二松學舍大学附属図書館蔵　奈良絵本『保元物語』『平治物語』』（二松學舍大学東アジア学術総合研究所、二〇一二年）。石川透・星瑞穂編『保元・平治物語絵巻をよむ』（三弥井書店、二〇一二年）。原水民樹「『保元物語』整版本の展開」（『徳島大学総合科学部言語文化研究』五号、一九九八年二月）・「静嘉堂文庫鱗

形屋版保元物語について」（『徳島大学総合科学部言語文化研究』七号、二〇〇〇年二月）・「奈良絵本保元・平治物語について」（『汲古』四五号、二〇〇四年六月）「『保元物語』書写・購求・考証・利用の諸相——江戸時代における古典学・古典籍愛好の一齣——」（『徳島大学総合科学部言語文化研究』一五号、二〇〇七年一二月）など一連の原水氏の論。また、松尾葦江他編「国文研究資料館蔵『保元物語』・『平治物語』及び『平家物語』（写本）マイクロ資料解題」（『調査研究報告（国文学研究資料館）』二五号、二〇〇四年一一月）など。

（2）例えば、寛文五年版『源平盛衰記』は絵の数が一三四六図と多い。『盛衰記』の挿絵は本文の個々の表現を逐一再現していくような逐語訳的な性格を持つ。挿絵の数と絵の性格は関連していると考えている。出口久徳「寛文期の『源平盛衰記』——寛文五年版『源平盛衰記』の挿絵の方法——」（『日本文学』五八巻一〇号、二〇〇九年一〇月）参照。

（3）星瑞穂（前掲註1書）。原水民樹「『保元物語』写本目録稿補遺」（『徳島大学総合科学部言語文化研究』一五号、二〇〇七年一二月）は、国文学資料館蔵奈良絵断簡、彦根城博物館蔵彩色絵入写本の挿絵も寛永版や明暦版の挿絵と似ていると指摘している。また、寛永三年版の挿絵については、出口久徳「物語絵画と定型をめぐって——寛永三年版『保元物語』の挿絵を中心に——」（『日本文学』六二巻七号、二〇一三年七月）で論じた。

（4）星瑞穂（前掲註1書）。

（5）原水民樹註3論文。

（6）寛永版から直接ではない可能性も考えているが、同様の図様のものと思われる。以下で寛永版との関係を述べている部分に関しても同様。

（7）註3の拙論参照。

（8）千野香織『絵巻　伊勢物語（日本の美術301）』（至文堂、一九九一年六月）。

（9）小井土守敏氏の御教示による。本書の小井土論文参照。なお、寛永版にも同場面がある。

（10）宮腰直人「「出版と絵画」——説経正本『王照君』を端緒にして——」（小峯和明編『漢文文化圏の説話世界（中世文学と隣接諸学1）』竹林舎、二〇一〇年）では、寛文年間を中心に、中国故事人物をテーマにした古浄瑠璃正本が多く刊行されていることを指摘する。制作の時代、他分野の中国説話の絵画化の状況を検討する必要があるだろう。

（11）例えば、『曾我物語』については小井土守敏、『源氏物語』については清水婦久子がこの現象についてはそれぞれ論じている。かつて以下の拙論で、『義経記』や『源平盛衰記』について論じたことがある。寛永頃の挿絵の作り方と比較して、寛文頃は本文との対応のあり方で明らかな差異が見られることが少なくない。この現象が意味するものについては今後の課題としたい。清水婦久子「近世源氏物語版本の挿絵」（『講座平安文学論究　第八輯』風間書房、一九九〇年）、小井土守敏「絵入版本『曾我物語』について——寛永頃無刊記整版と寛文三年刊本の挿絵の検討——」（『日本語と日本文学』二五号、一九九七年八月）。出口久徳「寛文期の『源平盛衰記』」（前掲註2論文）・「絵入り版本『義経記』の挿絵をめぐって——近世前期の出版をめぐる一考察——」（『日本の文字文化を探る　日仏の視点から』勉誠出版、二〇一〇年二月）。なお、今回の考察を通して、メトロポリタン美術館蔵屏風との比較を本格的に行う必要があると感じている。メトロポリタン美術館蔵屏風も図数も多く、二松本に近い性格を有している面もある。ちなみに、両者に直接的な関係はないと思われる。典拠関係はもとより、個々のテキストが作り上げる絵の世界を考えることが大切だと思う。

付記　今回、執筆の機会をいただいた磯水絵先生をはじめとする関係の方々に深謝申し上げます。

奈良絵本『平治物語』の大路渡――二松本を中心として――

小山　聡子

はじめに

二松學舎大学附属図書館所蔵の奈良絵本『保元物語』『平治物語』（以下、二松本）は、『保元物語』『平治物語』ともに六帖、あわせて一二帖の完本であり、制作年代は寛文・延宝（一六六一〜八〇年）頃である。[1]

奈良絵本『保元物語』『平治物語』は、広島県廿日市市の海の見える杜美術館にも、絵巻（以下、海の杜本絵巻とする）と半紙縦型の冊子本（以下、海の杜本冊子）が所蔵されている。[2]さらに、彦根城博物館には、朝倉重賢筆とされる奈良絵本『保元物語』『平治物語』（以下、彦根城本）が所蔵されている。[3]その他では、たとえば、イギリスのエジンバラ市の図書館にも、奈良絵本『保元物語』『平治物語』（以下、エジンバラ本）が所蔵されている。ただし、エジンバラ本は、もとはあわせて一二帖から成っていたと考えられるが、現在のところ九帖のみとなっている。また、京都の玉英堂書店にも、彦根城本と同じく朝倉重賢筆とされる奈良絵本『保元物語』『平治物語』（以下、玉英堂本）が所蔵されている。[4]

以上にあげた奈良絵本『保元物語』『平治物語』は、いずれも江戸時代前期の制作である。石川透氏は、二松本・彦根城本・エジンバラ本・玉英堂本は、半紙本型の綴葉装であり特徴が一致することから、類似した環境で制作されたのではないか、と指摘している。(5)二松本は、他の奈良絵本『保元物語』『平治物語』と比較して、挿絵の数が多く、見開き絵も多数含まれている点に特徴があり、(6)豪華版である。

奈良絵本『保元物語』『平治物語』は、基本的には寛永三年（一六二六）平仮名交じり絵入り版（以下、寛永三年版本）、もしくは明暦三年（一六五七）平仮名交じり絵入り版（以下、明暦三年版本）をもとに制作されたと考えられ、流布本系統の本文を有している。(7)絵本の挿絵部分も、これらの版本をもとにしているものの、版本にはない新たな絵が加えられている場合と、版本にある絵を採用していない場合の双方が見られる。とりわけ寛永三年版本は、『保元物語』『平治物語』の絵入り本として最も古いものであり、大きな影響力を持っていた。

さて、奈良絵本『平治物語』には、信西（一一〇六～五九年）の死の顚末が描かれている。信西は、平治の乱で、南都へ落ちのびようとしたものの、その途中にある木幡山で自害に追い込まれた。信西は、追っ手に亡骸を見つけられることのないよう、従者に穴を掘って埋めさせ念仏をしながら往生しようとした。しかし、結局信西は、追っ手に発見されてしまい、生きながらにして首を斬られてしまった。信西の首は、首実検のために都へ運ばれ、河原で検非違使に引き渡されて大路渡をされたのち、獄門に懸けられた。大路渡とは、洛外で朝敵の首を取った武士が鴨川の河原まで首を運び、それを検非違使が受けとり大路を渡す行為や、生存中の罪人自身を都大路に渡す行為のことである。

二松本『平治物語』巻第一「信西の首実検の事付大路を渡しこくもんにかけらるゝ事」には、都大路を渡される信西の首が描かれている。信西の首は、牛車の中に置かれた脚付の四方の上に乗せられている。二松本『平治物語』では、なぜ信西の大路渡の場面をこのように描いたのであろうか。というのは、二松本に描かれた信西の大路渡のあり方は、平安末期の大路渡のそれとは大きく異なっているからである。本稿では、二松本以外の奈良絵本『平治物語』などに描かれている大路渡との比較を通して、二松本の特色について検討していきたい。

一　二松本に描かれた大路渡

二松本『平治物語』巻第一「信西の首実検の事付大路を渡しこくもんにかけらる、事」（口絵6）には、信西の大路渡の場面が描かれている。

ここでは、信西の首を運ぶ牛車の御簾は上げられており、窓も開けられている。かろうじて牛車の側面から四方の隅の部分が見えることから、信西自身が牛車に乗っているのではなく、信西の首が乗せられていることがわかる。首の切れ目部分は、ちょうど窓枠と同じ高さに描かれている。したがって、牛車に乗っているのが、信西本人であるのかその首のみであるのかは、凝視しなくては判然としないようになっている。その上、信西は、眉を寄せて目を見開く姿で描かれており、まるで生きているかのようである。これらのことから、二松本の制作に携わった絵師が、生々しく見えないよう、細心の注意をはらっていた点が明らかである。

この場面は、詞書の「大路をわた《渡》しこくもん《獄門》にかけらるへしとさため《定》られけれは、きやう《京》中の上下河原にいち《市》をなしてけんふつ《見物》す。のぶより《信頼》よし《義》朝も車をたて、これをみる。（中略）此くひ《首》、のふより《信頼》よしとも《義朝》、車のまへ《前》をわた《渡》るとき打うなつ《頷》ゐてそとを《通》りける」に対応するものである。二松本には、平治の乱で信西の敵となった藤原信頼と源義朝が信西の首を見物する姿が描き込まれている。その周辺には、髻を露わにして見物する庶民の姿も描かれている。これは、当然、平安末期の庶民の姿ではあり得ず、江戸時代の庶民の姿が投影されたものである。

さて、大路渡は、安倍貞任と重任らの首が源頼義によって京にもたらされて行なわれたことをきっかけとして、その後も行なわれるようになった。『水左記』康平六年（一〇六三）二月一六日条には、そのときのことについて次のように記されている。

　検非違使於二四条京極間一請取、其儀、抜二本鉾一、以二検非違使鉾一挿レ之、即以二着鈦一持レ之、先貞任、次重任、経清也、（中略）各傍看督長二人、放免十余人相従、(8)

貞任らの首は、鉾に付けられて都まで運ばれ、四条京極の河原で検非違使の鉾に付け替えられた。すなわち、首は、検非違使の鉾に挿し替えられ、大路渡をされたのである。このときには、着鈦が鉾に付けた首を持ち、看督長二人と放免一〇余人がそれに従った、とされている。

　大路渡は、ほぼ中世を通して行なわれていたものの、とりわけ源平の合戦前後に集中して行なわれていた。(9)大路渡のときには、首を鉾や長刀などに挿すか、もしくは結い付ける場合がほとんどであった。たとえば、一三世紀後半頃制作の『平治物語絵詞』「信西巻」でも、信西の首を長刀に結び、都大路を渡す様子が描かれている。二松本『平治物語』にあるような、牛車に首を乗せて渡すことは、実際には行なわれていなかったのである。(10)

　また、本来、大路渡は、検非違使によって行なわれていた。当然、信西の大路渡も、検非違使が執り行なったはずである。たとえば、『平治物語絵詞』「信西巻」にも、故実通りの姿で、検非違使の一行が隊列を組み大路を渡る様が描かれている。(11)それに対して、二松本『平治物語』では、検非違使の姿とは全く異なる姿をした武士が牛車を先導し、かつその周囲を取り囲んでいる。(12)また、信西の大路渡が行なわれた平安時代末期では、牛車を引く牛の横には必ず牛飼童が一人、もしくは二人いた。牛飼童は、童子形をとるので、烏帽子をかぶらず髪の毛を後ろに束ねていた。それにもかかわらず、二松本では牛の横には鎧と烏帽子を身につけた人物が配置されており、明らかに平安時代の牛飼童の姿とは異なる姿をした者が描かれている。これらのことから、二松本に描かれた大路渡の絵は、烏帽子をかぶる人物を描くなど、平安時代の雰囲気を醸し出そうとする姿勢は見られるものの、史実を綿密に考証した上で描かれてはいないことが明らかである。

二　諸本に描かれた信西の死

前述したように、奈良絵本『保元物語』『平治物語』は、基本的には寛永三年版本、もしくは明暦三年版本をもとに制作されている。しかし、これらの版本には、信西の首を渡す場面は描かれていない。したがって、二松本『平治物語』にある大路渡の場面は、版本によるものではないことになる。それでは、版本や他本では、信西の自害や首実検、大路渡について、いかなる場面を絵として採用し、どのように描いているのであろうか。

この点について、筆者が実際に調査し得た作品、もしくは画像を入手し得た作品である、寛永三年版本および明暦三年版本・海の杜本絵巻・海の杜本冊子・彦根城本を中心に、検討していきたい。ちなみに、二松本がもとにしている明暦三年版本は[13]、寛永三年版本を踏襲している。その挿絵部分は、寛永三年版本を模倣したものであり、寛永三年版本と同一である。

それではまず、信西の自害および首実検、大路渡について、版本および諸本での絵の挿入の有無を表にしたのでご覧いただきたい。

絵の内容	寛永三年版本 明暦三年版本	二松本	海の杜本絵巻	海の杜本冊子	彦根城本
信西の自害	○	×	○	○	○
信西の居場所を探す武士達	×	○	×	×	×
首実検	○	×	×	○	×
大路渡	×	○	○	×	○

海の杜本冊子は、版本と絵の挿入箇所が全く同一であり、絵自体も細部に多少の異同が見られるものの、酷似している。したがって、海の杜本冊子は、版本を描き写した作品であるといっても過言ではない。それに対して、二松本・海の杜本絵巻・彦根城本には、それぞれに独自のアレンジが多く加えられている。

信西の自害の場面は、版本では信西が座りこれから自害をしようとするところが描かれている。その周囲にいる四人の従者のうち一人は、出家のために髻を切っている。信西を埋めるための鍬も二本描き込まれている。海の杜本絵巻では、すでに信西は自害して横たわっている。その周囲にいる四人の従者のうち、三人が髻を切っているところであり、そのそばには、版本と同様に、二本の鍬が描かれている。海の杜本冊子は、ほぼ版本と同様である。彦根城本は、海の杜本絵巻と同様に、すでに信西は自害をして横たわっている。ここには、四人の従者のうち一人が髻を切っている様や、二本の鍬も描かれている。

このように、海の杜本絵巻と彦根城本は、信西がすでに自害して横たわっている点において版本と異なる。たとえば『平治物語絵詞』では、信西は、切腹して横たわる姿で描かれている。したがって、海の杜本絵巻と彦根城本にあるこの絵は、版本以外の絵を参照した上で描かれた、といえる。

また、版本では一人の従者が髻を切っているのに対し、海の杜本絵巻では三人の従者が、彦根城本では一人の従者が髻を切っている。したがって、海の杜本絵巻と彦根城本は、必ずしも同一の絵をもとにしているとはいえない。

さらに、いずれの本も、二本の鍬が描き込まれている点では共通している。要するに、信西自害の場面については、二本の鍬を描くという「常識」のもとに数種類の絵が出回っていたのである。奈良絵本を制作した絵草紙屋には、既成の絵草紙や商品の蓄積があったと考えられる。濱田啓介氏は、絵草紙屋では、手元に留めておいた副本や手本をもとに制作したのではないか、としている(14)。たしかに、奈良絵本の諸本を見比べてみると、似通っ

図1　彦根城本に描かれた信西の大路渡（彦根城博物館蔵）

た絵を目にすることが非常に多い。信西自害の場面にも、もともと数種類の絵が存在し、諸本の絵はそれらをもとに描かれた可能性が高い。

信西を捜索する追っ手の武士たちは、二松本のみに描かれている。ただし、これとほぼ同様の絵は、『平治物語絵詞』「信西巻」にも見えるので、二松本の制作に携わった絵師が創作したものではない。二松本では、その制作時にすでに絵草紙屋で収蔵されていた絵を模倣して、信西の居場所を探す追っ手の絵を描いたと考えられる。

首実検の場面は、版本と海の杜本冊子に見える。両者は、従者の立ち位置や首の置き方に至るまで、酷似している。

大路渡の場面は、二松本のほか、海の杜本絵巻と彦根城本（図1）に描かれている。ただし、海の杜本絵巻と彦根城本では、信西の首は、牛が引く荷車の上の四方に乗せられており、二松本とは大きく異なっている。

大路渡の絵は版本には含められていないにもかかわらず、海の杜本絵巻と彦根城本には共通点が見られる。したがって、海の杜本絵巻と彦根城本では、ともに版本以外の作品を参照した可能性が高い。

ちなみに、海の杜本絵巻と彦根城本では、見物する庶民の姿に江戸時代のそれが投影されており、検非違使の姿も故実のそれとはほど遠いものである。

また、海の杜本絵巻では、平安時代の牛飼童が持っていたような鞭を手にした人物が牛の横に描かれている。しかし、この者は、月代を剃って髷を結っており、明らかに江戸時代の人間の姿で描かれている。彦根城本では、牛を引く者は、平安時代の牛飼童と同様に、烏帽子をかぶらず髪を後ろに束ねているものの、鎧を身につける姿で描かれている。それに対して、平安時代の牛飼童は、鎧を身につけることはない。したがって、海の杜本絵巻と彦根城本は、ともに、牛飼童についても故実を調査して描かれてはいないことになる。つまり、故実にのっとって描かれていない点については、二松本と同じである。

このように、二松本・海の杜本絵巻・彦根城本には、絵の挿入の有無やその図様において、版本とは異なる点を多く見出すことができる。したがって、二松本・海の杜本絵巻・彦根城本は、寛永三年版本や明暦三年版本のみではなく、それ以外の『平治物語』に関する絵や『平治物語』以外の作品の絵も参照した上で制作されたと考えられる(15)。

そして、本稿で着目する二松本の大路渡の絵は、寛永三年版本および明暦三年版本には含められておらず、海の杜本絵巻や彦根城本のそれとも異なっている。それゆえ、このことから、二松本の大路渡の絵は、版本以外の『平治物語』に関する先行作品、もしくは『平治物語』以外の作品を参照したことによるものであるか、絵師独自の創作によるものであることになる。

三　室町時代以降の大路渡のあり方

前節で指摘したように、奈良絵本『平治物語』にある信西の大路渡には、牛車に首を乗せるパターンと荷車に首を乗せるパターンの二通りを見出すことができる。しかし、牛車や荷車に首を乗せて大路渡をする事例は、信西の首が大路渡をされた平安時代末期には見られない。前述したように、当時、大路渡は、鉾や長刀に首を挿すか、もしくはそれに結わえて行なわれていたのである。それでは、その後の時代ではどうであろうか。牛車や荷車に首を乗せる図様は、後の時代の大路渡のあり方を反映したものなのであろうか。

一四世紀末から一五世紀初頭の制作である『大江山絵詞』には、酒呑童子（鬼）の首の大路渡の場面が描かれており、そこでは酒呑童子の大路渡は、首を手輿に乗せて行なわれている。ただし、酒呑童子の首は巨大であるので、鉾や長刀に挿すことは不可能である。それによって、このような姿で描かれた可能性もある。[16] どちらにしても、室町時代でも、牛車や荷車に首を乗せて大路渡をする事例は、確認することができない。

また、奈良絵本が制作された江戸時代では、首を大路渡するのではなく、生存中に馬に乗せて市中引き回しをすることのほうが一般的であった。[17] また、『刑罪詳説』では、晒場に送られる獄門首を運ぶ一行が描かれており、そこでは首は俵に入れられて運ばれている。

このように、江戸時代では、首そのものを大路に渡すことは見られなくなる。ただし、首実検の作法を記録した書物には、大路渡は首を長刀や太刀の先に挿す作法をとるものとして記されている。たとえば、『首検知之次第』には、大路を渡すというのは諸人にその者の罪を知らしめるための行為であり、太刀の先に首を貫き、前後左右に随兵を配置して行なうべきである、とされている。

要するに平安時代末期と同様に、江戸時代でも、牛車や荷車に首を乗せて大路渡をした事例は見られない。したがって、このような図様は、実際に行なわれていた大路渡の様をそのまま反映したものではないことになる。

ただし、奈良絵本『平治物語』にある大路渡には、実際の大路渡の様を反映した箇所もある。たとえば、二松本をはじめとする信西の大路渡の場面では、信西の首は四方の上に据えられている。首を四方の上に据えることは、平安時代末期には行なわれていなかったものの、室町時代には行なわれていた。

たとえば、『康富記』文明二年（一四七〇）八月一八日条には、赤松満祐の弟の首実検の様子について、首を公卿（四方）の上に据えていたことが記されている。さらに、武家式法の故実書である『今川大双紙』には、首実検について次のように書かれている。

又台にすゆる《（据）》事位による也。てうてき《（朝敵）》又ハ御一家ならバ。くぎやう《（公卿）》にすべし。常ハひら折敷也[18]。

すなわち、首を台に据えるか否かはその者の位によることであり、朝敵や一家のものならば公卿に据え、通常は平折敷に据えるべきである、とされている。版本や二松本・海の杜本絵巻・海の杜本冊子・彦根城本に見える、首を四方に据える作法は、中世後期以降のこのような作法が反映されたものであるといえる。

また、戦国時代初期に制作された『鎌倉大草紙』にも、位によって首の置き方を変えるべきである、とする記述が見られる[19]。奈良絵本でも、『今川大双紙』や『鎌倉大草紙』にあるように、位によって首の晒し方が描き分けられている[20]。

このように、奈良絵本『平治物語』の大路渡の大部分は史実に基づいていないものの、細部については室町時代以降のあり方を反映しているといえる。

四　牛車を用いた大路渡

次に、牛車に首を乗せる図様について、検討していく。実は、二松本にある絵と酷似した絵は、メトロポリタン美術館所蔵『保元平治合戦図』にある信西の大路渡の場面にも確認することができる。『保元平治合戦図』は、一六世紀後半から一七世紀初頭の制作であり、六曲一双となっており、平治物語の箇所は流布本系統の諸本を典拠としている[21]。ジュリア・ミーチ＝ペカリク氏により、『保元平治合戦図』中の多くの絵が、一三世紀の『平治

捜し出されて首を斬られる信西
信西の首、都大路を引き回される

図２　メトロポリタン美術館所蔵『保元平治合戦図』に描かれた大路渡（下段の絵）
（梶原正昭・ジュリア・ミーチ＝ペカリク編『保元平治合戦図』角川書店、1987年）

物語絵詞』中の絵に酷似していることが指摘されている[22]。また、梶原正昭氏は、『保元平治合戦図』にある絵には、他の絵巻や合戦図で描かれる姿に類似したものも数多く見られることから、『保元平治合戦図』を制作するにあたり、多くの先行作品が参考にされたのであろう、としている[23]。

『保元平治合戦図』にある信西の大路渡は、角川書店の出版による『保元平治合戦図』で次のように掲載されている[24]（図2）。上段の絵は信西が首を斬られる場面であり、下段の絵は信西の大路渡の場面である。下段の絵をご覧いただくとわかるように、『保元平治合戦図』では、二松本と同じように牛車の御簾が上げられ、窓も開けられるかたちで描かれている。また、牛車の中の四方に乗せられた信西の首は、牛車の柱によってちょうど顔が見えないようになっている。

二松本の大路渡の絵は、『保元平治合戦図』にある大路渡のそれと非常に似通っていることから、二松本を制作した絵師の創作ではないことになる。二松本や『保元平治合戦図』では、信西の大路渡について、先行作品にあったこのような図様を参照して描かれたことが明らかである。

それではなぜ、二松本や『保元平治合戦図』にあるような、牛車に首を乗せて大路渡をするという奇妙な絵が描かれるようになったのであろうか。興味深いことに、『平家物語』巻一一「一門大路渡」では、源平の合戦で生け捕りにされた平氏一門の者たちの大路渡について、次のように語られている。

平氏のいけどりども京へいる。みな八葉のくるまにてぞありける。前後の簾をあげ、左右の物見をひらく[25]。

これによると、八葉の車に乗せられた平氏一門の者たちは、前後の御簾を上げ、左右の窓を開けられ、大路渡をされたのであった。生存中の罪人の大路渡をする場合、牛車に乗せて御簾と窓を開け放つ方法がとられていたからこそ、『平家物語』にこのような記述が見えるのであろう。

前後の御簾を上げ、窓を開けられる様は、まさしく、二松本や『保元平治合戦図』にある信西の大路渡の様と同一である。しかも、『平家物語』の明暦二年（一六五六）版本にある平氏一門の大路渡の挿絵は、二松本や『保元平治合戦図』のそれと類似している。とりわけ、明暦二年版本と二松本については、牛車の角度まで同じであり、牛車の周囲に侍る武士たちが身につける鎧の模様などまで似通っている。

要するに、牛車に首を乗せて大路渡をする絵は、故実に基づいてはいないものの、生存中の罪人の大路渡のときの作法に酷似しているので、それをもとに描かれたのだと考えられる。

五　荷車を用いた大路渡

さて、奈良絵本『平治物語』に描かれた信西の大路渡の絵には、牛が引く荷車に首を乗せるパターンもある。なぜこのような絵が描かれるようになったのであろうか。

牛が引く荷車に首を乗せる絵は、海の杜本絵巻と彦根城本だけではなく、奈良絵本『平治物語』以外の本にも数多く確認することができる。たとえば、『平家物語』巻九「樋口被討罰」には、木曾義仲と余頭の五人の首が大路渡をされた、とされている。『平家物語』にはそのあり方について具体的な記述はない。それに対して、『平家物語』の明暦二年版本には、牛の引く荷車に首が五つ乗せられている挿絵がある。そこでは、木曾義仲とおぼしき人物の首のみが四方の上に置かれている。この絵は、海の杜本絵巻や彦根城本の絵に非常に似通っているものである。

さらに、一七世紀半ば頃の制作『源平盛衰記絵巻』巻一「日向太郎通良首を掻くる事」でも、通良の首が牛の引く荷車に乗せられ渡される場面が描かれている。[26]同じく一七世紀半ば頃の制作『平家物語絵巻』巻一〇「首渡し」にも、平家一門の首が渡される様子が描かれており、牛の引く荷車に首が乗せられている。[27]

このように、江戸時代の版本や絵本、絵巻には、牛が引く荷車の上に首を乗せて大路渡をする光景が随所に描

図３　二松本に描かれた源為朝の大路渡（二松學舍大学附属図書館蔵）

き込まれている。つまり、このような図様は、広く流布していたといえるであろう。しかし、前述したように、平安時代のみではなく江戸時代でも、大路渡のときに首を荷車に乗せる方法はとられていなかった。

注目すべきことに、江戸時代の絵画では、生存中の罪人の大路渡をする場合でも、牛が引く荷車に乗せて描かれる場合がある。たとえば、二松本『保元物語』巻六「為朝いきとりるさいにしよせらる、事」には、源為朝が牛の引く荷車に乗せられて大路渡をされる場面が描き込まれている（図３）。

また、寛永三年版本および明暦三年版本と海の杜本冊子にも、これと似た絵が挿入されている(28)。江戸時代では、荷車は、主に米俵などの荷を運ぶときに用いられており、牛ではなく人間によって引かれていた。江戸時代には牛が人間や物資を運搬する様が日常的には見られなくなっていたことから、古い時代の大路渡の光景として荷車を牛に引かせる絵が考案され、描かれるようになったのではないだろうか。

また、荷車に首を乗せて大路渡をする絵は、寛永三年版本をはじめとする『平治物語』の版本の挿絵には確認できない。したがって、海の杜本絵巻や彦根城本にある信西の大路渡の絵は、『平治物語』以外の版本や絵本などをもとに、描かれたと考えられる。

おわりに

以上、本稿では、特に、二松本にある信西の大路渡の場面に着目し、論じてきた。二松本に描かれた信西の大路渡の様は、史実とは大きく異なっている。その上、二松本が制作された江戸時代前期のあり方を踏襲してもいない。

二松本にある信西の大路渡の絵に似通った絵は、メトロポリタン美術館所蔵『保元平治合戦図』にも見られる。したがって、二松本の制作に携わった絵師が、信西の大路渡の場面を、独自の創作によって描いたのではないことが明らかである。ただし、信西の大路渡の場面は、版本にはない。したがって、二松本の絵師は、版本以外の作品にある絵をもとに描いたのだと考えられる。この点については、『保元平治合戦図』の絵師についても同様のことがいえる。

二松本にある信西の大路渡の場面は、信西の首が描かれているのか、生存中の信西自身が描かれているのか、凝視しなくてはわからないよう、明らかに配慮されて描かれている。奈良絵本に描かれた信西の大路渡の場面については、牛車に首を乗せる図様と荷車に首を乗せる図様の二つのパターンを確認することができる。二松本は、他本と比較して、全体的に悽惨な絵を描かない傾向にある。それゆえ二松本では、首そのものであることが一見してわかる荷車の図様を選ばず、あえて牛車の図様を選択したのではないかと考えられる。

たとえば、二松本で悽惨な場面が避けられている事例としては、『保元物語』巻四「義朝おとと共誅せらるること」を挙げることができる。寛永三年版本および明暦三年版本では、四つの四方の上にそれぞれ義朝の弟たちの首が並べられて実検される場面が描かれている。この場面は、海の杜本絵巻や海の杜本冊子・彦根城本にも採用されている。ところが、二松本には、義朝の弟たちの首実検の場面は挿入されていない。

また、版本では、『平治物語』巻五「長田よし朝をうち六はらにはせ参る事付大路をわたして獄門に懸けらる事」で、源義朝と鎌田兵衛の首が晒される場面が描かれている。この場面は、海の杜本絵巻や海の杜本冊子・彦根城本にも採用されている。ところが、二松本では首を晒す場面は省略されており、その代わりに二つの首が蓋をされた櫃に入れられこれから首実検をしようとする様が描かれている。

さらに、二松本では、信西自害の場面も省略されている。信西自害の場面は、物語の展開において非常に重要であり、欠かすことはできない。それだからこそ、版本や海の杜本絵巻・海の杜本冊子・彦根城本では、省略されることなく描かれているのである。それに対して、二松本では、信西自害の場面の代わりに信西を捜索する追っ手の武士たちの姿を描いている。その上、他本では戦の際に流される血が多く描かれているものの、二松本ではそのような場面は避けられる傾向にある。要するに、二松本の特徴の一つには、生々しい場面を極力排除する傾向にある点を挙げることができる。これは、二松本の注文主の意向によるものだと考えられる。

また、二松本は、他本と比較して、絵の数が多く、見開き絵もふんだんに配置されており、実に豪華な絵本として仕上げられている。そうではあっても、二松本は、他の奈良絵本と同様に[29]、有職故実を綿密に調査した上で制作されてはいない。すなわち、平安時代末期の有職故実に忠実であることを重視して制作されてはいないのである。二松本は、基本的には版本を参考にしており、それに絵草紙屋に収蔵されていた『平治物語』に関する絵や他の作品に関する絵を模倣したものを加え、生々しく残虐な場面はできるだけ排除するように配慮された上で制作されたのだと考えられる。

（1）二松本については、磯水絵・小井土守敏・小山聡子編『二松學舍大学附属図書館蔵 奈良絵本『保元物語』『平治物語』』（二松學舍大学東アジア学術総合研究所、二〇一二年）を参照していただきたい。
（2）石川透・星瑞穂編『保元・平治物語絵巻をよむ 清盛栄華の物語』（三弥井書店、二〇一二年）には、海の杜本絵巻の解説が詳しく記されている。石川透「海の見える杜美術館蔵『保元・平治物語絵巻』について」（同書）では、海の杜本絵巻の詞書は『源平盛衰記絵巻』や『太平記絵巻』などと同筆である、とされている。
（3）前掲註2、石川透論文。
（4）前掲註2、石川透論文。これらの他には、原水民樹氏所蔵の『保元物語』零葉六点や、石川透氏が所蔵している断簡一二枚（絵のみ）がある。
（5）前掲註2、石川透論文。
（6）たとえば、二松本の挿絵数は、『保元物語』は五七枚（そのうち、見開き絵は二〇枚）、『平治物語』は六〇枚（そのうち、見開き絵は二二枚）となっている。それに対して、寛永三年および明暦三年版本では『保元物語』は三五枚（見開き絵なし）、『平治物語』は三七枚（見開き絵なし）であり、彦根城本では『保元物語』は四四枚（そのうち、見開き絵は五枚）、『平治物語』は五〇枚（そのうち、見開き絵は七枚）である。また、海の杜本冊子では、版本と同様に、『保元物語』は三五枚（見開き絵なし）、『平治物語』は三七枚（見開き絵なし）となっている。
（7）たとえば、彦根城本については、原水民樹「奈良絵本保元・平治物語について」（『汲古』四五、二〇〇四年）で、寛永三年版本かその転写本によっているとされている。また、星瑞穂「海の見える杜美術館蔵『保元・平治物語絵巻』の版本との関係性」（前掲註2、石川透・星瑞穂編書）では、海の杜本絵巻について、寛永三年版本をもとにしている、とされている。そして、山田雄司「奈良絵本・絵巻『保元物語』における崇徳院像」（本書所収）では、二松本の詞書は寛永三年版本ではなく、明暦三年版本によっていることが指摘されている。
（8）増補史料大成刊行会編『増補史料大成八 水左記・永昌記』（臨川書店、一九六五年）二頁。
（9）菊地暁「〈大路渡〉とその周辺——生首をめぐる儀礼と信仰——」（『待兼山論叢』二七、一九九三年）。
（10）鈴木敬三「保元平治物語絵屏風の武装を中心として」（梶原正昭・ジュリア・ミーチ＝ペカリク編『保元平治合戦図』角川書店、一九八七年）でも、信西の大路渡の絵について、牛車を用いて四方の上に首を乗せるのは奇妙である、とされている。
(11) 鈴木敬三『合戦絵巻――武士の世界』(毎日新聞社、一九九〇年)七六頁。
(12) 黒田日出男「首を懸ける」(『月刊百科』三一〇、一九八八年)では、『大江山絵詞』中の酒呑童子の大路渡について着目し、検非違使らしき人物が描かれていないことが指摘されている。黒田氏は、京都における検非違使制の崩壊によって検非違使が描かれなくなった、という見解を示している。
(13) 二松本が明暦三年版本をもとにしていることは、前掲註7、山田雄司論文で指摘されている。
(14) 濱田啓介「草子屋仮説」(『江戸文学』八、一九九二年)。
(15) 石川透氏によって、海の杜本絵巻と『太平記絵巻』(埼玉県立博物館蔵)、『舞の本絵巻』(チェスタービーティーや慶應義塾大学附属図書館に分蔵)の絵師は海北友雪であろうとされているように、一人の絵師が多くの作品を手がけて、共通する工房か絵草紙屋で絵本や絵巻を作っていた可能性が高いことが指摘されているからである(石川透『奈良絵本・絵巻の生成』三弥井書店、二〇〇三年、六一頁)。それゆえ、『平治物語』に関する作品ではあっても、『平治物語』以外の作品の絵の図柄を採用して描くことは十分にあり得ることである。
(16) ただし、『建内記』嘉吉元年(一四四一)九月二一日条には、赤松満祐の首の大路渡について、次の記事がある。

　賊首満祐法師首也、兼乗二手輿一令レ舁居二其東辺一、於二其所一取出付二長刀一、

これによると、赤松満祐の首は、手輿に乗せて河原に運ばれ、検非違使の長刀に付けられた上で大路渡をされたことになる。それゆえ、嘉吉元年の時点で、首を手輿に乗せる風習はすでにあったことになる。『大江山絵詞』の酒呑童子の首は、手輿に首を乗せる風習がすでにあったことから、このように描かれた可能性もある。
(17) 江戸時代の市中引き回しについては、石井良助『江戸の刑罰』(中央公論社、一九三四年)で論じられている。たとえば、『刑罰大秘録』には、罪人を馬に乗せて市中を引き回す様子が描かれている。
(18) 塙保己一『群書類従』二二(続群書類従完成会、一九七九年)五〇五頁。『山科家礼記』文明二年(一四七〇)一二月一二日条にも「常の台に足を四方□ねこあしのごとくにつけたもの」に首を据えて実検した、とある。
(19) 『鎌倉大草紙』では、管領であった上杉憲忠の首の扱いについて「憲忠管領なれば庭上にをくべからずとて、畳を布」とある。江戸時代の『首検知之次第』には、「首台之事、大将ハ公卿、以下ハ足打、又折敷、(中略)下兵ノ者ハ首板ナ

リ」とある。
(20) たとえば、海の杜本絵巻の『平治物語』巻五「長田よし朝をうち六はらにはせ参る事付大路をわたして獄門に懸けらるる事」では、源義朝の首のみが四方に据えられ、鎌田兵衛の首は四方には据えられず直に置かれている。
(21) 梶原正昭「保元平治合戦図屏風について」（前掲註10『保元平治合戦図』）。
(22) ジュリア・ミーチ＝ペカリク「保元平治合戦図屏風に見る武士の世界」（前掲註10『保元平治合戦図』）。
(23) 前掲註21、梶原正昭論文。
(24) 前掲註10『保元平治合戦図』五五頁。
(25) 市古貞次校注・訳『新編日本古典文学全集四六　平家物語②』（小学館、一九九四年）三九九頁。
(26) 加美宏・狩野博幸『源平盛衰記絵巻　全一二巻図版篇』（青幻社、二〇〇八年）七六頁。
(27) 小松茂美編『平家物語絵巻』巻第一〇（中央公論社、一九九五年）七・八頁。
(28) ただし、寛永三年版本および明暦三年版本と海の杜本冊子では、荷車の上に簡略な屋根が描かれている。
(29) たとえば、「林原美術館蔵「平家物語絵巻」のすべて」（小松茂美編『平家物語絵巻普及版』巻第一二、中央公論新社、一九九五年）では、『平家物語絵巻』では甲冑や衣服、建築、建具、調度などについても、源平時代の有職故実はほとんど重視されておらず、江戸時代の故実によって描かれている、としている。

付記　二松學舍大学附属図書館・彦根城博物館・角川書店から、写真の掲載を許諾していただいた。記して御礼申し上げる。

第二部　奈良絵本と軍記物語

奈良絵本『保元物語』『平治物語』の襖絵について

磯　水絵

一　はじめに――錯簡について――

二松學舍大学附属図書館蔵　奈良絵本『保元物語』『平治物語』（以下、二松本『保元・平治』と略称する）は、これから紹介する奈良絵本『保元物語』『平治物語』群の中にあって、決して見劣りするものではない。むしろ、美しい優品といえる。

ただ、惜しむらくは後半に錯簡が認められることで、『保元物語』巻第五（第五帖）の一五オ以降巻末までと、『平治物語』巻第六（第六帖）の一七オ以降巻末までが入れ違っている。それが瑕瑾と言えば瑕瑾である。

しかし、それによって返って両者の不即不離の関係が了解され、それが制作当初からの錯簡である可能性をうかがわせる。それは、各帖の状態の良さからいって、糸の綴じがほつれた、あるいは切れたとは考えにくい善本であるだけに蓋然性が高く、もしそれが制作当初からの錯簡であると断じられれば、その制作が、『保元』『平治』ともに、ほぼ同時に進められたことを物語ることになる。

二　奈良絵本『保元物語』『平治物語』の現在

ちなみに、石川透氏は、『保元・平治物語絵巻をよむ　清盛栄華の物語』[1]に、二〇一二年二月までに知り得た『保元・平治物語』の奈良絵本・絵巻として、以下の七点を報告しておられる。

①海の見える杜美術館蔵　絵巻　一二軸
②海の見える杜美術館蔵　奈良絵本　六冊
③二松學舍大学附属図書館蔵　奈良絵本　一二帖
④玉英堂書店蔵　奈良絵本　一二帖（朝倉重賢晩期の筆跡）
⑤彦根城博物館蔵　奈良絵本　一二帖（朝倉重賢晩期の筆跡）
⑥エジンバラ市図書館蔵　奈良絵本　九帖（元一二帖）
⑦石川透氏蔵　奈良絵本　断簡一二枚（絵のみ）

氏はさらに、「これらは、いずれも江戸時代前期の制作とみられ、特に、三番目以下の五点は、半紙本型の綴葉装であること等、特徴が一致する。同じような環境で制作されていたことは明らかであろう」と指摘しておられるが、それと、この錯簡を勘案すると、③の二松本以下の、少なくとも⑥エジンバラ市図書館蔵本までについては、「同じような環境」というのをさらに進めて、同時進行、同行程で制作されたらしいことを指摘できる。なぜなら、それらは筆跡、挿絵両面から見て、『保元』『平治』、どちらもが、同筆、同絵師仲間の作品であると見られるからで、奈良絵本『保元・平治』に限って、諸本いずれもが、『保元・平治』二作品を分けずに一帙に納めるのも、それが当時の両作品に対する遇し方であったと了解させる。

三　二松本『保元・平治』の挿絵について

緒言に詳述したが、二〇一三年一月に、「二松本『保元・平治』挿絵研究会」が、磯・小井土守敏・田中幸江・神田邦彦、磯ゼミナール四年生（阿部美咲・泉谷絢子・小山田沙希）で組織され、五回の研究会が実施された。当初の計画では、泉谷が卒業論文「奈良絵本『平治物語』の挿絵についての一考察」をまとめていたから、これを叩き台に、本研究会で二松本『平治物語』に描かれる挿絵の場面、描かれた人物等を特定していこうとした。しかし、それはそう簡単なことではなかった。それでも、その席上において、彼女たちから人物の描き手が三人以上存在することが指摘され、その第二、第三の描き手による挿絵が、先述の錯簡部分に位置することが注目された。[2]

そこで、その指摘を端緒に、以下、挿絵について少しく考察してみることとした（〔　〕内は総挿絵数の通し番号を示す）。

（1）〔平58〕について

『保元物語』巻五「北方身をなげ給ふ事」の途中一五オから、この巻は、『平治物語』巻六「頼朝をんるの事付盛やす夢あハせの事」の一七オに跳んでしまう。しかし、挿絵の趣きは、直前の〔保40〕と〔平52〕は変わらない。そして、それはどちらにも少年が描かれていて比較しやすいことから容易に判断できて、同手と見ておそらく間違いはない。

〔平52〕と、続く挿絵〔平53〕、〔平54〕には同じ元服前の頼朝の姿が、〔平55〕、〔平56〕、〔平57〕には牛若（義経）が描かれており、その容貌、容姿に大きな相違は認められないが、先の頼朝は装束の色を同じくし、牛若は、そ

図１〔平58〕

図２〔平59〕

図3〔平51〕

の将来を象徴するかのように、太刀を佩く姿で描かれている。

さて、その次の挿絵が問題の〔平58〕で、「頼とも義兵をあけ平家たいぢの事」の二番目に描かれるそれは、例の富士川の戦における平家軍の水鳥の羽音に驚いての敗走場面であるが、それまでの挿絵とは全く様子が異なり、目鼻の描き方、烏帽子、腕に比べてぼてっと大きい掌、どれを取っても、それまでのものとは違っている。特に折烏帽子（侍烏帽子）の武者が一人も描かれていないのが奇異に映る。どうしてそうなったのかはわからないが、見開きの絵である。あるいは、他の絵本のそれを流用したものであろうか。

(2)〔平59〕について

〔平59〕は〔平58〕に続く挿絵であるが、これは、建久元年（一一九〇）一一月七日のこと、近江国千の松原において浅井の北郡の尉と婆が、頼朝の上洛を寿ぎ濁酒を進上したという逸話を絵にしたものである。こちらの方は手の表現が〔平58〕のそれとは全く違い、小さく描かれていたりして、先の〔平58〕の描き手とは別人の筆になると推察されるが、そうかと言って、細長い顔立ち・折烏帽子（侍烏帽子）の形状がそれ以前までのものとも異なるから、第三の描き手によると判断せざるを得ない。

そこで、この両者が錯簡部分に位置することは、それらが錯簡を生じる原因となった可能性を考えさせる。〔平58〕、〔平59〕と連続した挿絵を、何らかの事故によって、後日、別の絵師が描き直したものか、あるいは依頼主の意向によって差し替えたものか、であろう。

いずれにしても、別の絵師によって手が加えられたということになる。ちなみに、〔平60〕は、〔平57〕以前の描き手による挿絵に戻るから、描き手が明らかに異なるのは、この錯簡部分だけといえようが、これ以上については若い人に譲り、後稿を俟つ。

（3）その他

ところで、先の諸本の挿絵に注目すると、その挿絵数は次のとおりである。

①一〇一図（保元五〇図、平治五一図）
②七二図（保元三五図、平治三七図）
③一一七図（保元五七図、平治六〇図）
④七七図（保元三七図、平治四〇図）
⑤九四図（保元四四図、平治五〇図）
⑥　　（保元四七図、参考、平治巻六以下二九図）

最後のエジンバラ市図書館蔵本は、『平治物語』の前半を欠くから全挿絵数を比較することはできない。しかし、『保元物語』の挿絵数を他の諸本と比較すると、③の二松本に続く挿絵数を有していたのではと推測させる。

ともあれ、二松本の計一一七図というのは、他の諸本に比しても、圧倒的に多く、加えて見開き絵の数も四二図に上るのが特徴と言える。

すると、二松本は、石川氏のご指摘のように、「同じような環境で制作されていた」とするならば、その系統本中の最初期に制作されたか、あるいは、その逆に終末期に制作されたということが言えるのかも知れない。つまり、こうして豪華版を一度は制作してみたものの、その挿絵の数量では営業政策上割に合わないと、当初の挿絵がその後数を減じられていったという見方。反対に、これまでのものより一層豪華版をと、特に挿絵を増やされた結果という見方、そのどちらかができそうである。

また、石川氏に拠ると、④と⑤の詞書きは、いずれも「朝倉重賢晩期の筆跡」であるという。すると、④、⑤はいずれも同じ書肆の制作にかかると考えられようから、二松本は、④、⑤を制作した書肆とは別の書肆の制作であるといえるのかも知れない。その挿絵数は、詞書きの筆跡では敵わないとみた商売敵が、では絵の量でと考えた結果なのかも知れない、ということである。しかし、そのいずれもが注文生産で、お誂えであろうから、それにも依頼主の意見が反映したと考えられる。いずれ、その下敷きには一七世紀の古活字丹緑本や絵入り製版本があったとの先学の見解であるが、その挿絵に採用される場面は、諸本において往々にして異なり、たとえ同じ場面を描いてはいても、描き方に相違が認められる。それについては、本書中の出口久徳・小山聡子両氏の論文等を参照されたい。

四　襖絵について

本共同研究プロジェクトの第二回公開ワークショップの講師に登壇された小森正明氏[(3)]は、二松本『保元・平治』に見える建物等のご講演の席上において、「1　はじめに」で、次のように提示された。

・挿絵にみえる建造物などへの注目→故実を踏まえているのか否か

『保元物語』 挿絵59場面　建物等39場面

『平治物語』 挿絵58場面　建物等43場面

この挿絵数は、二松本『保元・平治』を錯簡そのままに計測したものであるが、一目して建物場面の多さが知られ、同時に、「故実を踏まえているのか否か」という注意に目が引かれた。以来、筆者はこの注意に喚起されて、建造物の、特に襖絵（画中画）ばかりに目が行くようになってしまった。というのも、二松本のそれは、内裏、清盛邸、常盤の宿所等と場面が様々に転換しても、襖絵はどこのものも代わり映えがせず、試みにそれを抽出してみても、次のように大同小異であることが確認されたからである。

A　③二松本『保元』『平治』に見える襖絵

1〔保4〕美福門院落飾の場面。成菩提院の御所（鳥羽殿泉殿内九体阿弥陀堂）。

襖絵、上欠。黄土色地、中央に山二つ。下に建物遠景の墨絵。

注、導師の背後に同色の屏風。門院の右横に几帳。

2〔保10〕一﨟判官俊成が相模阿闍梨勝尊を詮議する場面。内裏。東角部屋。南に階。

襖絵、上端蔀で欠。黄土色地に茶色をかけ、三か所に墨絵の草木図様のもの。

3〔保15〕官軍招集の場面。内裏。階に柱。

襖絵、霞の下、小山。右隅に墨絵の堂塔、樹木遠景。黄土色地。

4〔保19〕故院の旧臣、公教・光頼・顕時等参籠の場面。鳥羽殿。

襖絵、全体黄土色。堂塔、手前に樹木の遠景が墨絵で三方六面に広がる。

5〔保31〕清盛・義朝等に勧賞の行われる場面。内裏。

襖絵、霞の右下半面に墨絵で堂塔、手前に樹木の遠景。その西は御座。

6〔保32〕家司経憲が清盛に頼長の最期の様子を語る場面。禅定院。

襖絵、右下方に墨絵で堂塔樹木の遠景。

7〔保33〕信西を相手に左府頼長が学問する場面。五条壬生の宿所か。

襖絵、上方霞。西方左右二面、下方に殿舎遠景を全体に。

8〔保43〕頼長の子等が忠実に出家を申し出る場面。富家殿。

襖絵、左下方から斜めに堂塔が右中段に、中段から逆に山に隠れて堂塔が左手上方に連なる。他二面あり。霞で端のみ。

9〔保46〕出納友兼が発見した崇徳上皇の御夢の記を叡覧に入れる場面。内裏。

襖絵、二面にわたり、上方霞。下方に岡に見え隠れする樹木堂塔、後方に山。

10〔保48〕師長が富家殿への御書を書いている場面。藤原師長邸。

襖絵、右下方から左へ堂塔が連なる、左、絵が切れている。

11〔保57〕為朝最期の場面。鬼島の館。

襖絵、上方霞で欠。右下方に堂塔樹木の遠景。

12〔平1〕後白河法皇が信西に信頼の大将昇進を相談する場面。院の御所。

襖絵、薄茶色地。女房の局の北東隅に薄か、秋草が風にたなびいている。

注、中川文庫の刊本の襖絵は秋草図が多い。

13〔平2〕義朝が信頼より太刀・白黒の馬二匹を賜る場面。藤原信頼邸。

襖絵、御簾の内側左。下方に樹木の夜の遠景。黄土色地に墨。

14〔平6〕悪源太義平が上洛し、信頼に対面の場面。除目であるから内裏。

襖絵、霞で下端のみ見える。下方に山二つ。上段の間にもう一面あり。

15〔平7〕信西が、紀の二位を呼び出し、奈良方面に落ちると告げる場面。信西の宿所。

襖絵、右下方に堂塔樹木の遠景。建物は〔保57〕が多い。上端霞で見えず。

16〔平10〕唐僧淡海と信西の問答場面。熊野山の院の宿舎。

襖絵、院の御座所の襖。右下方に殿舎遠景。〔保33〕に近いか。

17〔平11〕鳥羽法皇の御前で比叡山の秘宝を信西が解説する場面。比叡山の宿舎。

襖絵、法皇の背面。御簾に上方は隠れる。下方に山野遠景か。

18〔平12〕清盛が三条殿夜討ちを聞き帰洛の準備をする場面。切部の宿（五体王子神社）。

襖絵、六面。左、下方に墨の景色。中央下四か所に墨絵。全体に遠景が。

19〔平14〕光頼卿が参内し信頼の座上に着いた場面か。内裏。

襖絵、二面に三図。建物と樹木の遠景が一面。建物遠景が半面、連続する。後室にも二面あるが、霞で見えない。

20〔平18〕信頼軍が六波羅の兵を待ち受ける場面。内裏。

襖絵、黄土色地の上下に墨色が配されているが不明。

21〔平19〕公卿僉議に清盛が召し出された場面。六波羅の新造の皇居、紫宸殿額の間。

襖絵、御座所東、額の間三面。御座所左右は建物と樹木の遠景。下段、一面に山二つ。裾野はもう一面に流れ、二面に渡り建物遠景が左下から右上に。

22〔平33〕常盤と三人の子が金王丸から義朝の伝言を聞く場面。常盤の宿所。

襖絵、右下に建物と樹木の遠景。中央に木の生えた山二つ。上端霞で欠。

23〔平35〕青墓の宿。夜叉御前の許で義朝等が饗応を受ける場面。夜叉御前の屋敷。

襖絵、下方草木か。その上方に遠景の風景。霞で上端欠。

24〔平36〕義朝が湯屋で殺される場面。長田忠致の宿所。

襖絵、部屋二方。東面右下に建物と樹木の遠景。上方山二つ。中央右下のみ。樹木の遠景か。

25〔平38〕金王丸が義朝最期を常盤と三兄弟の前で語る場面。常盤の宿所。

襖絵、〔平33〕と異なる。左下に堂塔と樹木。右上方に木立のある崖か。

26〔平39〕長田親子が義朝・正清の首を平家の見参に入れる場面。六波羅の清盛邸。

襖絵、右下に建物と樹木の遠景、ほぼ中央に木の生えた山の遠景。

27〔平47〕池の禅尼が重盛・頼盛に頼朝助命を頼む場面。池の禅尼の屋敷。

襖絵、下方丘陵の右後ろに堂塔樹木。さらに後方に遠山。禅尼の背後に屏風。

28〔平48〕頼朝が義朝の後世のために卒塔婆を小刀で作る場面。六波羅か。

襖絵、下方建物と樹木。中央霞んだ山。頼朝の背後に秋草の屏風。

29〔平50〕常盤が母の助命のため清盛の許に参る場面。六波羅清盛邸。

襖絵、清盛の座から下座に続く建物と樹木の遠景全体図。後ろに遠山。

30〔平52〕頼朝が上野盛安から出家をしないように忠告される場面。建部の宮。

襖絵、上段は下方に樹木。下段は下方に林。中央雲海、後方に遠山と富士山。

31〔平53〕頼朝が池の禅尼に別れを告げる場面。池の禅尼の屋敷。

襖絵、二面。〔平47〕と異なる。全体に樹林丘陵が描かれる。

32〔平56〕頼朝・義経の対面場面。伊豆の頼朝の居館か。
　襖絵、義経の背後。下方霞、上方に遠景が。不明。

冒頭に、「大同小異」と指摘した。が、だからといって、その襖絵が「お座なり」であるというのではない。それは総じて黄土色地に茶系で濃淡を付け、墨色で景物を描くという形式で統一されており、大きく連続して描かれているものは、全体で一つの景色を構成している。色彩的にも上下の金色の霞とよく調和が取れていると言ってよい。そうして特筆すべきは、その襖絵が『保元』と『平治』で変わらないことである。それはもちろん襖絵だけのことではないのであるが、筆者の意識の中には、当初、『保元物語』と『平治物語』は別のものであるという固定した観念があった。四部の合戦状の二部であると意識されていた。それがこの奈良絵本によって覆ったのである。

そこで、①の〔海の見える杜美術館蔵の絵巻〕を通観してみると、それは土色と浅葱色の二色に分かれてはいたが、次のように、状況はAと大きく変わるものではなかった。

B　①海の見える杜美術館蔵絵巻の襖絵　　（番号は『保元・平治物語絵巻をよむ　清盛栄華の物語』に拠る）

1〔保08　新院為義を召さるゝ事附たり鵜丸の事〕に描かれる白河殿の襖
　浅葱色地に白菊の図案が総柄で入り〈a〉、さらに所々に群青の散るもの〈b〉の二面と、外の風景を描く黄土色の襖〈c〉四面が描かれる。
2〔保12　新院御所各門々固の事附たり軍評定の事〕に描かれる襖（以下、同様）。黄土色。建物遠景か。
3〔保13　将軍塚鳴動幷に彗星出づる事〕　黄土色。中央横一面に堂塔と遠山。
4〔保22　朝敵の宿所焼払ふ事〕〔08〕-〈a〉。
5〔保25　新院御出家の事〕　部屋は異なるが、〔08〕-〈a〉。

6〔保26　左府御最後附たり大相国御歎の事〕　黄土色。中央横一面に遠景。〔13〕とは別。
7〔保28　謀叛人各召捕らるゝ事〕〔08〕－〈a〉。
8〔保34　義朝弟共誅せらるゝ事〕　黄土色。中央横一面に遠景か。
9〔保40　新院御遷幸の事幷に重仁親王の事〕　黄土色。中央横一面に建物樹木、遠山。
10〔保43　左府の君達幷に謀叛人各遠流の事〕　配所の師長の居所。〔08〕－〈b〉。
11〔保44　大相国御上洛の事〕　宇治大相国忠実の知足院。〔08〕－〈a〉。
12〔保46・47　為朝生捕流罪に処せらるゝ事〕　配所の為朝の宿所。〔08〕－〈a〉。
13〔平02　信頼信西不快の事〕　院御所。黄土色。中央横一面に風景。左脇、山上に建物。
14〔平03　信頼卿信西を滅ぼさるゝ議の事〕　上端見えない。黄土色。中央横一面に風景。
15〔平08　唐僧来朝の事〕　熊野山の院の宿舎。黄土色。三つの丘陵の背後に建物。遠山。
16〔平09　叡山物語の事〕　比叡山の院宿舎。黄土色。山に堂舎。船（琵琶湖か）。山野。
17〔平13　院の御所仁和寺御幸の事〕　仁和寺。〔08〕－〈a〉。
18〔平15　源氏勢汰の事〕　内裏。〔08〕－〈b〉。
19〔平16　待賢門院の軍附たり信頼落つる事〕　公卿僉議。西黄土色。中央横一面に建物。
20〔平30　義朝青墓に落着く事〕　青墓宿。〔08〕－〈a〉。
21〔平32　義朝野間下向の事附たり忠致心替の事〕　長田の宿所。〔08〕－〈b〉。
22〔平33　義朝野間下向の事附たり忠致心替の事〕　長田の宿所。〔08〕－〈a〉。
23〔平34　金王丸尾張より馳上る事〕　常盤宿所。〔08〕－〈b〉。
24〔平39　頼朝生捕らるゝ事附たり常葉落ちらるゝ事〕　六波羅清盛邸。黄土色。見えず。

25〔平41　頼朝遠流に宥めらる、事附たり呉越戦の事〕　黄土色。中央横一面に風景図。
26〔平44　常葉六波羅へ参る事〕　清盛邸。黄土色。三面に位置を変えて堂舎、風景、山。
27〔平45　常葉六波羅へ参る事〕　常盤の母の宿所。黄土色。中央横一面に模様。不明。
28〔平47　牛若奥州下の事〕　鞍馬寺。〔08〕－〈b〉。
29〔平48　牛若奥州下の事〕　伊勢義盛邸。黄土色。中央横一面に堂舎、樹木。
30〔平49　頼朝義兵を挙げらる、事幷に平家退治の事〕　黄土色。堂塔のある風景。
31〔平50　頼朝義兵を挙げらる、事幷に平家退治の事〕　黄土色。岩石。
32〔平51　頼朝義兵を挙げらる、事幷に平家退治の事〕　黄土色。遠山。堂舎。人家等。

石川氏は、この絵巻を紹介する二六頁に、「ふすまや畳は正確には平安時代の風俗ではない。これは絵としての様式が優先されているため」と注記しておられるが、そこで、再び、先の小森氏のご講演中に伺った、「粉本」の存在が意識された。

何を描くにも、そこには絵本制作の参考や手本にするための見本帳というか、画帖、つまり、この絵本について言うならば、建物、器物、牛馬、輿車、鎧武者、貴族等々の見本や模写図が手元に置かれていたはずで、そうであるならば、襖絵についてもそれがなかったか、ということである。そして、それがあったのならば、その拠り所とする粉本によって、各絵本にその特徴が現れるのではないか、ということが推察された。

その点において興味深いのは、次に示す②の海の見える杜美術館蔵の奈良絵本に見える襖絵で、白菊の総模様は認められないが、それを省略したような、Bと同様の浅葱色地に群青の散る模様（B－b）が全体に見られることである。

C　②海の見える杜美術館蔵奈良絵本の襖絵

1〔保10〕浅葱色地に群青の散る模様（B－b）。　上巻
2〔保30〕下端のみ。肌色無地。　下巻
3〔平1〕（B－b）。
4〔平2〕（B－b）。
5〔平7〕下端のみ。薄茶色。熊野山。
6〔平8〕左下。薄茶色に模様。比叡山。
7〔平10〕（B－b）。
8〔平13〕（B－b）。　以上、上巻
9〔平21〕（B－b）。群青は山模様か。
10〔平24〕（B－b）。群青は山模様か。　以上、中巻
11〔平26〕（B－b）。
12〔平32〕（B－b）。
13〔平33〕（B－b）。
14〔平34〕（B－b）。
15〔平35〕（B－b）。
16〔平37〕（B－b）。　以上、下巻

右のように、Bに比して襖絵の数は半数と減じるが、Bには六か所に認められた（B－b）模様が、白菊はないものの、こちらには全体に使用されているということが指摘できる。換言すると、両者の参考にした襖絵の見本帖様のものが同じであった、あるいは、どちらかがどちらかを参考にした可能性が見えてくる。①の絵巻と、②

の絵本の関係を論じないままの不用意な発言は慎まなければならないが、あるいはすばらしい絵巻を頻繁に展げることを憚った所有者が、簡便に開ける冊子本を別に誂えたのかと想像させる。

D　⑥エジンバラ市図書館蔵奈良絵本の襖絵

また、⑥のエジンバラ市図書館蔵奈良絵本は、『平治物語』巻一～三を欠くから正確な挿絵数を提示することはできないが、『保元物語』には四七図中の一四図に襖絵が認められ、その中の三図（二三・四〇・四一図）には、浅葱色地と言うにはいささか灰が掛かった色目であるが、その地色の上に白菊の散る（B－a）模様が、他の一一図には黄土色地に様々な遠景を描いたものが認められる。したがって、これもB、Cと同様の圏内にあるということが言えようか。なお、『平治物語』の方には計三巻の中に二九の挿絵があり、その中の一四図に襖が描かれるが、いずれにも黄土色地に遠山や堂塔といった風景が描かれていた。

E　⑤彦根城博物館蔵奈良絵本の襖絵

そこで⑤の彦根城博物館蔵奈良絵本の襖絵はどうかというと、『保元物語』の全四四図中の一二図に襖が認められて、その特徴としては、やはり浅葱色一色のものも認められる（第二〇・三九図）ということは言えようが、他は、地の上下端を黄土色、中央部を肌色とする村濃地がほとんどだということで、時にその肌色地の部分に墨色で風景が書き添えられている。注目されるのは、中に烏を飛ばしているものがある（第八図）ことで、それは、『平治物語』の方ではさらに顕著になる。襖、計二二図中、第五・一三・二八・四二・四六図の五面に、烏が配されているのである。

他にもこの彦根城博物館蔵本の挿絵には注目すべきところが多く認められて、たとえば、二松本では折烏帽子で描かれる鎧武者のほとんどが、烏帽子も頭巾も着けず、鉢巻きもせずに頭を曝している。それは二松本に描かれる武者のほとんどが、折烏帽子なりを着しているのとは大きく異なる。が、とにかく襖絵の模様からして、彦根城博物館蔵本は他の諸本とは粉本を異にしているということが言えそうである。

この上は、未見の、詞書き筆者を朝倉重賢と同じくする、④の玉英堂書店蔵奈良絵本の襖絵を早く拝見したいものである。

F　その他の襖絵

ちなみに、手元の資料から襖絵を探してみると、次のような図柄が散見された。

a『物語絵　奈良絵本と絵巻に見る古人のこころ』（二〇〇六年、海の見える杜美術館）

(1)3『判官都話』より　イ、草　ロ、竹か　ハ、秋草
(2)4『天狗の内裏』より　ニ、建物と木立の遠景　ホ、雲模様
(3)5『俵藤太』より　ハ、秋草
(4)6『俵藤太』より　ヘ、黄土色地に墨色で八面に唐国の風景と人物の点描
(5)7『武家繁昌』より　*ト、薄浅葱色地に墨色の波（①と筆跡同じ）
(6)8『十番切』より　*ト、屏風の右に(5)と同様の襖が
(7)11『村松物語』より　チ、草花
12『保元・平治物語』　*ト、浅葱色地に波と白菊　リ、浅葱色地に白菊
(8)14『源平盛衰記』　ヌ、近景草花、遠景連山　ル、柳下に雉　ヲ、唐国の風景
(9)16『住吉物語』　ロ、竹か
(10)18『源氏物語屏風』　ワ、縹色地に大輪の菊花と葉が散る
(11)19『源氏物語屏風』　カ、四面に小松
(12)20『伏屋の物語』　ヨ、金色無地

(13) 22『鶴の草子』　タ、湖の風景　レ、遠山
(14) 23『文正草子』　ソ、近景建物木立、遠景連山
(15) 28『酒飯論』　ツ、肌色地に群青の霞、白菊
(16) 31『伊勢物語画帖』　ネ、樹木
(17) 32『源氏物語画帳』　ナ、薄浅葱色地に霞か
(18) 34『平家物語絵』　*ト、薄浅葱色地に群青色の波（三か所）
(19) 35『奈良絵貼交屏風』　ロ、竹か
(20) 36『奈良絵貼交屏風』　ヨ、金色無地
(21) 39『武家心得絵巻』　ソ、近景建物木立、遠景連山　ト、床の間の壁か
(22) 41『仙人絵巻』　ラ、薄浅葱色地に墨で菊と秋草、霞か　ホ、雲模様
(23) 42『なぐさみ草』　ロ、竹林　ム、崖上に堂塔、橋に人　ウ、樹木に鳥
b『酒呑童子絵を読む　まつろわぬものの時空』（二〇〇九年、三弥井書店）
(24) 17頁　イ、遠景に連山
(25) 25頁　ロ、薄浅葱色無地　ハ、黄土色無地　イ、遠景に連山
(26) 29頁　ニ、白地に群青色の刷毛模様（サントリー美術館本）
(27) 31頁　ホ、白地に菊か　ニ、白地に群青色の刷毛模様
(28) 39頁　ニ、白地に群青色の刷毛模様
(29) 43・66頁　へ、秋草　ト、不明（サントリー美術館本）
(30) 50頁　チ、不明

（31）53・59頁　リ、黄土色地四面に墨絵で堂舎や山陰が
（32）57頁　ヌ、全体に風景（湖・樹木・岩）
（33）62頁　ル、リに近い
（34）63～66頁　ヲ、四方に雲と波
（35）74頁　ワ、雲英刷の唐紙
（36）75頁　カ、リに近い　ヨ、竹
（37）93頁（『堀川夜討屛風』）タ、柳
（38）119頁（『大森彦七屛風』）レ、山と堂宇
（39）123頁（『大森彦七屛風』）ソ、全体に風景　峨々たる岩山、湖に浮かぶ孤舟

こうして挙げていくと切りはないが、大体の型のようなものが見えてくるようである。大きくは茶系統の風景画と、草木や秋草の図、そうして薄浅葱色系統の波模様、あるいは白菊模様の襖、それが全体を覆っているようである。

五　まとめ

京都御所を訪れ、特に襖絵に注目して巡ってみた。そこは寛政二年（一七九〇）に松平定信により古式に則って造営され、一度焼けたものの、安政二年（一八五五）に変わりなく再建されたものというから、奈良絵本の時代よりもずいぶんと後に造営されたものであり、まさに襖障子という建具が完成してからの建造物となるが、古式に則るというから、試みにその襖絵（古くは障子絵）を通観してみると、それは、諸大夫の間においては、墨絵様の「桜図」、「鶴図」、「虎図」が、清涼殿の引き違いには金茶地に浅葱色の雲が上下、中央にたなびく図柄が、

小御所の左右の引き違いには墨で唐絵が、そして正面八組の白地の引き違いには、これも浅葱色の雲や霞たなびく中に様々な年中行事や景色が、御学問所の板戸には許由巣父、唐国の景物が描かれていた。また、御常御殿の襖の一方には金色の霞がたなびき、藤に燕、水鳥、鹿等が、また一方には、霞の中に唐国の建築物が見え隠れしていた。そして、左右の板襖には、曲水の宴、陵王が描かれていた。

『古事類苑』器用部十三屛障具一には、「布帛若シクハ厚紙ヲ両面ニ貼リタル遣戸障子ヲバ襖ト称ス、襖ハ襖障子ノ略称ナリ、襖ハ其一面若シクハ両面ニ画図シ、詩歌ヲ題スルコトアレド、後世ニハ多ク唐紙ヲ用キル、故ニ襖ヲ称シテ唐紙ト云フ、唐紙トハ紋様ヲ印シ、彩色ヲ施シタルモノナリ、古来障子ノ有名ナルモノハ、賢聖障子、年中行事障子、昆明池障子、荒海障子、馬形障子等ニシテ、皆禁裏ニ有ル所ナリ」と見えるが、紫宸殿の母屋と北廂を隔てる「賢聖障子」以外は、皆、移動に便利な衝立障子であって、いわゆる襖の体裁ではなかった。

それはそれとして、元より御所と奈良絵本のそれが同じであるとは思っていなかったが、御所のそれについては、金色と浅葱色の分量の多さが頭に焼き付いた。

一二世紀初期に成立した『源氏物語絵巻』(4)には、「柏木」一、六条院南の御殿の場面右手上段、「同」二、同じく右手上段、「東屋」一、「同」二に襖障子が、また、「横笛」、「夕霧」三条夕霧邸の場面左右に衝立障子が、「早蕨」宇治山荘寝殿場面に張り込み障子が、「宿木」一、内裏清涼殿朝餉の間場面に襖障子と副障子が描かれていて、その画中画から平安時代末期の大画面絵を知ることが出来るというが、そこにはいわゆる唐紙の連続した紋様は認められず、山水や色紙形、秋草等が描かれている。連続した紋様の認められる例は、『源氏物語絵巻』に少し遅れて成ったという『伴大納言絵詞』だろうか、左大臣家の対屋の場面には瓜を輪切りにした時のような紋様が、主なきあとの大納言家場面には亀甲の総模様が認められる。

右のような具合で、襖は、平安末期には、すでに引き違いの襖障子が貴族の住居に登場していたとされる。が、二松本においてその襖障子に描かれる画中画、及び襖障子を見ての感想としては、時に一間のものが描かれていたり、一間を二本引き違いにしているものが散見されたり、あるいは壁それ自体と考えられる状況を呈していたりしていることから、それらの多くは、所謂、襖障子というよりも、むしろ、板壁や板戸に絵を描いた、あるいは唐紙を貼ったようだとも思われた。もちろんそれは絵本画面として成立しているわけで、正確に襖を描くことに拘泥してはいないのであろうが、清盛の築いた新しい六波羅周辺の殿舎には、新しい建具として襖障子が導入されていた可能性は高い。そうして考えると、先述の京都御所の絢爛豪華な襖絵の数々とは異なる、これら奈良絵本中の襖絵の方に、むしろその古態が見えるようにも思われる。

一般に、襖障子は一二世紀から一六世紀に発達し、一七世紀の書院造りの完成と時を同じくして完成したと見られるが、奈良絵本に描かれるそれは、実に発達途上の姿を垣間見せているようにも考えられる。それについて門外漢はこれ以上述べることを差し控えるが、こうして、襖絵ばかりを通観してきての結論としては、やはり、『保元物語』と『平治物語』は、一対として、というよりも、むしろ一つとして扱われているという事実で、制作の際には、この襖絵がそうであったように、いずれにおいても連続して同じ意匠で統一されたと言うことである。その点においては、ある時期に、『保元物語』、『平治物語』、『治承物語』と『承久記』が、「四部合戦状」と称されたこととは微妙にズレてきていたように思われる。

とにかく、大名、高家の人々の床の間というか、違い棚に、この奈良絵本は六冊では嵩が足りなかった。『平家物語』の帙と肩を並べるには、両者が同じ帙に収まる必要があったのである。

（1）石川透・星瑞穂編、二〇一二年、三弥井書店、一〇〇頁参照。
（2）以下、二松本の挿絵番号は、『二松學舍大学附属図書館蔵　奈良絵本『保元物語』『平治物語』』中に付されたものに拠る。

（3）二〇一三年二月二三日に本共同研究プロジェクト主催の「源平の時代を視る第二回公開ワークショップ」が、二松學舎大学一号館二〇一教室において開催され、小森氏は、「二松學舎大学所蔵『保元物語』『平治物語』にみえる建物等について」と題して講演をされた。

（4）『源氏物語絵巻』は『国宝　源氏物語絵巻』（二〇一〇年、五島美術館）、『伴大納言絵詞』は『日本の絵巻　2』（一九八七年、中央公論社）に拠る。

付記　本研究に着手するに際しては、石川透氏から資料提供のみならず、数々のご助言をいただいた。記して感謝の意を表し、厚く御礼申し上げる。

奈良絵本・絵巻『保元物語』における崇徳院像

山田　雄司

はじめに

近年、『保元物語』『平治物語』の奈良絵本・絵巻の研究に進展がみられ、シンポジウムが開催されたり、写真版が刊行されたりしている[1]。その結果、現在までに知られるようになった『保元物語』『平治物語』の奈良絵本・絵巻は以下のとおりである[2]。

海の見える杜美術館蔵	絵巻	一二軸（源平盛衰記絵巻・太平記絵巻と同筆）
海の見える杜美術館蔵	奈良絵本	六冊
二松學舎大学附属図書館蔵	奈良絵本	一二帖
玉英堂書店蔵	奈良絵本	一二帖（朝倉重賢晩期の筆跡）
彦根城博物館蔵	奈良絵本	一二帖（朝倉重賢晩期の筆跡）
エジンバラ市図書館蔵	奈良絵本	九帖（元一二帖）
石川透氏蔵	奈良絵本	断簡一二枚（絵のみ）

石川透氏によれば、これらはいずれも江戸時代前期の寛文年間前後の制作とみられ、各大名家が自分たちの先祖が活躍したことを誇って残すために、絵入りの豪華な絵巻や奈良絵本が制作されたのではないかと考えられている。

これら奈良絵本・絵巻本文の典拠となっているのは、『保元物語』『平治物語』とも流布本と呼ばれるテキストである。流布本は古活字版の本文に端を発するもので、出版の中心となった(3)。また、星瑞穂氏によって、流布本と絵巻との題目・構成の比較が行われているが、ほぼ同一であることが指摘されている(4)。

流布本系統には、写本群・古活字本群・整版本群があり、その中でも整版本が奈良絵本・絵巻の基となったとされている。整版本には次の五種類があることがわかっている。

①寛永元年片仮名交じり本
②寛永三年平仮名交じり絵入り本
③明暦三年平仮名交じり絵入り本
④貞享二年平仮名交じり絵入り本
⑤元禄一五年平仮名交じり絵入り本

各整版本については、原水民樹氏の研究に詳しいが、各版はそれぞれ最も近い年次に刊行された版にのっとって本文が形成され、若干他版も参看したり独自の判断で微細な改編を施していることが明らかとなっている(5)。海の見える杜美術館蔵絵巻と製版本との関係を調査された星氏によれば、絵巻は寛永三年平仮名交じり絵入り本の影響が濃厚で、それは寛永三年本が絵入り本としては最初に出版されたものであったからだとされている。

私自身はこれまで崇徳院怨霊に関する研究をしてきたが(6)、そうした観点から、本稿においては国文学の諸研究に学びながら、崇徳院が配流されて亡くなるまでを描いた場面が、諸本でどのように異なっているのか、どのような場面に注目して絵画化されているのか、また諸本の影響関係について考察してみたい。

一　直島の配所で五部大乗経を書写する崇徳院

それでは以下、讃岐に流された崇徳院が大乗経の奥に自らの血をもって御誓状を書いて海の底へ沈め、長寛二年に「志戸」で亡くなったとする場面を描いた「新院御経しづめ給ふ事付崩御の事」について、各本においてどのように異なっているか検討していく。

左に掲げるのは、寛永三年平仮名交じり絵入り本「新院御経しづめ給ふ事付崩御の事」[7]の場面である（図１）。寛永三年本は整版本の中で最も古い絵入り本である。詞書には以下のように記されている。

新院（崇徳）はしばらくは讃岐の松山に移されたものの、国司によって直島に御配所が作られたためそこに移り、そこで五部大乗経を自筆で書写し、京都に置きたかったものの許されなかったので、この経を魔道に廻向して魔縁となって遺恨を散ぜんとし、御身の血を出して大乗経の奥に御誓状をしたため、千尋の底に沈めた。その後は爪をもはやさず、御髪も剃らずに悪念に沈んだ姿は怖ろしいものだった。

そして長寛二年に「志戸」で亡くなり、白峰で荼毘に付した。院は怨念によって生きながらに天狗の姿となったが、そのために平治元年の平治の乱の際、信西一類を亡ぼし、埋められていた信西の死骸を掘り起こしてさらし首にした等の行為は崇徳院のなすところで

図１　「新院御経しづめ給ふ事付崩御の事」
（寛永３年平仮名交じり絵入り本）

ある。

保元三年に後白河天皇は二条天皇に譲位し、藤原信頼も滅び、源義朝も平氏に負けて尾張国で長田忠宗に討たれて、子どもはみな死罪流刑となったのはすべて崇徳院の怨念の致すところと人々は噂した。

仁安三年冬、西行が白峰の御墓を訪れ、昔のことを思い出して歌を詠んだ。

治承元年追号があって「崇徳院」とされたが、それでも憤りが散じなかったのか、治承三年一一月一四日に、平清盛が朝家を恨んで後白河院を鳥羽殿に幽閉したのも崇徳院の祟りと言われている。

人の夢に讃岐院を神輿に乗せて法住寺殿へ渡御して西門から入ろうとしたところ、門を不動明王・大威徳が固めていて入れないので、西八条の清盛邸に入ったところ、いくほどもなく清盛が病となった。これは崇徳院の御霊のためだとして、なだめるために昔合戦のあった大炊御門御所の跡に社を造って崇徳院を祀り、ならびに藤原頼長の贈官贈位を行った。少納言経基《(惟基)》が勅使として頼長の墓所に向かって太政大臣正一位の位記を読み上げた。亡魂もさぞ嬉しいと思ったであろう。

古活字本では、松山の堂に滞在した後、直島の配所が完成したのでそこに移り、その後の遷幸については記さないが、志戸というところで亡くなったことになっている[8]。寛永三年本での挿絵は、崇徳院が配所の直島において、海の方に向かって五部大乗経を書写している場面もしくは大乗経の奥に自らの血をもって御誓状をしたためている場面である。院の周囲には都から同行してきた人物が記されている。この場面は絵にするのに一番似つかわしい箇所と言えよう。

これと同様の絵が描かれているのが、海の見える杜美術館蔵奈良絵本『保元物語』下巻「新院御経しつめ給ふ事付崩御の事」の場面である（図2）。

挿絵が同一であるほか、詞書も同一であることから、海の見える杜美術館蔵奈良絵本『保元物語』は寛永三年

図２　「新院御経しつめ給ふ事付崩御の事」（海の見える杜美術館蔵奈良絵本『保元物語』下巻）

本をもとに制作されたことがわかる。「直島」という部分に両者とも「ましま」とルビをふっているところまで共通している。ただ、寛永三年本の崇徳院が垂纓冠であるのに対し、海の見える杜美術館本は風折烏帽子となっていることは興味深い。

二　神となって祀られた崇徳院

海の見える杜美術館には絵入り本の『保元・平治物語絵巻』一二軸も所蔵されている。この絵巻に関しては、全挿絵が紹介されており、成立は江戸時代前期とされている[9]。その巻三「新院御経しつめ給ふ事付崩御の事[10]」の絵の部分（図３）は次の通りである。

この場面は、大炊御門御所の跡に造られた崇徳院廟に勅使が派遣されているところであろう。詞書は寛永三年本とほとんど同一であり、挿絵も寛永三年本を参照したと考えられるが、挿絵をすべて同一にしているわけではなく、独自の考えにのっとって絵を置き換えている箇所も見られる。詞書の最後の場面で崇徳院が神となって祀られたことを強調したいがため、その部分を絵画化したといえる。

これと同様の構図をもつと考えられるのが、彦根城博物館所蔵の奈良絵本『保元物語』である。その巻第六「新院御経しつめ給ふ事付崩御の事」の挿図は後掲の通りである（図４、一四五頁参照）。

海の見える杜美術館蔵奈良絵本と絵が完全に一致しているというわけではないが、構図は同一と言えよう。また他の挿図も非常に似通っており、両者の親近性がうかがえる。詞書は誤写等により若干異なる箇所もあるが、

図3　「新院御経しつめ給ふ事付崩御の事」
（海の見える杜美術館所蔵『保元・平治物語絵巻』巻三）

ほとんど同一である。海の見える杜美術館本では、「松山に御さありけるか」とある部分が、彦根城博物館本では「松山にありけるか」となっており、前者で「仁和寺の御室へ」とある部分が、後者では「仁和寺御室へ」となっているなど、海の見える杜美術館本をもとに彦根城博物館本が成立したことをうかがわせる。

原水民樹氏の作成した『保元物語』製版本の語句の異同をもとに、海の見える杜美術館蔵奈良絵本・絵巻、および彦根城博物館所蔵奈良絵本の文言を検討してみると、これらはすべて寛永三年ひらがな交じり絵入り本にのっとって制作されたことがわかる。(11)しかし、挿絵の部分には独自性も見られる。

三　二松本奈良絵本における崇徳院

次に、二松本『保元物語』について検討してみる。(12)二松本についての詳しい検討は本論集掲載の他論文に譲るが、その成立は寛文・延宝頃と考えられている。詞書を検討してみると、二松本は、明暦三年平

図４　「新院御経しつめ給ふ事付崩御の事」（彦根城博物館所蔵奈良絵本『保元物語』巻第六）

仮名交じり絵入り本にのっとって制作されていることがわかる。例えば、「新院御むほんろけん幷にてうふくの事付だいふいけんの事」で、「春宮大夫むねとし卿」（32オ）（351下6）とあるのは、明暦本の特徴で、寛永三年本には「むねよし」とある。[13] また、「位をこえられ」（36オ）（352下11）の部分は、寛永三年本では「位をこえられ世をとられ」となっている。その他の箇所も比較検討してみると、寛永三年本では見られずに、明暦三年本以降に見られる特徴があることがわかる。

一方、「後白河の院御そく位の事」で、「かくれさせ給てより後ハ」（３ウ）（345下12）とある箇所は、貞享本では、「かくれさせ給て後ハ」となっている。「左府御さいご幷に大相国御なけきの事」で、「天ちくしんだんをハしばらく」（14ウ）（372下16）とある箇所は、寛永三年本・明暦本では「しハらく」の部分が貞享本では「しらす」となっている。また、「義朝幼少の弟悉うしなハるゝ事」で、「御舎弟たちも」（５オ）（382上13）とある箇所は、寛永三年本・明暦本では「御舎弟」とあるものが、貞享本では「御舎兄」となっており、二松本は貞享本の性格を有していないことがわかる。

これらのことより、二松本の詞書は明暦三年平仮名交じり絵入り本に基づいて制作されたことがわかる。しかし、絵の部分は明暦本を踏襲しているわけではなく、独自の絵が付されており、生々しい場面があまり描かれない傾向にある。それは注文主の意向によるものだろう。そして、絵の天地には金粉を施し霞も金で描かれるなど装飾が美しく、丁寧に絵が描かれていることが特徴的である。

巻六「新院御経沈の事付ほうぎよの事」の挿絵は、他の奈良絵本・絵巻とは異なり二点付されている（口絵3）。この場面は、寛永三年本と同様に、崇徳院が配所の直島において、五部大乗経を書写しているところである。ただし、絵を描く方向が異なっているため、海は描かれていないし、側近の数も異なる。また、崇徳院の顔を覆う形で布が巻かれている点も異なっている。同一の場面を描く場合であっても、絵師の考えによって描き方は比較的自由に変更が加えられているようである。

次にもう一点の挿絵を見てみる（口絵4）。この場面は、他の奈良絵本・絵巻には全く描かれていない挿絵であり、注目される。仁安三年（一一六八）冬に西行が白峰の御墓を訪れ、昔のことを思い出して「よしやきみむかしのたまの　とことても　かゝらんのちハ　なにゝかはせん」と歌を詠んだ場面である。崇徳院の墓所の前で西行が跪いて掌を合わせて拝んでいる。この歌は西行の歌集『山家集』にも収録される有名な歌であるため、その場面を採用したのであろうか。二松本では、挿絵と対応する部分の詞書を散らし書きのように書いているところが特徴的である。

明暦三年平仮名交じり絵入り本の挿絵は、寛永三年平仮名交じり絵入り本と同一であり、二松本は、詞書は明暦三年平仮名交じり絵入り本に基づいているものの、挿絵に関しては独自の絵を採用しており、より観賞性の高い場面を採用していると言えるのではないだろうか。

参考として、貞享二年平仮名交じり絵入り本「新院御経しつめ給ふ事幷ほうぎよの事」(14)の挿絵を掲げると次の通りであり、他本とは全く異なっている（図5）。「新院をおしこめ給ふ事」と記されており、直島に造られた御所に崇徳院が移る場面の描写となっている。寛永三年版と詞書はほとんど同一なのに、挿絵の部分になぜこうした改変が加えられたのか不明だが、直島の御所に崇徳院が移る場面にしてしまっては、物語の印象が薄くなって

図５　「新院をおしこめ給ふ事」
（貞享２年平仮名交じり絵入り本）

しまうように思われる。

おわりに

以上、『保元物語絵巻』海の見える杜美術館蔵絵巻・奈良絵本、二松學舍大学附属図書館蔵奈良絵本、彦根城博物館蔵奈良絵本および製版本に関して、直島に流された崇徳院が五部大乗経を書写し、それを京都に置くことが許されなかったため怨霊と化したとされる場面を描いた「新院御経しづめ給ふ事付崩御の事」の部分の詞書および挿絵について検討を加えた。

そこで明らかになったのは、これまでも指摘されていることだが、絵巻・奈良絵本の多くは寛永三年平仮名交じり絵入り本の影響を受けているという点である。それはやはり寛永三年本が絵入り本としては最初に出版されたものであったという理由によるものだろう。しかし、詞書においては同一であるものの、挿絵については独自の判断に基づいて描かれている場合もある。また、すべての奈良絵本が寛永三年本に基づいているわけではなく、二松本は明暦三年本に基づいていることがわかる。そして、挿絵についても他本とは違う点が見られるなど、独自性の高い奈良絵本と言えよう。

江戸後期になると、崇徳院が怨霊と化した姿を描いたことで有名な歌川国芳の浮世絵などが登場し、おどろおどろしい崇徳院のイメージが定着するが、これらは『雨月物語』の影響によるものと考えられる。それ以前においては、本絵巻・奈良絵本に見られるように、定型的な崇徳院のイメージは確立しておらず、『保元物語』のさまざまな場面が描かれ、怖ろしい形相の崇徳院はまだ描かれていないのである。

（1）石川透・星瑞穂編『保元・平治物語絵巻をよむ』三弥井書店、二〇一二年。
（2）石川透『奈良絵本・絵巻の生成』（三弥井書店、二〇〇三年）、同『奈良絵本・絵巻の展開』（三弥井書店、二〇〇九年）、同「海の見える杜美術館蔵『保元・平治物語絵巻』について」（石川透・星瑞穂編『保元・平治物語絵巻をよむ清盛栄華の物語』三弥井書店、二〇一二年）。
（3）星瑞穂「海の見える杜美術館蔵『保元・平治物語絵巻』の版本との関係性」（前掲註2『保元・平治物語絵巻をよむ清盛栄華の物語』所収）。
（4）本稿では宮内庁書陵部所蔵の古活字本保元物語（永積安明・島田勇雄『保元物語　平治物語』〈日本古典文学大系〉岩波書店、一九六一年）を用いた。
（5）原水民樹「『保元物語』整版本の展開」『徳島大学総合科学部言語文化研究』五、一九九八年。
（6）崇徳院怨霊の形成過程については、山田雄司『崇徳院怨霊の研究』（思文閣出版、二〇〇一年）を参照していただけたら幸いである。
（7）京都大学附属図書館所蔵『保元平治物語六巻』。貴重資料画像による。この製版本では彩色が施されている。
（8）『保元物語』諸本ではおおよそ、松山の堂→（直島）→国府（鼓岡）と移動したと整理できる。しかし、鎌倉本・古活字本では崩御の地を「志度の道場と申山寺」とか「志度」とするのが特徴的である。志度は一般的には志度寺のあるさぬき市志度を指すが、これだと讃岐国府のあるところからはかなり離れており、志度寺にも崇徳院崩御に関する記録は残されていないことから、崇徳院がここで崩御した可能性はほとんどない。崩御の地を志度とするのは、『梁塵秘抄』にも記されるように、志度の道場は霊験所として著名であり、志度寺沖の竜宮伝説も謡曲『海士』に採録されているように、志度が都人にとって非常によく知られた場所であったからであろう。また志度は「死度」とも表記されたことから、死への旅立ちに似つかわしい地名として、崇徳院崩御と結びつけられたのかもしれない。詳しくは山田雄司「直島における崇徳院伝承」（『三重大史学』一〇号、二〇一〇年）を参照されたい。
（9）石川透・星瑞穂編前掲註2書。
（10）海の見える杜美術館蔵『保元物語絵巻』は題簽が誤っており、本来「巻六」とあるべき巻子に「巻三」と記されている。
（11）原水民樹前掲註5論文。
（12）磯水絵・小井土守敏・小山聡子編『二松學舍大学附属図書館蔵奈良絵本『保元物語』『平治物語』』二松學舍大学東アジア学術総合研究所、二〇一二年。
（13）各項、上が二松本の丁数を、下は日本古典文学大系付録古活字本の頁数を示している。
（14）国立国会図書館所蔵『保元物語』全三巻のうちの第三巻。国立国会図書館デジタル化資料による。

物語草子の制作と享受層——常盤の物語をめぐって——

恋田　知子

一　尼僧所持の「常磐絵」

近年、絵巻や奈良絵本をめぐる研究は、内容の分析はもとより、その所持や伝来、書写状況など所在や制作の意義を問うものにも及びつつある。(1) これまで筆者も、宗教色濃厚な物語草子を例に、古記録や書物の伝来・奥書等を精査し、それらの披見・貸借・所持の諸相から、宗教的言説の絵巻化を促した場の一つとして、比丘尼御所に注目してきた。(2) 試みに、室町期の比丘尼御所にかかわる物語絵記事を抄出すると、以下のとおりである。

比丘尼御所をめぐる物語絵記事一覧（抄）

年　月　日	比丘尼御所	物語絵	記事内容	所収文献
応永32年（一四二五）11月4日	真乗寺	常磐絵	所持・下賜	『看聞日記』
永享10年（一四三八）2月27日	鳴滝殿（十地院）	春日御縁起中書	所持・貸借	『看聞日記』
11月13日	鳴滝殿（十地院）	強力女絵	所持・貸借	『看聞日記』
11月13日	鳴滝殿（十地院）	ういのせうの絵	所持・貸借	『看聞日記』

永享10年（一四三八）11月13日	鳴滝殿（十地院）	香助絵	所持・貸借	『看聞日記』
6月24日	入江殿（三時智恩寺）	法然上人絵	所持・貸借	『看聞日記』
文明7年（一四七五）7月28日	入江殿（三時智恩寺）	善光寺絵詞	披見	『十輪院内府記』
11年（一四七九）10月27日	入江殿（三時智恩寺）	大師御絵	披見	『十輪院内府記』
12年（一四八〇）3月15日	安禅寺	弘法大師御絵	所持・貸借	『お湯殿の上の日記』
10月12日	安禅寺	地蔵御絵	貸借	『お湯殿の上の日記』
長享2年（一四八八）8月16日	安禅寺	たいしの御絵	貸借	『お湯殿の上の日記』
延徳3年（一四九一）5月27日	安禅寺	因幡堂縁起	所持・貸借	『お湯殿の上の日記』
文亀元年（一五〇一）6月17日	入江殿（三時智恩寺）	弘法大師絵	披見	『実隆公記』
大永6年（一五二六）9月11日	南御所（大慈院）	和田絵	貸借	『お湯殿の上の日記』
享禄2年（一五二九）2月30日	南御所（大慈院）	春日験記	披見	『お湯殿の上の日記』
永禄11年（一五六八）2月10日	岡御所（大慈光院）	奈良大仏縁起	披見	『お湯殿の上の日記』
天正3年（一五七五）4月20日	岡御所（大慈光院）	弥勒地蔵御戦草紙	所持	『お湯殿の上の日記』

右の多くは現存する物語絵に比定できないものの、冒頭の「常磐絵」については、先行研究でもしばしば指摘されてきた記事であり、注意すべきものがある。[3]『看聞日記』応永三二年（一四二五）一一月四日条によれば、

……抑真乗寺殿常磐絵二篇賜之。殊勝絵也。詞筆跡白河三位経朝卿云々。行豊見之彼卿筆跡之由申。此絵真乗寺所持云々。

とある。つとに日下力氏が指摘されたように、この「常磐絵」は、世尊寺家一六代の行豊が世尊寺経朝（一二一五〜七六）の真筆であると鑑定していることから、一三世紀半ばには制作されていた可能性があり、同じく『看聞日記』に見られる山門秘蔵の「保元絵・平治絵」とは別種の絵巻と判断されるものである。[4]

「常磐絵」を所持していた真乗寺は、京都嵯峨にあった臨済宗景愛派の寺で、現在は存在せず、その詳細も不明である。ただし、『臥雲日件録抜尤』寛正元年（一四六〇）五月七日条には、後醍醐天皇第二皇女、懽子内親

王（後の光厳上皇妃、宣政門院）の開基と記されており、『看聞日記』永享六年（一四三四）四月二〇日条にも、貞成親王の第四皇女賀々古《かかこ》が出家し、理延と号して入寺したとあるなど、皇女たちの入室する由緒ある比丘尼御所であったことが知られる。貞成親王に「常磐絵」を下賜した真乗寺殿についても、応永二五年（一四一八）に景愛寺を退出し、その後真乗寺住持となり、正長二年（一四二九）に没した、瑞室と号する人物に比定される。瑞室は貞成親王の叔母（父栄仁親王の異母妹）にあたる人物であり、先の物語絵記事一覧における鳴滝殿と同様、伏見宮周辺における絵巻文化の様相を伝えている。(5)

真乗寺伝来の「常磐絵二篇」について、日下氏は、行豊の鑑定や伏見宮文化圏での享受の様相からその素性の正しさを指摘し、都落ちと六波羅出頭の「二篇」からなり、『平治物語』とは別個に行われていたであろう「常葉譚」の絵巻化と想定されている。そもそも、常盤の物語は、常盤を中心に、救助者としての伏見の老婆や、出頭に際し温情を与える九条女院、そして責め苦を受ける常盤の母など、女性が物語の主軸となって展開しており、その背景には桂女や清水寺の盲女といった女性の語り手の存在も推定されてきた。(6)常盤の物語の背景にいかなる女語りがあったのか、なお検討の余地があろうが、女語りを想起させる女性の物語を所持していたのもまた、比丘尼御所の尼僧であったという点は興味深いものがある。経朝筆とされる「常磐絵」が真乗寺殿に至った経緯は詳らかでないが、少なくともその享受において女性が介在していたのであり、常盤の物語の受容の一端がうかがい知れよう。

一三世紀半ばという比較的早い段階から、『平治物語』とは別に、常盤の物語を絵巻として享受しようとする動きが認められ、後には女性による受容もみてとれるのであった。常盤の物語を絵とともに享受しようとする動きは、近世に入り、ますます活気を帯びることとなる。幸若舞曲の奈良絵本・絵巻化の隆盛である。

二　常盤物の奈良絵本・絵巻

近年、幸若舞曲の絵入り本については、お伽草子の研究動向とも相俟って、国文学はもちろん、美術史研究からも多くの成果が報告されている。国内外を問わず、研究対象として広く認知され、大きな進展を遂げつつある。そのような舞曲の絵入り本研究を牽引しているのが、小林健二氏の「舞曲の絵入り本一覧稿」をはじめとする一連の論考である。(7)小林氏の総括的な把握によって、二〇〇点を超える絵入り本の存在が明らかとなっており、以後も、新出の伝本が次々と紹介され、舞曲の絵入り本が質量ともにお伽草子に次ぐほどの一群を成していたことがわかる。(8)

室町期に流行した語り物芸能である幸若舞曲は、古記録類によって室町末期から読み物としても展開していたことが確認でき、お伽草子と並び、早くから絵巻・絵本化されていた。室町期まで遡ると思われる絵巻も少なく、桃山・江戸初期の縦型奈良絵本から、江戸中期の横型奈良絵本に至るまで、盛んに制作され、読み継がれてきたのである。そのような舞曲の絵入り本の一大画期となったのが、寛永年間の絵入り版本「舞の本」の刊行であった。以後、この「舞の本」を粉本とした絵巻や奈良絵本が数多く制作されることとなる。

なかでも先行研究において注目されているのが、「舞の本」を粉本に制作されたと思われる、チェスター・ビーティ・ライブラリィ蔵「舞の本」絵巻である。(9)「百合若大臣」「高館」「景清」「伏見常盤・常葉問答」「笛の巻・未来記・剣讃嘆」「大職冠」の九番からなる絵巻六軸は、いずれも天地約三三糎の大型絵巻で、箱書き・題簽に「三十六番舞」とあることから、「舞の本」を粉本に作られたとみなされる。さらに詞書の筆跡や画風から連れと思しき絵巻が五軸確認されており、また同様の体裁ながら、これとは別系統の「舞の本」絵巻も認められることから、同工房による二種類以上の「舞の本」絵巻の制作が指摘されている。象牙軸に金襴緞子仕立ての豪華な装丁などから、いずれもしかるべき大名家による依頼注文と推察されており、近世前期の豪華絵巻の制作状況が次々と明らかになってきたといえよう。

従来、奈良絵本・絵巻には基本的に奥書等が記されないことから、制作の状況について知る手だては皆無に等しかった。だが、近年の石川透氏を中心とする調査研究の進展により、わずかながら記された署名、および仮名草子や往来物からの検討などにより、朝倉重賢や浅井了意、居初つなといった詞書筆者の存在が明らかとなったのである。[10]「舞の本」絵巻についても、具体的な筆者名は不明ながら、同様の装丁や筆致・画風などの詳細な検討によって、同工房による制作であることが明確となった。こうした書誌調査に基づく最新の研究成果は、常盤物の奈良絵本・絵巻を考察する上でも示唆的である。

舞曲の常盤物には、都落ちから伏見の里での饗応までを語る「伏見常盤」、鞍馬寺の僧と仏法問答を行う「常盤問答」、六波羅出頭の顚末を語る「靡常盤」、母殺害の盗賊への仇討ちを描く「山中常盤」の四曲が知られており、「靡常盤」を除く三曲については、絵入り版本や「舞の本」絵巻だけでなく、単独でも絵入り本化がなされている。たとえば「常盤問答」は、「伏見常盤」とともに収められた、前述のチェスター・ビーティの「舞の本」絵巻以外に、中京大学図書館蔵の横型奈良絵本『鞍馬常盤』[11]や、カリフォルニア大学ロサンゼルス校蔵の元禄頃写横型奈良絵本『常盤問答』がある。江戸初期の写しと見られる中京本は、絵入り版本の挿絵とは異なる絵柄を有しており、女人不浄について仏法問答を交わす物語内容とあわせて、絵入り本としての制作や享受層の実態解明が待たれる。

常盤物の奈良絵本・絵巻のなかでも、質量ともに群を抜いて伝存するのが『伏見常盤』である。舞曲「伏見常盤」については、麻原美子氏によれば、『平治物語』下の「常葉落ちらるる事」に素材が求められるものの、直接の関係は認められず、舞曲の常盤物や「鎌田」などを中心題材とする常盤物語があり、それを原拠としたことが想定され、女性のための物語としての性格から、女舞々の語り物であった可能性が指摘されている。[12] 舞曲として人気を博した「伏見常盤」は、室町末期から絵を伴う読み物としても大いに親しまれていた。小林氏の一覧稿、およびその後報告された新出本などをあわせると、現在のところ、絵入り本『伏見常盤（ふしみときは）』は以下の二〇点に及ぶ。[13]

①大阪市立美術館蔵絵巻一軸（絵本大本改装）。室町末写。挿絵一七図（サントリー美術館『お伽草子』図録）
②赤木文庫旧蔵サントリー美術館蔵絵巻一軸。室町末写。挿絵一六図（伝承文学資料集12『室町期物語二』）
③東京国立博物館蔵絵本大本一冊（前後一部欠の零本）。室町末写。挿絵二〇図（東京国立博物館マイクロフィルム）
④逸翁美術館蔵絵本大本二冊。江戸初写。挿絵二〇図（伝承文学資料集12『室町期物語二』）
⑤大東急記念文庫蔵絵本大本二冊。江戸初写。挿絵一二図（『大東急記念文庫善本叢刊中古中世篇　物語草子Ⅰ』）
⑥藤園堂蔵絵本横本一冊。江戸初写。挿絵一六図（伝承文学資料集12『室町期物語二』）
⑦岩瀬文庫蔵絵本横本二冊。江戸初写。挿絵一五図（『伝承文学研究』一五、岩瀬文庫『絵ものがたりファンタジア』図録）
⑧天理図書館蔵絵本横本二冊。江戸初写。挿絵九図（『天理図書館稀書目録和漢書之部』第一・二）
⑨蓬左文庫蔵絵本横本二冊。江戸前写。挿絵四図（国文学研究資料館マイクロフィルム、徳川美術館・蓬左文庫共催『絵で楽しむ日本むかし話』図録）
⑩チェスター・ビーティ・ライブラリィ蔵「舞の本」絵巻のうち一巻。挿絵九図（国文学研究資料館マイクロフィルム）

⑪東京古典会（平成八年）絵本大本一冊。室町写。挿絵一八図
⑫石川透氏蔵絵本横本断簡。寛文頃写。挿絵九図（石川透『入門奈良絵本・絵巻』思文閣出版）
⑬早稲田大学演劇博物館蔵古活字版
⑭天理図書館蔵古活字丹緑本一冊。慶長元和頃刊。挿絵九図（『天理図書館稀書目録和漢書之部』第一・二）
⑮黒船館蔵寛永丹緑本
⑯国会図書館蔵松会版二冊。寛文頃刊。挿絵七図（国会図書館デジタル化資料）
⑰国会図書館蔵寛永整版一冊。挿絵九図（新日本古典文学大系『舞の本』、国会図書館デジタル化資料）
⑱富美文庫蔵絵本横本二冊。明暦寛文頃刊。挿絵一四図[14]
⑲オックスフォード大学ボドリアン図書館蔵絵本横本一冊。挿絵一三図[15]
⑳天理図書館蔵絵本横本一冊。江戸初写。挿絵一三図（『天理図書館稀書目録和漢書之部』第三）

室町末期まで遡る古絵巻から江戸初期の大型奈良絵本や丹緑本に至るまで、実に多種多様な伝本が確認されるのであり、常盤の物語絵の人気のほどがうかがい知れよう。舞曲の絵入り本は、概して古いものほど絵数が多く、寛永整版以降は絵数・場面が固定化する傾向にあるが、『伏見常盤』も概ねその傾向に当てはまる。なお近時、塩出貴美子氏により、新たに⑱の富美文庫蔵横型奈良絵本が紹介され、②サントリー本、⑥藤園堂本、⑦岩瀬文庫本の図様と比較し、図様の伝播としての影響関係を指摘し、『伏見常盤』の絵入り本における絵巻から奈良絵本への展開過程を考察されている[16]。また、⑳天理本は、「常盤物語」の題目から、後述する常盤のお伽草子とされることもあったが、調査の結果「伏見常盤」の絵入り本とみなされる。薄墨白描の挿絵で、所々金箔を置く点に特徴がある。

絵入り本『伏見常盤』の研究成果において、とくに注目されるのが、制作や伝来の状況がうかがえる点である。

たとえば近年、石川透氏の調査によって、オックスフォード大学ボドリアン図書館に、⑲『伏見常磐』をはじめ、『青葉の笛』『伊吹』『木幡狐』『狭衣』『竹取物語』『文正草子』『玉水』『鉢かづき』の九種類二一冊に及ぶ横型奈良絵本の存在が明らかとなった(17)。石川氏は、ほぼ同じ体裁にして同筆の奈良絵本がまとまった形で伝来していることを重視し、近年明らかとなった居初つなの作品群などと同様、奈良絵本の叢書として位置づけられている。平安時代の物語やお伽草子、幸若舞曲が同種の横型奈良絵本として一括して制作された状況が推察され、今日のようなジャンル区分もなされていなかったことがわかる。従来のジャンルごとの研究ではとらえきれない絵入り本の実態が垣間見える。

さらに、伝来という点で興味深い事例として、⑨蓬左文庫蔵『ふしみときは』が挙げられる。蓬左文庫および徳川美術館は、尾張徳川家伝来の奈良絵本・絵巻を所蔵しており、近年公開された尾張徳川家の嫁入り本『文正草子』の豪華絵巻は記憶に新しい(18)。尾張徳川家一一代斉温夫人であった俊恭院福君（一八二〇～四〇）所持の絵巻であり、天保九年（一八三八）の福君の婚礼に際して調えられた「菊折蒔絵婚礼調度」に含まれ、同様の軸台と巻物箱が付属しているという。龍澤彩氏によれば、絵巻自体は寛文頃の作と推察され、福君以前の所有者は不明ながら、特別に誂えられた豪華絵巻と目される(19)。

同様に、蓬左文庫蔵の奈良絵本『くさ物語』（七草草紙）および『大黒舞』もまた、「光雲院殿御書物　草物語弐冊　大黒舞弐冊」と墨書された桐箱に収められ、伝来しているという。寛政一一年（一七九九）の蓬左文庫蔵『東西御文庫入記』にも光雲院様御書物目録として書名が確認でき、尾張徳川家六代継友夫人の光雲院安己君（一七〇四～二五）の蔵品であったことがわかる。所有者である福君・安己君のいずれもが、五摂家筆頭の近衛家から尾張徳川家に嫁いでおり(20)、これら奈良絵本・絵巻が嫁入りに際して近衛家からもたらされた可能性も考えられよう。ちなみに『くさ物語』（七草草紙）については、法華寺に一七世紀の写しとされる『七草絵巻』が伝来しており、近時、修復作業が終了し、披露された[21]。祝言の物語絵が、一方では嫁入り本として、また一方では尼門跡の蔵書として、女性たちによって享受されていたのであった。

⑨の『ふしみときは』についても所有者は不明ながら、同種の奈良絵本『しつか』『しぐれ』とともに、尾張徳川家伝来の蔵書として蓬左文庫に所蔵されている[22]。お伽草子と舞曲の絵入り本が同様の体裁でまとまって伝来しているのであり、前述の奈良絵本の叢書という観点からも興味深い。常盤や静のような女性を中心に展開する物語が、同種の奈良絵本として尾張徳川家の姫君たちに享受されていた様が想像される。

三　同筆奈良絵本『からいと』『しつか』

ところで、常盤の物語と同様、女性の活躍を描き、その背景に女性芸能者の存在が想定される物語に、渋川版御伽草子で知られる『唐糸草紙』がある。頼朝の命を狙い、捕らわれた唐糸を、娘の万寿が鶴が岡で舞を舞い、八幡の霊験と舞徳によって救い出すという芸能成功の物語である。母娘二代にわたる物語には、『平家物語』の刀自と祇王や『義経記』の磯禅師と静、そして常盤とその母など、女性芸能者の物語における親子関係の反映がみてとれる。とくに、初めは頼朝の前での芸の披露を拒むものの、乳母に促されたことで舞を舞い、母の釈放と恩賞を得た万寿の姿には、母の説得によって最終的に頼朝を前に舞った静と重なるものがあり、女系の芸能成功譚としての共通構造が指摘できる[23]。

そんな女性の活躍を描く『唐糸草紙』のなかでも一際異彩を放つのが、暗殺計画の露見した唐糸を保護し、頼朝にもひるむことなく、唐糸を保護する尼僧「松が岡殿」である。唐糸が一時預かりの身となった松が岡とは、鎌倉の臨済宗円覚寺派東慶寺を指す。弘安八年（一二八五）、北条時宗の妻覚山尼の開山で、室町期には後醍醐天皇の皇女用堂尼や足利氏の女性が代々住持を務めたことから、松が岡御所と称された。江戸時代には、俗に縁切寺・駆込寺とともに、上州の満徳寺とともに、多くの女性を救済していた。

唐糸に対する松が岡殿の描写にも、女性の保護者としての面が強調されており、いかなる権力者であっても介入できない当寺のアジールとしての側面を映し出す。物語中の松が岡殿は開山覚山尼を指すと考えられるが、頼朝の時代からはかなり下っており、物語の時代設定上、齟齬をきたす。時代的な矛盾を犯してまで松が岡殿を登場させたのは、物語の舞台が鎌倉の地であることを際だたせるとともに、物語の成立当時の東慶寺の状況を少なからず反映したことによるのであろう。

渋川版で広く知られる『唐糸草紙』だが、意外にも写本は少なく、優美な筆致の挿絵が付された国文学研究資料館蔵の奈良絵本『からいと』は貴重である。現存諸本については、慶長頃古活字一〇行絵入本（内閣文庫蔵）と寛永頃刊古活字一一行絵入本（無窮会蔵）の二系統に大別され、松会版・渋川版など整版本も知られる。写本についても、国文研本をはじめ、早稲田大学図書館・大英図書館の絵巻が知られているが、いずれも古活字本を遡るとは言い難く、早くとも江戸初期の写しと推察される[24]。

国文研本は、紺地表紙および朱題簽に金泥草木を描き、金泥草木の下絵入りの鳥の子紙を用いた華麗な装丁の特大奈良絵本（縦三〇・〇糎、横二二・〇糎）で、江戸前期写の嫁入り本と推察されている。本文については、内閣文庫本以下の江戸初期丹緑本系統に位置づけられ、住吉派風とされる挿絵も、古活字および整版本の図様に類似している。しかしながら、上下冊各六図計一二図からなる挿絵のうち、次に挙げる一図のみ、版本とは異なる図柄が認められ、見過ごせないものがある（図1）。

図1は、松が岡殿の計らいで故郷信濃に逃れようとした唐糸が梶原景時に捕らえられ、頼朝のもとに連れ戻される場面に位置する。版本では、いずれも捕らえようとする景時と唐糸とを対峙させる構図（図2）となっているのに対し、図1だけが画面左下の馬上に景時と思しき武士を描き、網代輿とともに馬に乗って鎌倉へ連れ戻さ

図1　『からいと』上冊第4図　梶原景時に捕らえられる唐糸（右、拡大図）
（人間文化研究機構 国文学研究資料館蔵）

図3　『からいと』上冊第5図　幽閉された唐糸
（人間文化研究機構 国文学研究資料館蔵）

図2　内閣文庫蔵古活字版『からいとさうし』第4図　同場面
（原装影印古典籍覆製叢刊『慶長・元和頃刊古活字版唐絲草子』（雄松堂書店）より転載）

れる唐糸を描くのである。その装いも白衣に小袖の打掛をまとい、塗笠に白頭巾を垂らした旅姿で、物語絵に見られる在家尼の姿なども想起させる。現存諸本では総じて、お伽草子の女房姿の定番である大垂髪に小袿姿の唐糸が描かれており、隔たりがみてとれる。この唐糸の装いについては、古活字版と同じ構図の入牢場面（図3）でも、白頭巾はないものの白衣に同じ小袖の打掛姿で描かれており、国文研本のみが一貫して描く独自の唐糸像といえる。

それにしても、全一二図のうち一一図はいずれも版本と同構図の挿絵である国文研本において、なぜ図1のみ異なる構図としたのだろうか。また、版本と同様の姿で描かれる娘の万寿に対し、一貫して版本とは異なる唐糸像を描くのはなぜなのか。それらを探る手がかりが同じく国文学研究資料館蔵の奈良絵本『しつか』の挿絵にある(25)。

歌舞芸能を軸に母娘二代の物語をなす『唐糸草紙』は、前述のように磯禅師と静の物語を彷彿とさせる。なかでも幸若舞曲「静」は物語の構造上、多くの共通点をみせる。読み物としても普及した舞曲「静」もまた多くの奈良絵本・絵巻が制作され、室町末頃の古写本なども伝存する。そんな「静」の奈良絵本の一つで、大頭流の本文を有し、江戸前期写とされるのが国文研蔵『しつか』である。その装丁は、紺地表紙と朱題簽に金泥草木を描き、金泥草木下絵入り鳥の子紙を用いた華麗な特大奈良絵本（縦二九・八糎、横二一・五糎）で、先の『からいと』とほぼ同じ寸法で、装丁も極似するのである。加えて、本文の筆跡および挿絵の色遣いから樹木や人物の描き方、衣の模様にいたるまで近似し、同工房で制作された同筆の奈良絵本と推定される。そこでの静の母磯禅師の装いは、図1でみた唐糸のそれによく似るのである（図4）。

図4は、義経との別離後、梶原景時に捕らえられた静が頼朝により胎内探しを命じられるものの、母の禅師が政子に嘆願したことで救われる場面であり、中央には喜ぶ磯禅師の姿が描かれている。その装いは白頭巾で髪を

覆い、白衣に小袖の打掛の姿である。図1の唐糸と打掛の色こそ違え、唐草梅紋の模様まで類似する。登場する全人物について、それぞれ衣の模様を細かく描き分ける当該奈良絵本の特徴からしても、唐糸と磯禅師の衣の模様が一致することは重要であろう。そこには、頼朝の前で舞った万寿と静の物語としての重なりと同様に、母である唐糸に磯禅師の姿を重ねて描こうとした絵師の趣向がみてとれる。同工房で仕立てられたと思しき奈良絵本における図像イメージの転用の様がうかがえる。同様に、京の浄土寺に隠れ潜んでいた静が、密告により景時に捕らえられる図5についても、他伝本のそれと異なる点で見過ごせないものがある。

図5は、景時に居所を知られた静が母の勧めで出家の許しを乞うものの許されず、剃刀を額にあて有髪のまま受戒する場面に位置する。聖が説話を交えて長々と語る五戒の講説は、舞曲「静」独自の記事であるが、奈良絵本の諸本では完全に削除する伝本もあるなか、国文研本は略さず記している。にもかかわらず、挿絵では、諸本に共通して見られる聖による授戒場面ではなく、図1で見た唐糸の鎌倉下向と同様の網代輿を描き、その脇で涙に暮れる静や禅師、浄土寺の尼たちが描かれ、尼たちとの交流を強調するような図柄となっているのである。そこにも、尼たちと浄土寺に隠れていたことが景時に露見し、頼朝のもとに連行される静および磯禅師の姿と、松が岡殿による計らいが景時に露見し、頼朝のもとに連行される唐糸の姿とを重ねる趣向がみてとれよう。

このように、国文研蔵『からいと』において、図1のみ版本とは異なる構図が描かれた背景には、同筆の奈良絵本『しつか』との影響関係が想定される(26)。奈良絵本制作の場において、物語の相似性に起因する図像イメージの共有が計られたものと考えられるのではないか。

翻って、図1は、物語成立時における寺の状況の反映をも想定させる「松が岡」をめぐって引き起こされた、物語の契機となる場面に位置する図像でもあった。その意味で、版本で対峙していた景時を脇へと追いやり、在家尼をも想起させる唐糸の姿を中心に据えた構図は極めて象徴的なものといえよう。すなわち、図1にみる唐糸

図４　『しつか』下冊第１図　静の胎内探しが免れ、喜ぶ磯禅師（右、拡大図）
（人間文化研究機構 国文学研究資料館蔵）

図５　『しつか』上冊第２図　涙に暮れる静や禅師、浄土寺の尼たち
（同上）

の姿は、磯禅師との重なりと同時に、頼朝でさえも手出しできない、女性を保護する「松が岡」の尼僧イメージをも映じているのではないか。そこには、図5で見た奈良絵本『しつか』と同様の意図が垣間見える。物語中の芸能者や宗教者といった女性を前面に押し出す国文研蔵『からいと』『しつか』は、女性を中心に描き出そうという明確な意図をもって仕立てられた嫁入り本と言え、当時の女性たちの目を楽しませていたに違いない。

国文研蔵『からいと』『しつか』と同種の奈良絵本は、現在のところ見いだせていないものの、他にも制作されていた可能性は十分に考えられる。とくに女性の語りを淵源に有し、女性たちを中心にその活躍を描く常盤の物語などには、同種の奈良絵本があったことも十分に考えられる。今後の出現を待ちたい。

いずれにしても、国文研蔵の『からいと』『しつか』においても、お伽草子と舞曲は区別されることなく、同種の奈良絵本として仕立てられていたことがわかる。しかも、その図柄には、とりわけ女性の享受を意図したような挿絵の改変が見てとれ、奈良絵本の制作実態を示す、貴重な事例といえるだろう。そこには、絵草子屋において量産されるような奈良絵本とは異なり、特定の注文主に即した絵本制作のありようも推察される。そこで最後に、常盤の物語に立ち戻り、女性に向けた物語草子の書写という観点から述べてみたい。

四　歓喜寺蔵『常盤物語』をめぐって

舞曲の正本や絵入り本などとは別に、お伽草子ととらえられてきた常盤物に『常盤物語』という作品がある。都から逃れた常盤が三人の子を連れて、伏見の里の「向の谷」に落ちのび、老夫婦のもとで過ごすものの、自分の身代わりに母が獄門に掛けられていると知った常盤は、老夫婦に自らの素性を打ち明け、「向の谷」から六波羅に出頭する。三人の子の行く末のため、清盛の寵愛を受けるにいたった常盤により、伏見の老夫婦は領地を与えられ、「むかひ殿」としてあがめられるようになったとする物語である。常盤物の舞曲同様、『平治物語』巻下

「常葉落ちらるる事」「常葉六波羅に参る事」を素材としつつも、やはり直接の影響関係は認められず、舞曲のもととなったような常盤の物語が想定されている。日下力氏は、待賢門合戦を「夜いくさ」とする点や義朝が紫宸殿の下で変化の物を切った恩賞として常盤を得たとする点など、『平治物語』と異なり、舞曲にのみ一致する点を挙げ、舞曲の影響を色濃く受けて成立した物語と位置づけられている。(27) 絵入り本と同様、舞曲を踏まえて形成された作品であり、常盤の救助者である伏見の老夫婦への報恩をもって大団円とする点に、お伽草子としての特徴が指摘できる。

現在のところ、高山市の歓喜寺蔵本が知られるのみで絵入り本の存在も聞かないが、歓喜寺には、この『常盤物語』の他、同じ筆跡による『秋月物語』『花情物語』『滝口物語』『西行の物語』の五種のお伽草子が伝来しており、注目される。『常盤物語』の奥書に「寛永八年九月上旬／よま／とうわんの御筆」とあり、他の草子にも同様に、それぞれ末尾に「ぬし　よま」「よま殿／とうわん」「ぬし／とやま」などと付されている。この「とうわん」については、はやく北條秀雄氏により、飛騨国の浄土真宗の拠点となった高山照連寺第一三世宣明（一五六五～一六四一。号「等安」）であることが指摘されている。(28) 北條氏によれば、宣明の次男治部卿明了（一六一九～九五）が歓喜寺の祖であったことにより、その写本が伝来したと目されるのである。

なお、明了も宣明と同様、物語草子の書写をおこなっていたらしく、天理図書館蔵『あかしの物語』写本の表紙および扉紙裏には「治部卿明了御筆」との墨書が確認できる。(29) 北條氏は、奥書および周辺史料の検討から、歓喜寺蔵の物語草子群が宣明の娘、すなわち明了と同腹の姉妹と考えられる「よま」「とやま」に向けてなされたことを推察されている。明了筆の天理図書館蔵『あかしの物語』についても、そうした女性に向けた物語草子書写の一つであった可能性が指摘できる。

歓喜寺蔵の物語草子には、『常盤物語』以外にも、たとえば、存覚による真宗談義本『女人往生聞書』の文辞に近似した『花情物語』[30]や、盛遠の発心譚を物語る『滝口物語』（恋塚物語）など、女人唱導としての要素も色濃い物語草子が伝わっているのである。そのような物語草子群が、近世初期の浄土真宗の寺院において、女性に向けて書写されていたと考えられる点は注目に値するだろう。

　また、たとえば『秋月物語』の末尾には、「かなつかひそのほかふしんとも候へ共、本のことくかきうつし申候。やかてかた見になり候へく候」とあり、歓喜寺に伝存するお伽草子にはそれぞれ原本があったことが推測される。この点については、旧稿で詳述したように[31]、東本願寺を本山とする真宗大谷派の高山別院である照蓮寺は、寛永一〇年（一六三三）に一三世宣如の六女佐奈姫が降嫁するなど、本願寺との密接なつながりがみてとれ、本願寺第一一世顕如の二男で真宗興正派の本山興正寺第一七世門主の顕尊（一五六四～九九）が「瀧口物語」なる物語草子を所持していたとする古記録の記事[32]などから、本願寺や興正寺周辺の物語草子[33]を原本として書写していた可能性が想定される。いずれにしても、寺家と公家との交流のなかで、貸借・書写を重ねつつ読み継がれてきた物語草子の様相が推察される。

　とりわけ、歓喜寺蔵の物語草子群が、ある程度まとまった形で、しかも女性に向けて書写され、享受されていた可能性を重視するならば、絵草子屋のような存在を介する以前の物語草子の書写状況をうかがわせる点で見過ごせないものがある。それは、近世以降、嫁入り本としての、あるいは叢書としての展開を見せる奈良絵本・絵巻群のいわば前段階として位置づけられるのではないか。

　当代の芸能や絵画などメディアと融合しながら、時代を経ても語り継がれ、読み継がれてきた常盤の物語には、当時の人々を、とりわけ女性たちを魅了してやまないものがあったのだろう。常盤の物語の草子化には、そのような女性による受容の一端が現れている。これまで「嫁入り本」と一括りされがちであった物語草子のありかたについても、作品内容や制作状況、形態などに照らし、より具体的な享受の実態を解明していくことが求められているといえよう。

（1）髙岸輝『室町王権と絵画――初期土佐派研究』（京都大学学術出版会、二〇〇四年）、石川透『奈良絵本・絵巻の展開』（三弥井書店、二〇〇九年）など参照。
（2）恋田知子『仏と女の室町　物語草子論』（笠間書院、二〇〇八年）、「尼門跡および尼寺――女性のまなざしの許にある宗教テクスト――」（阿部泰郎編『中世文学と寺院資料・聖教』竹林舎、二〇一〇年）など参照されたい。
（3）平治物語絵巻については、真保亨「『平治物語絵巻』常盤巻について」（『美術研究』三〇七、一九七八年）、麻原美子・山口恵理子「平治物語絵巻「常盤の巻」をめぐって」（『日本女子大学紀要』三〇、一九八〇年）、佐々木暁子「『平治物語絵巻』常盤巻考」（『駒沢国文』二八、一九九一年）など参照。
（4）日下力「常葉譚の摂取」（『平治物語の成立と展開』笠間書院、初出一九八三年、一九九七年）参照。
（5）木原弘美「絵巻の往き来に見る室町時代の公家社会」（『仏教大学大学院紀要』二三、一九九五年）など参照。
（6）前掲註4日下氏論文、鈴木淳一「『平治物語』常葉説話覚え書――その伝承の問題――」（北海道説話文学研究会編『中世説話の世界』笠間書院、一九七九年）など参照。
（7）小林健二「幸若舞曲の絵画的展開」（『中世劇文学の研究』三弥井書店、二〇〇一年）、同「幸若舞曲とお伽草子」（徳田和夫編『お伽草子百花繚乱』笠間書院、二〇〇八年）参照。
（8）小林氏の一覧稿以後の新出本紹介については、泉万里「幸若舞曲「八島」とその絵画」（『大和文華』一一三、二〇〇五年）、恋田知子『薄雲御所慈受院門跡所蔵大織冠絵巻』（勉誠出版、二〇一〇年）などがある。また、舞曲の絵入り本の研究状況については、宮腰直人「語り物と絵画の交錯――絵入本『烏帽子折』小考」（『国文学解釈と鑑賞』七四―一〇、二〇〇九年）が要を得ており、参考となる。
（9）「舞の本」絵巻については、前掲註1石川透氏論考、前掲註7小林健二氏論考に詳述される。
（10）前掲註1石川透氏論考、同氏『奈良絵本・絵巻の生成』（三弥井書店、二〇〇三年）など参照。
（11）中京大学図書館で閲覧の機会を賜った。記して感謝申し上げる。大島龍彦「鞍馬ときは（翻刻）」（『やごと文華』一、一九八一年）参照。なお、常盤物の絵巻をめぐっては、近時、岩佐又兵衛風絵巻群と古浄瑠璃「常盤問答」「山中常盤」について考察された、深谷大『岩佐又兵衛風絵巻群と古浄瑠璃』（ぺりかん社、二〇一一年）がある。

(12) 麻原美子『幸若舞曲考』（新典社、一九八〇年）、同『舞の本』（新日本古典文学大系、岩波書店、一九九四年）参照。

(13) 田中文雅「『ふしみときは』諸本伝承論」（『伝承文学研究』一六、一九七四年）、同氏「ふしみときは解説」（美濃部重克・田中文雅編『室町期物語二』三弥井書店、一九八五年）、石川透「ふしみときは」（『大東急記念文庫善本叢刊中古・中世篇　物語草子Ⅰ』汲古書院、二〇〇四年）など参照。

(14) 塩出貴美子「富美文庫蔵「ふしみときは」について」（『文化財学報』二七、二〇〇九年）参照。

(15) イズミ・タイトラー「オクスフォード大学ボドリアン図書館附属日本研究所蔵の奈良絵本・絵巻コレクション」（二〇〇八年奈良絵本・絵巻国際会議ダブリン大会資料）参照。

(16) 塩出貴美子「「ふしみときは」考――絵巻から奈良絵本へ――」（『奈良大学総合研究所所報』一九、二〇一一年）参照。

(17) 石川透「叢書御伽文庫をめぐって」（前掲註7『お伽草子百花繚乱』）参照。

(18) 二〇〇六年秋、徳川美術館と蓬左文庫共催の「絵で楽しむ日本むかし話――お伽草子と絵本の世界」展において、「姫君の愛でた物語」として出陳された。

(19) 龍澤彩「大名文化と絵本」（前掲註7『お伽草子百花繚乱』）参照。

(20) 安己君、および父家凞については、近時、陽明文庫所蔵の古記録や典籍類によってその文化的状況をまとめられた、緑川明憲『豫楽院鑑　近衛家凞公年譜』（勉誠出版、二〇一二年）に詳しい。

(21) 法華寺・慶應義塾大学絵入り本プロジェクト主催「法華寺蔵『七草絵巻』修復記念――講演と展覧の会――」（二〇一二年、於奈良女子大学）。なお、法華寺蔵『七草絵巻』については、横山恵理「法華寺蔵『七草絵巻』の絵と詞書」（『奈良絵本・絵巻研究』一〇、二〇一二年）に詳しい。

(22) 前掲註19龍澤彩氏論文、および註18展示図録参照。

(23) 詳細については、恋田知子「『唐糸草子』考」（前掲註2『仏と女の室町　物語草子論』）を参照されたい。

(24) 国文学研究資料館蔵『からいと』については、国文学研究資料館ホームページ「新・奈良絵本データベース」にて全冊閲覧可能である。また、早稲田大学図書館・大英図書館蔵絵巻についても、それぞれ早稲田大学図書館「古典籍総合データベース」、慶應義塾大学「世界のデジタル奈良絵本データベース」により、全巻閲覧可能である。西山美香「早稲田大学附属図書館蔵『唐糸草紙』翻字と紹介」（『女子大国文』一四九、二〇一一年）参照。

(25) 国文研蔵『しつか』も『からいと』同様、「新・奈良絵本データベース」にて全冊閲覧可能である。

(26) なお、国文研蔵『しつか』には見られないものの、京都大学図書館蔵の奈良絵巻『しつか』など現存奈良絵本には、景時と静の騎馬姿に網代輿という図1と同構図の挿絵が見られる（『京都大学蔵むろまちものがたり1』（臨川書店）口絵参照）。物語絵の構図や挿絵転用の問題は複雑な交差を見せ、容易には判断し難く、今後とも考察を深めたい。

(27) 日下力「常葉〔盤〕像の推移」（前掲註4『平治物語の成立と展開』）参照。

(28) 北條秀雄「歓喜寺に残る室町時代物語集」（『飛驒春秋』一六―一〇、一九七一・一〇年）。

(29) 市古貞次『未刊中世小説解題』（楽浪書院、一九四三年）参照。天理図書館において、前の⑳『常盤物語』とともに、確認させて頂いた。記して感謝申し上げる。

(30) 箕浦尚美「お伽草子と女人往生の説法――『ゑんがく』『花情物語』『胡蝶物語』を中心に――」（『詞林』二三、一九九八・九四年）参照。

(31) 恋田知子「比丘尼御所文化とお伽草子――『恋塚物語』をめぐって――」（前掲註7『お伽草子百花繚乱』）。

(32) 『言経卿記』の天正一六年（一五八八）八月一八日条に「興門御所労見舞ニ罷向了、精進魚類物語御借用之間進了、又瀧口物語・鎧代物語・源氏供養等借進了」とある。『言経卿記』には、顕尊の妹が山科言経に嫁いだことなどから、顕尊の妻である冷泉為益女「西御方」や、顕尊次女「小御姫」などを介した物語草子の貸借記事が散見される。

(33) 興正寺には古記録類の記事と一致する物語草子が数多く現存する。土井順一「真宗興正派興正寺蔵書調査報告」（『龍谷大学仏教文化研究所所報』一八、一九九四年）、同「真宗興正派興正寺蔵古典籍解題一・二」（『龍谷大学仏教文化研究所紀要』三三・三四、一九九四・九五年）、徳田和夫「興正寺蔵『静の草紙』について――付・翻刻――」（『学習院女子大学紀要』五、二〇〇三年）など参照。

付記　本稿を成すにあたり、貴重な蔵書の閲覧、及び掲載を御許可頂いた各機関に深謝申し上げる。なお、本稿は科学研究費補助金・基盤研究（C）（課題番号二五三七〇二五九）による研究成果の一部である。

『保元物語』『平治物語』の諸本展開と熊野信仰
——近世挿図表現の問題に及ぶ——

源　健一郎

はじめに

院政期から鎌倉時代前期の頃、上皇・女院や貴族たちの参詣が相次ぎ、「人まねのくまのまうで」[1]と喩えられた熊野三山参詣は、室町期にかけて地方武士や民衆層の参詣が活発化し、一五世紀に入ると「蟻の熊野詣」[2]と称される最盛期を迎えることになった。それは、熊野詣の効験が、現在世を中心とするものから、現在世と当来世、いわゆる現当二世の利益を対象とするものへと展開してゆく過程と重なってもいる。熊野詣という苦行（擬死体験）を通じて期待された参詣者の〈再生〉の奇跡とは、現在世において利益を被るという意味における〈再生〉のみならず、当来世において〈再生〉すること、すなわち浄土往生をもたらすものと理解されるようになったのである。また、熊野に詣でた院たちが、自らの王権の〈再生〉を託したように、熊野権現には権力の動向を左右する国家神的な役割も認められるようになった。

国家を支える権力の興亡を描いた中世軍記物語、特に『平家物語』の構想に、熊野信仰における〈再生〉のモチーフが活かされたことは、院政期から室町期における熊野信仰の盛行を前提にするならば、必然的とも言えよう。軍記物語には多くの種類の諸本が伝わっており、物語は中世を通じて不断に変容・再生を繰り返していった。それ故に、諸本それぞれの場面が改作される際、そのテキストが成立した当時の熊野信仰に対する認識やイメージが投影される例も少なくなかった(3)。本稿では、『保元物語』『平治物語』を対象に、中世期成立の諸本のみならず、近世に近い時期に成立したとされるそれぞれの流布本系テキスト、および、近世版本や奈良絵本等における挿図稿表現をも対象として、こうした問題について考えてみたい。

近世期にまで視野を広げることには理由がある。熊野信仰を取り巻く社会的状況が大きく変化するからである。戦国期になると、交通の進歩や寺社に参詣する階層の拡大によって全国各地の霊場が振興され、多くの参詣者を集めるようになった(4)。その一方で、こうした各地の状況とは対照的に、交通不便の山中に立地し、参詣が困難であった熊野詣は徐々に衰退していった。室町期に熊野信仰を領導した聖護院門跡（寺門派修験）は、幕府権力の失墜とともに政治力を失い、その傘下の山伏たちも地域社会における勢威を失ったため、熊野に参詣者を集めてきた御師─先達の制度は弱体化を余儀なくされた。中世末期、熊野信仰は大きな曲がり角に直面したのである。戦国期から江戸初期にかけて、事態を打開すべく働いたのは、熊野三山に成立した本願寺院と、その配下にあって熊野本地絵巻や那智参詣曼荼羅を携えて地方に展開した山伏や熊野比丘尼であった。

こうした状況は、流布本段階の本文表現や、流布本が「流布」する中で、その物語世界の理解のために大きな役割を果たしたであろう版本等の挿図表現に、どのような影響を与えたのであろうか。『保元物語』『平治物語』における熊野関係記事はごく限定的ではあるが、いくつか、興味深い事例を拾うことができるように思う。

一　『保元物語』諸本における鳥羽院熊野詣記事の変容

『保元物語』の冒頭部では、久寿二年（一一五五）春、熊野に詣でた鳥羽院が、本宮証誠殿にて権現から奇瑞と託宣を受けたことが語られている。託宣は、院自らの死とその後の世の動乱を予告するものであった。史実である仁平三年（一一五三）二月から時期をずらし、白河院熊野詣における奇瑞（『愚管抄』巻第四）を鳥羽院の体験として導入することで、権現の託宣は、新しい時代の〈再生〉を計らおうとする国家神的な神慮の現れとして定位されたのである。

このように、古態本である半井本『保元物語』の段階では、鳥羽院熊野詣の意義は、あくまで現在世の問題として着想されていた（上「法皇熊野御参詣　幷ビニ御託宣ノ事」）。しかしながら、金刀比羅本では、本宮証誠殿に詣でた鳥羽院は「現当二世の御祈誓」を施しており、それに対して権現は巫女を通じて、寿命は「定業かぎりある事」であって「神力をよば」ぬことであると告げ、「極楽浄土不退の地をこそねがひ」、「今生の事をばおぼしめしすて丶、後生ぼだひの御勤」に励むよう促すのである。中世における熊野浄土観の浸透によって、鳥羽院の浄土往生、すなわち当来世における〈再生〉を司る神として、熊野権現が機能することになったのである。

『保元物語』当該記事における諸本展開の大きな方向性は、鎌倉本や京図本にも共通する。ただ、その中でも特徴的な表現を有するのが鎌倉本であり、そうした方向性からの逸脱を垣間見せるのが流布本である。

（1）鎌倉本について

まず、『保元物語』諸本における鎌倉本の位置づけについて、確認しておこう。岩波旧大系補注（三〇一頁）では、鳥羽院熊野詣の年次を、鎌倉本が史実通りに仁平三年とすることなどに着目して、一連の叙述に「鎌本のような組織の原本を想定」している。また、延慶本『平家物語』と鎌倉本との共通記事について、鎌倉本が旧延慶本（延慶本と長門本の祖本段階）に先行するという指摘があることも[5]、鎌倉本の古態的性格を考える一助となろう。しかし、一方で、鎌倉本に見られる史実に対する忠実さの希求態度と、古態本という観点とは必ずしも結びつかないという指摘[6]もあり、鎌倉本の性格把握については、あくまでも場面ごとに本文の性格を見極めるべき段階にあると言えよう。

そこで、以下、鳥羽院熊野詣記事の冒頭部について、各諸本のあり方を掲げてみたい。

【半井本】

久寿二年冬ノ比、法皇、熊野へ御参詣アリケリ。

（該当記事なし）

証誠殿ノ御前ニ、通夜申サセ給ケルニ……

【鎌倉本】

過にし仁平三年春二月には、法皇、現当二世の御祈念の為に熊野御参詣とぞ聞へし。〔殊に御愁志の余、本宮にしては金泥の一切経の供養、那智の御山にしては建立の御堂供養を遂られき。是によりて、道俗貴賤、千里浜まで踵を継、月卿雲客、悉瑞籬の社殿に跪く。山上市をなし、かば、権現威光を増給。神明定て咲を含、納受又疑あらじとぞ見へし〕

而本宮証誠殿の御前にして、御奉幣事訖て、御法施の御念誦の間に、不思議の瑞相を御覧ずる事あり。

【京図本】

久寿二年の冬の比、法皇、熊野へ御参詣ありけり。

（該当記事なし）

証誠殿の御前に御通夜ありて、現当二世の御祈誓あり。

【金刀比羅本】

同年の冬のころ、法皇、熊野へ御参詣あり。

〔見物の貴賤、千里の浜までくびすをつぎ、供奉の月卿雲客は、瑞籬のみぎりにひざまづき、〕既に本宮証誠殿の御まへに御通夜ありて、現当二世の御祈誓あり。

院が熊野詣に出かけてから本宮証誠殿で参籠するまでの間に、半井本・京図本は特に記事を持たないが、鎌倉本には、ある程度の分量の独自記事（〔　〕部）が差し挟まれ、金刀比羅本には、そのうちの一部（鎌倉本破線部）がほぼ同文で存在する。これらが後次的増補であることは明らかであろうが、問題は、鎌倉本の形から抄出して金刀比羅本的形態が成ったと見るべきか、金刀比羅本の形を増補して鎌倉本的形態が成ったと見るべきか、である。

鎌倉本の独自記事によれば、鳥羽院の御願によって、本宮では金泥一切経供養が、那智では御堂建立供養が行われ、その結果、鳥羽院の熊野詣に結縁しようとした「道俗貴賤」が大挙帯同し、本宮は「市をな」す程の賑わいとなったという。本宮・那智における鳥羽院の供養について、他に伝える資料は見出せていないのだが、ここで、熊野三山のうち、本宮と那智が並列されることに注目しておきたい。

本来であれば、熊野三山の中心は本宮であるが、寺門派修験の影響下、南北朝期から室町期にかけて、那智の効験が盛んに称揚されるようになった。『平家物語』の諸本展開においては、語り本系諸本や源平盛衰記（以下、盛衰記）の熊野関係記事に那智を重視する姿勢が見出される。[7] 院の御願による供養の盛儀が行われた場として、那智を本宮と併置する鎌倉本の叙述にも、同様の時代背景を看取してよいのではなかろうか。

同様の観点から、「山上市をなしゝかば」（波線部）とあることにも目を向けておこう。鎌倉本では、この後、奇瑞を感得した院が、巫女を召して熊野権現の託宣を降ろす場面にも、同様の表現が用いられている。

下居御門、御熊野詣、今に始ぬ事なれ共、如レ此の事、先例稀なる事也ければ、常・客共一面に坐して見物す。万人市を成して目をすます。

「市を成す」という表現は、全国的に参詣者層が拡大した室町期における熊野詣が「蟻の熊野詣」と喩えられた状況にもそぐわしいものであろう。二箇所に独自に用いられた「市を成す」という表現は、鎌倉本段階で書き加えられたものであることになる。であるならば、先の本文の増補記事（⌒⌒）についても、金刀比羅本的本文に鎌倉本が独自に増補したものと判断すべきであろう。

こうした見かたは、「常・客共一面に坐して見物す」という表現（二重傍線部）についても指摘できよう。「常・客」とは常住と客僧のことで、熊野に常住する宗教者に対して、各地を遍歴する僧で熊野に寄寓する者を客僧と呼んだ。客僧の大半は修験者であり、全国各地の熊野神領に赴き、参詣者の先達を務めるようになった。室町末期の修験道教義（山伏名義）においては、一所不在・始本不二の修験者の理想像として客僧を把握するようにもなる。(8)『平家物語』関連の用例としては、『平家物語』「剣巻」で、熊野の別当勢力が源為義に加勢したことを述べる件に次のようにある。

常住ノ客僧、山内ノ悪党等、上下不嫌、男子頭ヲ催立テ、一万余騎ノ勢ニテソ登ケル。

（『平家物語』「剣巻」上）

「常住ノ客僧」とあるのは、「常住、客僧」とあるべきで、客僧は、総動員された軍勢の中に記し留められているにすぎない。一方、盛衰記では、滝口入道と維盛一行が本宮を参詣する場面に、次のようにある。

証誠殿ノ御前ニ、再拝念誦シ給ケリ。常住ノ禅徒・客僧ノ山伏、参集リテ懺法ヲゾ読ケル。

（盛衰記巻第四十「維盛入道熊野詣付熊野大峰事」）

常住と客僧の宗教的存在感を対等のものとして扱う鎌倉本の用例のあり方は、盛衰記の叙述の方により近似していよう。常住に対して客僧の立場が相対的に向上し、熊野三山に興隆をもたらした時期の様相が反映していると思われるのである。

以上の考察から、鎌倉本の当該記事は、金刀比羅本段階の本文に増補して成ったものと判断されよう。しかしながら、一方で、金刀比羅本段階における独自の増補も、当該記述以外に散見される。金刀比羅本の位相についても触れておきたい。

「千里の浜」については、宴曲《熊野参詣》に「切目の中山中々に（中略）、横雲かかるこずゑは、そも岩代の松やらん、千里の浜を顧て」とあり、延慶本『平家物語』には「切目モ既ニ過ヌレバ、千里ノ浜ノ南ナル岩代ノ王子ノ前ニシテ」（第五末・十六）、覚一本『平家物語』の同場面にも「藤代の王子を初として、王子〳〵ふしをがみ、まいり給ふ程に、千里の浜の北、岩代の王子の御前にて」などとある。熊野参詣道においては、九十九王子のうちでも五体王子の一つに数えられる重要地点である切目を過ぎてから、よく触れられる地名であった。

また、熊野への参詣路について、金刀比羅本・京図本には「上道にはぐぶの人々所々にしたがい、王子〳〵のなれこまひ、よのつねならず」（金刀比羅本・上「法皇熊野御参詣　幷びに御託宣の事」）とある。駒子《なれこまい》舞については、宴曲《熊野参詣》に「王子々々の駒子舞、法施の声ぞ尊」とあり、鬼界島の流人、平康頼らの熊野詣の様子として、読み本系『平家物語』諸本にも「王子々々ノ御前ニテ、ナレコ舞計ハ心ノ及ブ程ニ仕ベシトテ」（延慶本第一末・廿九）などとある。王子における法楽として駒子舞を手向けることがいつから始まったかは定かではないが、『梁塵秘抄口伝集』巻十には、後白河院による三度の熊野詣と、法楽として手向けられた今様や猿楽などの芸能が記し留められているにもかかわらず、駒子舞が演じられた形跡はない。承元四年（一二一〇）の『修明門院熊野御幸記』や建保五年（一二一七）の『後鳥羽院・修明門院熊野御幸記』に、王子社のいくつかで駒子舞が演じられているのが早い例であり、法楽としての駒子舞は中世以降、盛んになったものであろう。[9]

金刀比羅本の独自記事は、中世前期において、一般によく知られていた熊野信仰に対する認識を前提にしつつ、改変・増補されたようである。当話の展開相を熊野信仰という尺度でもって計るならば、金刀比羅本は半井本と鎌倉本の中間に位置するものと言えよう。

(2) 流布本について

さて、次に、流布本について検討しよう。流布本は、半井本的本文を大半受け継ぎつつ、最終的な調整が加えられたもので、その成立は「近世がもうそこまで来ている時期」とされる[10]。当該記事についても全般的には半井本に近似しており、金刀比羅本等に比べると、多くの省略箇所が存在する[11]。しかしながら、そのような中、流布本編者が独自に増補した記述が、次の二か所である。Aは、巫女に権現の託宣がなかなか降りてこない様子であり、Bは、翌年の崩御を権現に予告された院の帰洛への思いを描く部分である。

A古老の山伏八十余人、般若妙典を読誦して、祈請や丶久し。巫も五体を地になげ、肝膽をくだきければ、

B日比の御参詣には、天長地久に事よせて、切目の王子の南木の葉を、百度千度かざゝんとこそおぼしめししに、今は三の山の御奉幣も、是をかぎりと御心ぼそく、真言妙典の御法楽にも、臨終正念、往生極楽とのみぞ御祈念ありける。

Bにおいて、切目王子で「南木」(梛木)の葉をかざすとする点(波線部)については、『大御記』永保元年(一〇八一)一〇月九日条に「この日、切戸山において奈木の葉を取り笠に挿す」とあり、『梁塵秘抄』五四七歌に「熊野出でて切目の山の梛の葉は万の人の上被《うはぎ》なりけり」とも見えるように、熊野から都へ帰る人々が、切目王子で護法憑けの儀礼を施し、その表象として笠や髪に梛の葉を挿したことを指している。読み本系『平家物語』諸本にも、「切目ノ王子ノナギノ葉ヲ、稲荷ノ椙ニ取替テ、今ハクロメニ着ヌ」(延慶本第一末・廿九)とあるように、よく知られた熊野詣における還向儀礼である。切目という場が、「熊野信仰の上で特異な位置を占める聖地[12]」であったことが、この記述に反映しているのである。

こうした熊野詣に対する認識は一般的なものと言えようが、やや特異に思われるのが、「般若妙典」（A）・「真言妙典」（B）とあることについてである。「般若妙典」とは、大般若経・般若理趣経・般若心経等を指すと思われ、「真言妙典」とは真言密教における聖教のことであろう。「般若妙典」を真言宗常誦の経典である理趣経と理解するならば、極めて真言宗的要素の強い表現と言ってよいのではないだろうか。

『平家物語』諸本における寺門派修験の影響について先述したが、円密一致を基本とする天台門においても、当然、密教的儀軌は計らわれる。特に般若心経は、先達の所属する宗派にかかわらず、熊野詣の途次や熊野三山において広く読誦されるものでもあった[13]。大般若経については、『後鳥羽院・修明門院熊野御幸記』建保五年（一二一七）一〇月一四日条に、聖覚の導師によって新宮にて女院大般若一部供養が行われたことが伝わり、後世にまとめられた『熊野年代記』にも二例見出されるが、他には類例を見ない。

一方、般若理趣経について注目すべきは、仁和寺蔵守覚法親王自筆『熊野道間所作』である。守覚は師覚性より仁安三年（一一六八）に伝法灌頂を受け、翌年には仁和寺御室となって、真言広沢・小野両流の密教法流を統合し、多くの著作を残した人物である。その守覚が書写したテキストの冒頭に「護身法」と題して列挙されるのが、「心経三巻／理趣経偈三遍／尊勝陀羅尼三遍／秘言百遍／光明真言七遍」であり、次には「王子所作」と題して「心経一巻／秘言百遍」、その後、「本社宮廻」「禅師宮已下」と題して、それぞれ「心経三巻／理趣経偈三遍／秘言百遍」と記されている。当書は、折紙をさらに四つ折りにした形態で、儀礼伝授の場に携行され実用された可能性が指摘されており[14]、熊野詣道中における真言系儀軌として、「般若妙典」（心経・理趣経偈）と「真言妙典」（尊勝陀羅尼・秘言）が組み合わされていたことが確認されるのである。宴曲《熊野参詣》において、本宮での修行の様子として「物持陀羅尼・蘇多覧般若の声、耳に満り」とあることも、同様に真言系儀軌として理解されるように思われる。「蘇多覧」とは「経」の意の梵語を音写したもので、「蘇多覧般若」とは「般若妙典」

を指すことになる。これが「真言妙典」である「陀羅尼」（惣持）と対にされているのである。[15]

それでは、流布本において、このような真言宗的要素が持ち込まれた背景は何であろうか。その背景には、中世後期から近世初期にかけて対抗関係が大きくなった教派修験の動向があるように思われる。

吉野・大峯において修行を行う修験者の多くが堂衆として所属した金峯山寺等、大和の諸寺院は興福寺の強い影響化にあった。これらの寺院では、室町初期以降、真言化が進み、当山正大先達衆と呼ばれる修験集団を結ぶことになった。一方で、院政期以来、熊野詣を領導してきた寺門派修験は、室町末期には聖護院門跡の下に統括され、聖護院門跡は熊野三山検校かつ本山派棟梁として、修験道における最高の権威的存在となった。これに続いて、戦国末期には当山正大先達衆が醍醐三宝院門跡の庇護の下にまとまり、当山派を形成した。熊野比丘尼たちも当山方別派の熊野方に属し、この時期以降、熊野本地絵巻や那智参詣曼荼羅の絵解きによって全国各地で勧進に努め、熊野参詣者の獲得のために活動したのである。

両派の対抗関係に決着がつくのは、江戸初期、幕府による修験道政策によるものであった。慶長七年（一六〇二）、三宝院門跡による金襴地袈裟許可にまつわる紛争に端を発し、同一八年（一六一三）に修験法度が制定され、幕府は本山派（聖護院門跡）を統制し、関東真言宗とも連携する当山派（三宝院門跡）を育成する方針を打ち出した。[16] 流布本において真言宗的要素が持ち込まれた背景には、以上に述べたような中世末期から江戸初期にかけての当山派修験の勃興、特に熊野の勧進における熊野比丘尼の活動があったものと考える。

ただし、そのような影響下で形成された本文は、従来の物語に、ある変質をもたらしてもいる。本節冒頭に述べたように、半井本以降の諸本展開においては、熊野権現の利益について、現在世におけるものから現当二世に渡るものへと認識が改められていった。鎌倉本は当記事冒頭に「法皇現当二世の御祈念の為に熊野御参詣」とし、京図本・金刀比羅本は本宮証誠殿に詣でた院に「現当二世の御祈誓あり」とするのである。この点については、流布本も京図本・金刀比羅本と同様の表現を有するが、問題はその後である。鎌倉本・京図本・金刀比羅本では、崩御を予告された院は、巫女を通じて権現から「後生ぼだひの御勤」を勧められていた。「現当二世の御祈念（御祈誓）」に対して、権現は当来世における救済を示唆したのであった。しかしながら、流布本にはこの叙述が欠落し、それに代わって「臨終正念、往生極楽とのみぞ御祈念ありける」（前掲本文B末尾）とあるのみであり、権現による応答がないことになる。熊野権現による当来世救済への期待は後退していると言うべきであろう。

流布本の院は、帰洛後、一切の祈禱や治療を絶って崩御する。この姿は、熊野参詣後に死を迎えた『平家物語』の平重盛に重ね合わせられてもいよう。流布本の編者の生きた時代には、熊野の浄土観に対するリアリティが希薄になっていたのではなかろうか。それが編者を、熊野権現の奇跡の物語として語るよりも、賢人重盛に賢帝鳥羽院を重ね合わせる趣向の方に駆り立てたように思われるのである。

二　『平治物語』諸本における平氏一門熊野詣記事の変容

平治元年（一一五九）、平清盛一行が熊野に詣でている間に、都では藤原信頼と源義朝が結託して反乱を起こした。その報せがもたらされた地名について、『愚管抄』は「二タガハノ宿ト云ハタノベノ宿」（巻第五「二條」）と伝えるのだが、『平治物語』はこれを「切目の宿」に改変し、先達による代参や切目における還向儀礼を描き込む。これによって、物語における清盛一行の都への下向は、熊野権現の神意の下、朝敵となりかねない苦境を克服し、〈再生〉を果たすべき道行きとして意味づけられていたのであった。本節では、こうした熊野権現の表され方について、諸本の展開に即して、より詳細に検討しておきたい。

（1）切目宿（王子）と大取の宮

まず、古態本である一類本の関係箇所を列挙する。

【一類本】

A六波羅の早馬立て、切部の宿にて追付たり。

B兵共、みな、御返事にはすゝむにしかじとて、をの〳〵前を諍うつほどに、和泉・紀伊の国のさかひなる小野山にこそつきにけれ。

Cみな人、色をぞなをしける。

D清盛は熊野参詣とげずして、切目の宿よりはせ上。大勢にてこそあんなれ。

（上巻「六波羅より紀州へ早馬を立てらるる事」）

Eさるほどに、今夕、清盛は熊野道より下向しけるが、稲荷社にまいりて、各、杉の枝を折、介《よろひ》の袖にかざして、六波羅へぞ着にける。

（上巻「光頼卿参内の事　付清盛六波羅上着の事」）

早馬の届いた「切部（切目）の宿」という場は、都における光頼の言葉（D）の中で反復される。その後、平氏一門が熊野詣の還向儀礼を遂げたこと（E）で、今後の事態に計らわれる権現の神慮に対する期待が高まるような叙述構成になっていよう。

これに対応する金刀比羅本の叙述は、以下の通りである。独自記述には波線を付した。

【金刀比羅本】

A切目の宿にて、六波羅の早馬、追つ付けけり。

B御熊野に憑みを懸る諸人の、かざしにさしたるなぎの葉を、射向けの袖にぞ付たりける。敬礼熊野権現、今度の軍に勝たせ給へと祈禱するより外の頼みもなく、引懸々うつほどに、和泉と紀伊国との境なる鬼中山に着給。

C皆人色をなして、列なる雁のつらを乱るが如に、我前とぞす、みける。和泉国大鳥の宮に付給。重盛の秘蔵せられける飛鹿毛と云馬に、白覆輪の鞍置、神馬にまいらせ、清盛一首の哥をたてまつる。

（上巻「六波羅より紀州へ早馬を立てらるる事」）

D清盛は熊野参詣を遂ずして、切部王子の御前より引帰が、数千騎の勢にて今明日都へ入ると承る。

（上巻「光頼卿参内の事　幷びに許由が事」）

Eさるほどに、熊野へまいる人はいなりへ参事なれば、太宰大弐清盛、切部王子の水葱《なぎ》の葉を、いなりの宮の杉の葉に手向けつゝ、悦申の流鏑馬射させ、都合其勢一千余騎にて、同廿五日夜半計に事故なく六波羅へ着給ふ。

（上巻「清盛六波羅上著の事　幷びに上皇仁和寺に御幸の事」）

B・Eで椰木の葉の扱いが明示され、熊野詣の還向儀礼のあり方が詳細に語られている。また、Bにおいて、熊野権現に対する切目での戦勝祈願が記され、Dでは光頼にあえて王子社の尊称（「切部王子の御前」）によって振り返らせてもいる。権現の神慮に対する期待は、より明確化されたと言えよう。

『義経記』において、弁慶出生のいわれとして語られる姫争い譚がある（巻第三「熊野の別当乱行の事」）。荒唐無稽な内容ではあるが、当話において、京方の拠点として設定されるのは、やはり「切目の王子」であった。都における公卿詮議の内容を、早馬でもってやりとりする様子は、『平治物語』の当記事に趣向の通じる面がある。金刀比羅本において強調される切目王子の聖性は、室町期における熊野信仰認識の一端を伝えるものではなかろうか。文安年間に、切目王子社の縁起『宝蔵絵詞』が貞成親王によって書写されていることを想起してもよいだろう。[17]

ただ、注意されるのは、Cにおいて、一行の大取の宮に対する参拝と寄進が語られることである。大取の宮は、日本武尊の葬送地から、その霊が白鳥になって飛び立ち、最後に留まった地として知られる聖地である。熊野権現とは、〈再生〉のイメージが共通するとも言え、金刀比羅本はそうした脈絡から、帰路にある当宮に触れたものと解しておきたい。

最後に流布本の叙述を見ておきたい。傍線部は一類本との、波線部は金刀比羅本との共通部分である。

【流布本】

A六波羅よりたちしはや馬、切部の宿にて追付たり。

B大将已下、みな浄衣の上によろひを着、「敬礼熊野権現、今度の合戦ことゆへなくうちかたさせ給へ」と祈請して、引懸々々うつほどに、和泉と紀伊国とのさかひなる鬼の中山にて……

Cみな人色をなをして、我さきにとすゝむほどに、和泉国大鳥の宮につき（た）もふ。重盛秘蔵せられける飛鹿毛といふ馬に、白鞍をいて、神馬にひき給へば、清盛一首の哥あり。

（上巻「六波羅より紀州へ早馬を立てらるる事」）

D大弐清盛は、熊野参詣をとげずして、切目の宿よりはせのぼるなるが、和泉・紀伊国・伊賀・伊勢の家人等待うけて、はせくはゝり、大勢にてあなる。

E大弐清盛は、まづ稲荷の社にまいり、各杉の枝をおりて、鎧の袖にさして、六波羅へぞつきにける。

（上巻「光頼卿参内の事　幷びに許由が事付けたり清盛六波羅上著の事」）

熊野詣における還向儀礼の場としての切目の聖性は、むしろ後退させられている。権現に対する祈請は残されるものの、梛木の葉に関する記述は省略され（B）、光頼も王子社として振り返ることはしない（D）。その一方で、大取の宮に対する参詣場面（C）は維持されるのである。流布本『平治物語』の編者にとって、梛木の葉による還向儀礼は、すでに現実感を伴って捉えられないものになっていたのではなかろうか[18]。流布本の文脈では、今後の事態の打開のために計らわれる神慮としては、熊野権現よりも、一門による馬の寄進や和歌の奉納が語られる大取の宮の方に比重が傾いていると言ってもよい。

（2）「唐僧来朝の事」の増補

金刀比羅本・流布本においては、信西の首が実検され、獄門に懸けられた後、「久寿二年（一一五五）の冬の比」（上・唐僧来朝の事）に遡って、唐の諸事に対する信西の博覧強記ぶりを語る説話が示される。その舞台となったのは、鳥羽院熊野詣における那智参詣の場であり、平氏一門熊野詣記事以前に、熊野信仰関係記事が示されていることになる。

鳥羽院は、那智に住むある唐僧と出会う。唐僧は、「我此身を捨ずして、生身の観音を拝み奉らん」という願を起こし、天を仰いで一千日の祈請をしたところ、日本に渡って那智山に向かうよう示現を被っていたのであった。鳥羽院はその噂を聞き、自らの下に招くが、誰も唐僧の言葉を理解し得ない。そんな中、末座から進み出た信西が唐僧に話しかける。信西の唐国に対する「才学のほど」を試そうとした唐僧は、さまざまな問いを投げかけるが、信西はそのすべてに淀みなく答えてしまう。ついに唐僧は、信西を「汝則生身の観音なり」と認め、信西に礼拝したのであった。信西が改めて日本語で、ことの経緯を院に奏上したところ、人々はみな「不思議の思」をなしたという。

金刀比羅本段階での当記事の増補については、『平家物語』においてもまま見られる、本筋の話が一区切りついたところに関連説話が付加される手法であり、続いて配される「叡山物語の事」と〝並びの巻〟として付載されたものとする分析がある。[19] 首肯される見解であろう。ただ、本稿の立場からすれば、さまざまな伝承があったであろう信西説話の中から当話が選択されたことには、後に続く話題、すなわち、熊野詣途次、切目において、清盛一行が信頼・義朝謀叛を早馬で報されることとの脈絡が意識されていたとも考えられるのである。先に検討した、切目王子の聖性を重視する金刀比羅本における熊野信仰理解とも通じ合うものであろう。また、当話が那智を舞台とすることには、前節で鎌倉本『保元物語』に読み取ったような、寺門派修験が唱導活動を繰り広げた時代の影響も透かし見られるのである。

なお、信西の学識に関する中世諸伝承は、『続古事談』第二「臣節」やこれに基づく『壒嚢鈔』巻一にまとまって見られ、当話の類話も両書に載せられる。[20]興味深いのは、舞台となる地名について、建保七年（一二一九）頃の成立である『続古事談』には「或所」とあるものが、文安二〜三年（一四四五〜四六）に成立した『壒嚢鈔』では、「或所」とする本文に「熊野」と傍書されていることである。『壒嚢鈔』の当該記事前後は、編者行誉によって『続古事談』から引用・抄出されたものである。[21]この傍書が行誉本人に筆に由来するとすれば、当話を書き取る際に、「或所」を「熊野」とする伝承が、行誉に認識されていたことになる。『続古事談』に載せられたような信西伝承が流布する中で、それを「熊野」における出来事と特定するような異説が広がっていったことが窺知されるのである。

ただし、そうした異説のもとを、金刀比羅本『平治物語』に特定するのは早計であろう。『続古事談』や『壒嚢鈔』の類話には、唐人と自在に問答を交わす信西の姿が描かれるだけで、金刀比羅本のように、信西が「生身の観音」であると見なされることはない。熊野三山のうち、那智の本地は観音であり、だからこそ、『平治物語』の「唐僧」は那智に赴いたのだが、当地において、「生身の観音」である信西と出会えたとする当話は、信西の学識を賞賛する脈絡だけで伝えられるものではなく、「生身の観音」と出会う聖地として那智を称揚する伝承としても機能するものであったはずである。

このように考えるのは、中世観音信仰寺院には、海彼（天竺・震旦）からの尊崇を語ることで、自らの護持する本尊の権威を保証しようとする唱導の話型があったからである。そうした例として際立つのは長谷寺である。

梁の太祖が長谷寺に祈請して、後唐の荘宗を破った話（『長谷寺験記』上・九）、唐の馬頭夫人が長谷観音の利生によって所願成就し、報恩結縁のために長谷寺の護法善神となった話（同下・二八）、唐の后が難事を長谷観音に祈って利生を得た話（同下・一五）、新羅照明王の后が長谷観音に祈請して刑の苦を免れる話（同上・一一、『今昔物語集』一六・一九、『宇治拾遺物語』一四・五）等が挙げられる。勝尾寺でも、寛元元年（一二四三）に成立した『心空古流記』に、白髪に悩む百済の后が夢告によって勝尾寺の観音に祈請し、黒髪が甦ったために聖観音像等を寄進した話が伝わる。観音寺院ではないが、より話型が相似するのは、『南都巡礼記（建久御巡礼記）』や盛衰記等に見られる興福寺西金堂丈六釈迦像縁起説である。天竺乾羅陀国の大王が、生身の観音を拝む願を立てたところ、夢告に光明皇后を礼拝するよう指示があったので、その姿を写すために仏師を派遣したという話である。[22]金刀比羅本『平治物語』「唐僧来朝の事」の背景には、信西の学識を伝える伝承を取り込みつつ、那智を「生身の観音」の聖地として語る唱導活動があったと見てもよいのではなかろうか。

（3）重盛像の変容

一類本から金刀比羅本へと、物語における熊野信仰の働きが大きくなっていったことを先に指摘した。しかしながら一方で、重盛の人物像の問題としては、一類本が有していた熊野という場にそぐわしい構想が、金刀比羅本では失われてしまっている。

切目で早馬が急を報せる記事に戻って考えておきたい。一類本の重盛は、熊野という場において、一若武者から大将へと生まれ変わる存在として描かれている。例えば、参詣道中にもかかわらず、不測の事態に備えて、密かに武具の準備をしていた家貞が賞賛される場面がある。帰洛を決断するにあたって清盛は、「兵具もなきをば何せん」と不安を漏らす。これに応じて、武具の準備を申し出たのが家貞であったのだが、その際の重盛の役回りは、次のようなものである。

「家貞はまことに武勇の達者、思慮ふかい兵なり」とぞ、重盛は感じ給ける。

重盛の目には、平氏の棟梁として事態に対処する清盛と、父の下で老練で思慮深い従者として仕える家貞の姿が映っている。重盛は、それに感じ入る若武者として造型されているのである。

ところが、金刀比羅本の同場面では、帰洛を迷う清盛に対して、「敵を後に置ながら御参詣如何」と決断するのは重盛であり、不安を口にするのも重盛である。これに応えるのは家貞であり、清盛の出る幕はない。「大将軍に仕るゝにはかうこそ候へ」と家貞を賞賛する主体は、「侍共」に入れ替えられる。金刀比羅本の重盛は、すでに自立した大将の像なのである。

一類本では、若武者であった重盛に、大将としての資質が認められる瞬間が描かれている。悪源太義平が天王寺で待ち受けているという情報が伝えられ、清盛が「都へのぼりえずして、阿倍野・天王寺の間にしかばねをとゞめんこと、理の勇士にあるべからず」と衝突回避策を提案した時のことである。

重盛、すゝみ出て申されけるは、「此おほせ、さる御ことにて候へども、重盛が愚案には、(中略)君の御事と申、六波羅の留守のためといふ、公私につきて、しばらくもとゞこほるべからず。筑後守、いかゞ」とのたまへば、家貞、涙をはら〳〵とながし、「今にはじめぬ御事にて候へ共、此おほせ、すゞしくおぼえ候」。

重盛は、理に適った強硬論を展開するのである。その姿を、従来から重盛に大将としての資質を見出していた家貞が、今度は逆に感じ入るのである。

なお、ここで用いられる「すゝみ出て申されけるは」という表現は、『平家物語』においては、義経が、まだ経験の少ない従者たちとやりとりをする場面で、印象的に使われている。「武蔵国住人平山武者所すゝみ出て申けるは」(『平家物語』巻第九「老馬」)、「武蔵国住人別府小太郎とて、生年十八歳になる小冠者すゝみ出て申けるは」（同上）、「佐原十郎義連すゝみ出て申けるは」（同「坂落」）といった具合である。いずれも、大将義経に大胆な提案をする従者たちであり、一類本『平治物語』における重盛にも同様の造型がなされていると考えてよいであろう。

帰洛意見の言明の後、物語は、次のように下知する重盛の姿を描いてみせる。

重盛、前後の勢を見亘して、「悪源太が待と聞阿倍野にて討死せん事、たゞいまなり。（中略）」とのたまいければ、兵共、みな、御返事にはすゝむにしかじとて、をの〳〵前を諍うつ

一類本の重盛は、〈再生〉の効験が期待された聖地熊野において、若武者から大将へと生まれ変わったのである。一方、すでに軍勢における主導権を握っていた金刀比羅本の重盛は、清盛の衝突回避策に「重盛申されけるは」として強硬論を主張し、家貞にも意見を述べさせ、「清盛・重盛浄衣に鎧を着給へり」と父清盛と並び立つ。金刀比羅本の重盛には、棟梁清盛以上の大将としての存在感が一貫して表されているのである。こうした重盛像の変容は、先学に指摘があるように、『平家物語』における理想的な重盛像が投影されたことに依るものであろう(23)。しかしながら、そのために、一類本が熊野という聖地観にふさわしく造型した〈再生〉する重盛像は、失われることになったのである。

三　鳥羽院熊野詣・平氏一門熊野詣に関する挿図表現

第一・二節では、『保元物語』『平治物語』流布本について、中世後期から近世初期にかけて勢力を伸張させた当山派修験の影響が見られることや、熊野信仰の衰退に伴って、物語的にも、権現の効験に対する期待が減衰していることを指摘した。本節では、特に後者の問題を念頭に置きつつ、流布本の本文表現が、近世絵入り版本の挿図表現にどのような影響を与えているのか、検討してみたい。

（1）『保元物語』鳥羽院熊野詣

初めての絵入り版本である寛永三年（一六二六）版絵入り整版本（丹緑本）には、次のような参詣場面の挿図がある（図1）。

鳥羽院とおぼしき人物が出家姿でなく俗人姿である点が不審である。建物にしても、高欄の造りは簡素な組高欄で、一見して参拝場面と理解されるような表象性には乏しい。この鳥羽院の姿に着目した出口久徳氏は、これを「物語本文との細かな対応というよりも、章段の内容をつかみつつ適当な絵を探し出し、それを参考に描」く、寛永版『保元物語』の挿図の特徴を示す一例として挙げている。こうした表現が生じるのは、「絵を相互に利用するような近世前期の環境の中で制作された」寛永版の挿図には、「定型化された絵を利用してあてはめたように作られた」場合があったからであった[24]。寛永版の絵師が、熊野詣記事の物語的重要性を理解していたことは間違いない。しかしながら、後の奈良絵本や絵入り写本に影響を与えたと考えられている[25]寛永版の挿図がこのような曖昧な図柄であったことは、後の諸本の挿図に混乱を生じさせることにもなったように思われる。

図1　寛永版　鳥羽院熊野詣

次の絵入り版本である貞享二年（一六八五）版絵入り整版本には、参詣場面の挿図がない。ただし、注意したいのは、鳥羽院熊野詣記事の直前、後白河帝即位記事に配された挿図である（図2）。

簀子に座す束帯姿の官人たちは、高欄越しに下襲の裾を長く垂らしており、宮中の殿舎で行われた重大行事を描く図柄であることには違いない。ただ、一方で簀子には擬宝珠高欄が廻らされ、中門には簡素な四脚門が描かれる。こうした特徴は寺社建築にも通じる意匠なのである。中門の存在は異例ではあるが、画面左上の殿舎奥（御簾等の裏側）に神の存在を想定し、そこに参詣する人々を描く構図自体は、寺社詣に典型的な図柄である。貞享版に描かれる人物の装束等を参詣用のものに改めてみるならば、この絵は熊野詣の参詣場面に見えなくもないのである。

以下、参考のために、明暦二年（一六五六）版絵入り製版本『平家物語』における熊野参詣場面を挙げておこう（図3・4）。

図2　貞享版　後白河帝即位

図3は巻十「熊野参詣」における維盛一行の熊野参詣、図4は巻第十一「壇ノ浦合戦の事」における別当湛増の田辺今熊野社参詣に配された挿図である。いずれも画面左上に、擬宝珠高欄を廻らせた神殿が位置する構図である。明暦版『平家物語』は、それ以降の絵入り本や版本への影響が大きく、「中世から近世にかけての〈平家物語絵〉の流れの上で最も重要なテキスト」[26]と評されてもいる。実際、こうした構図と意匠は、明暦版とは異なる表現を用いることが多い[27]林原美術館蔵『平家物語絵巻』（一六五〇年前後の成立）においても、巻三中「医師問答の事」の重盛熊野参詣、巻十中「熊野参詣」の維盛熊野参詣の二場面に共通する。また、寛文年間（一六六一～七三）の成立とされる[28]『源平盛衰記絵巻』においても、巻第十第二五「維盛入道熊野詣での事」（新宮社殿）、

巻十一第十三「湛増源氏に同意の事」（いずれも新宮社殿）の二場面に共通する。明暦版『平家物語』に先立つ寛永版『保元物語』の段階では擬宝珠高欄が描き込まれていなかったのだが、明暦版『平家物語』以降、こうした構図と意匠を伴う熊野参詣場面が一般化したものと考えられる。

ここで、貞享版『保元物語』に戻って考えてみよう。憶測めくが、貞享版の絵師には、寛永版『保元物語』の熊野参詣場面をどう扱うべきか、迷いがあったのではなかろうか。明暦版『平家物語』等複数の粉本をもとに、熊野参詣場面にふさわしくなるよう手を入れておきながら、結局は束帯姿の官人等を書き入れることで、後白河院即位の場面に転用したように思われるのである。それ故に、貞享版には熊野参詣場面の挿図が欠落したと考えられないだろうか。物語的な意味づけとしても、熊野参詣よりも後白河帝即位の方が重要と見なされたことにもなろう。前節までに指摘した、流布本における熊野信仰色の退潮と軌を一にする現象である。

このような推測を裏付けるのが、寛文延宝（一七世紀後半）頃に制作された二松本『保元物語』奈良絵本であ

図３　明暦版『平家物語』　維盛熊野詣

図４　明暦版『平家物語』
湛増今熊野社参詣

る。二松本も寛永版『保元物語』をもとに制作されたものと考えられている[29]。その熊野参詣場面（口絵2）を見ると、高欄の表現（組高欄から跳高欄へ若干の変更あり）等、寛永版を継承しながらも、大きく三点の図柄の変更が看取される。一つ目は中門の存在、二つ目は法体で描かれる鳥羽院、三つ目は権現の化身（童子）の描写である。

まず、一つ目の中門の存在であるが、これによって、二松本は貞享版の構図と極めて近似するものとなっている。中門配置の経緯をうかがうために、先に紹介した熊野参詣の典型例のうち、林原本巻十中「熊野参詣」の画面右下に、屋根が描き込まれていることに注意したい。これは神殿の前に位置する拝殿（長床）の屋根である。林原本では、熊野ではないが、巻一下「内裏炎上の事」における祇園社、巻七中「平家山門への連署の事」における日吉社への参拝場面に、明確に拝殿が描かれている。また、寛文五年（一六六五）版盛衰記巻第十一「小松殿夢　同　熊野詣の事」（図5）には、拝殿（長床）の前から参拝する重盛の姿が描かれている。拝殿のこのような宗教的機能に通じない絵師が、特に、林原本巻十中「熊野参詣」のように拝殿全体ではなく、屋根のみが覗くような絵を参照した場合、二松本の図柄のように、本来拝殿であったものを、中門に仕立ててしまう可能性があろう。

図5　寛文版盛衰記　重盛熊野詣

二つ目の変更点として、鳥羽院を法体に改めたことを挙げた。この点に明らかなように、一方で二松本の絵師は、寛永版の挿絵を物語内容に即した表現に改めようともしている。その際、寛永版とともに参照したのが、林原本巻十中「熊野参詣」に類似した絵であったのではなかろうか。

貞享版の絵師は、このようにして仕立てられた二松本の絵をも参照していたように思われるのである。そこからとり入れられたのが、中門の描写であったのだが、結果的に、宮中の殿舎の描写に転用されたことで、かえって違和感は解消されることになった。折衷的な要素を持つ貞享版の絵の制作過程については、以上のように考えておきたい(30)。

最後に、二松本の寛永版に対する三つ目の変更点、権現の化身（童子）の描写について。流布本本文に「御宝殿の内より、童子の御手をさし出して、打返し〳〵せさせ給」とある場面である。それを二松本は、童子の姿全体を露わに描いてしまう。神仏の霊験に関わる場面に、その使者として童子が現れ、絵に描き留められること自体は、珍しいことではない。『平家物語』巻第五「文覚荒行」では、不動明王から遣わされた矜羯羅・制吒迦両童子の姿が、明暦版・延宝版等の挿図に描かれる。盛衰記の同じ場面（巻十八「龍神三種の心を守る事」）でも、寛文版には童子の姿がある。熊野ではないが、林原本巻七中「主上都落ちの事」には春日神の使いである童子が描かれてもいる。

しかしながら、これらの例はそもそも、童子の姿が明確に現れたとする物語本文に基づくものであった。『保元物語』の場合は、御簾の向こう側から「童子の御手」のみが現れるのであり、そこに権現の神意の神秘性が表現されていることにもなろう。二松本の絵では、熊野権現への畏怖よりも、見た目のわかりやすさの方が強調されたと言えよう。

童子が姿を現す趣向は、延宝末から元禄（一六八〇～一七〇〇）頃に出版された霞亭文庫本『保元軍物語』一之巻の挿絵にも継承されることになる(31)。明暦版『平家物語』に次いで出版された寛文一二年（一六七二）版『平家物語』の挿絵について、「読者に寛文期の同時代の様々なテキストや芸能を連想させるような働きがある(32)」という指摘がある。二松本や延宝版の挿図もまた、一種の芸能的表現なのではないか。しかしながらそれは、時代の中で影響力を失いつつあった熊野信仰のあり方を示すものとも言えるだろう。

（2）『平治物語』平氏一門熊野詣

事態打開のための神慮として、熊野権現よりも大取の宮の方に期待度が高まるような叙述が、流布本に構成されていることを前節で指摘した。それを近世版本の挿図はどのように表現するのであろうか。当該記事に関係する挿図は、寛永版『平治物語』にのみ見ることができる（図6・7）。上に「六波羅より紀州へ早馬を立てらる事」、下に「光頼卿参内の事、幷びに許由が事　付けたり清盛六波羅上著の事」の挿図を示そう。

図6・7ともに、背景左側に鳥居の一部が見えることから、神域を描くものと理解される。図6は、重盛が神馬を奉る大取の宮、図7は帰洛した一行が参詣する稲荷社を描いている。寛永版には、熊野信仰の聖地としての

図6　寛永版　平家大鳥の宮参詣

図7　寛永版　平家稲荷社参詣

図８　二松本　切目の宿での武器準備

図９　二松本　平家大鳥の宮参詣

切目の挿図は、用意されていないのである。

ところが、寛永版をもとに制作された海の見える杜美術館本（絵巻）と二松本（奈良絵本）とでは、挿図に対する対応が分かれる。海の見える杜美術館本は、同本『保元物語絵巻』における鳥羽院熊野参詣場面と同じ構造の殿舎を、この場面においては切目王子社のものとして採用し、神前には鳥居を設け、急を知らせる早馬が駆けつけるさまを描いている。大取の宮・稲荷社の絵は用意しておらず、総じて海の見える杜美術館本の絵師は、物語のおいて計らわれる熊野権現の神慮を尊重していると言えよう。これに対して、二松本が切目の場面に用意する挿図は、家貞の思慮により準備されていた武具を取り出す図柄であり、その建物は私邸的建造物として描かれている（図8）。まさしく「切目の宿」なのである。また、二松本は、大取の宮に対しては、左奥に神殿、真ん中手前に鳥居を配した挿図を用意し、神馬を神官に引き渡す重盛、和歌を奉納する清盛を描き込む念の入りようである（図9）。二松本の絵師に、熊野詣における切目の聖性は、まったくといってよいほど意識されていないのである。

おわりに

以上、『保元物語』『平治物語』における熊野関係記事を対象に、古態本から流布本に至るまでの熊野信仰の働きについて、その変遷を辿ってきた。中世において、現在世の利益から現当二世の利益へと熊野権現の効験に対する期待が大きくなる中、〈再生〉を司る聖地とされた熊野という場の役割は、一部、例外的な事例はあるものの、両物語の諸本展開の上に様々に見て取ることができたように思う。しかしながら、中世末から近世にかけて、熊野信仰の勢いに陰りが見えるようになり、唱導の担い手として当山派の山伏や熊野比丘尼の勢力が中心になるようになると、両物語の流布本の本文表現や、江戸期版本・絵本の挿図表現の上に、その影響が見て取られたのであった。

両物語に対する、このような分析を前提に、最後に押さえておきたいことがある。それは、同様の現象が、『平家物語』にも現れ出ているかどうか、についてである。流布本における本文表現について考えるには、梶原正昭氏が編集した流布本テキスト[33]が至便で、高野本・葉子十行本・下村時房刊本との異同が一目で検索できる。むろん、読み本系諸本との異同は大きいのだが、当テキストから流布本の前提となる語り本系本文を対象に見てみた場合、『保元物語』『平治物語』両物語の流布本に見られたような特徴的な異同は見出されない。網羅的に確認できているわけではないが、それは、近世版本や絵巻・絵本における挿図についても、同じ傾向であるように思われる。軍記物語のうち、『平家物語』は最も多くの熊野信仰関係記事を有しているにもかかわらず、である。その理由は判然としないが、『保元物語』『平治物語』のように、熊野信仰が物語の部分構想に関わる思想であるのか、『平家物語』のように、物語の始終にわたって熊野信仰記事が各所に配され、物語の全体構想に関わることになっているか、という違いによるものかもしれない。そういう意味では、『平家物語』は、熊野信仰を取り巻く社会的変化にかかわらず、中世熊野信仰の実相を物語内部に封じ込めながら、今に至るまで伝え続ける希有な存在とも言うべきなのであろう。

（1）『玉葉』文治四年（一一八八）九月一五日条。
（2）江西竜派『杜詩続翠抄』、永享一一年（一四三九）頃の成立。
（3）源健一郎「動乱の時代と熊野詣――軍記物語の構想との連関――」（『説話論集』第一七集、清文堂、二〇〇八年）参照。以下の論述においても、拙論の内容を前提とする場合があるが、煩雑を避けるために注記しない。
（4）以下に述べる、戦国期から江戸初期にかけての熊野信仰の状況については、高橋修「熊野信仰を担った人々――先達から本願へ――」（『和歌山県立博物館所蔵熊野権現縁起絵巻』一九九九年、勉誠出版）に端的なまとめがあり、本稿の概説もこれによっている。
（5）武久堅「「鎌倉本保元物語」と延慶本平家物語の先後関係――『六代勝事記』との共通本文をめぐって――」（『平家物語成立過程考』桜楓社、一九八六年、初出一九八一年）。
（6）原水民樹「鎌倉本『保元物語』考」（『国語と国文学』五六‐四、一九七九年）。
（7）源健一郎「源平盛衰記と寺門派修験――熊野関係記事依拠資料の検討を通じて――」（『軍記物語の窓』第四集、和泉書院、二〇一二年）他。

（8）『修験道辞典』（東京堂出版）「客僧」「山伏名義」の項目参照。

（9）都へ下向する様子について、金刀比羅本の独自記事として、「熊野まいりの下向をば、みな上下よろこびの道とこそ申せども」とある点についても、読み本系『平家物語』諸本に「三ノ山ノ奉幣遂ニケレバ、悦ノ道に成ツヽ」（延慶本第一末・廿九）とある。

（10）松尾葦江「流布本保元物語の世界」（軍記文学研究叢書3『保元物語の形成』汲古書院、一九九七年）参照。成立の上限としては、文安三年（一四四六）成立の『壒囊鈔』および『太平記』の影響があることから、それ以降とされる。

（11）当該記事には半井本以外の諸本からの影響も見出される。院が証誠殿で「現当二世」を祈願することや、院の崩御を「明年の秋の比」と特定することには京図本・金刀比羅本からの、権現による奇瑞を院が目にしたのを「夢うつゝ」の間とすることは京図本からの、院が先達に直接、権現の勧請を依頼する点は鎌倉本からの、といった具合である。

（12）名波弘彰「院政期の熊野詣――滅罪・鎮魂、護法憑けをめぐる儀礼と信仰――」（『文藝言語研究』十三、言語篇、一九八八年二月）。

（13）『中右記』天仁二年（一一〇九）一〇月二三日条、『梁塵秘抄口伝集』巻第十、仁安四年（一一六九）正月九日条、『頼資卿熊野詣記』承元元年（一二〇七）正月一八日条、『修明門院熊野御幸記』承元四年四月二一日条、『後鳥羽院・修明門院熊野御幸記』建保五年（一二一七）一〇月二日条等。

（14）『熊野道間所作』の本文、および解説については、図録『熊野本宮大社と熊野古道』（和歌山県立博物館、二〇〇七年、高木徳郎執筆）写真二七頁、解説二二七頁を参照。

（15）室町初期における天台寺門派系の参詣儀礼については、『義経記』巻七「判官北国落事」に見える弁慶の言、「山伏の勅には懺法・阿弥陀経をだに詳に読み候ひぬれば堅固しくも候まじ」を一つの典型と見なす指摘がある。和歌森太郎『修験道史研究』第二章第二節「修験道の理念と説法」（東洋文庫、平凡社、一九七二年、初出一九四三年）参照。

（16）以上のような本山派・当山派の推移については、宮家準『修験道組織の研究』（春秋社、一九九九年）第六章第一節「教派修験の成立」（初出一九七三年）、第六章第三節「当山派修験の組織」（初出一九九七年）、および、関口真規子『修験道教団成立史――当山派を通して』（二〇〇九年、勉誠出版）第Ⅲ部第一章「棟梁誕生と修験道法度制定」（初出二〇〇〇年）を参照。

(17) 恋田知子「『熊野詣日記』の制作圏――熊野参詣の儀礼と物語草子――」(『修験道の室町文化』岩田書院、二〇一一年) 参照。
(18) 流布本『平治物語』の成立時期は、流布本『保元物語』と同様に考えられている。本文は金刀比羅本系との近接が指摘されており (永積安明「解説」日本古典文学大系『保元物語・平治物語』岩波書店、一九六一年)、一世代か二世代前の金刀比羅本系本文に、一類本系の本文が増補されたものとする指摘もある (谷口耕一「『平治物語』諸本・本文研究の課題――諸本の分類と相互関係の整理に向けて――」軍記文学研究叢書4『平治物語の成立』汲古書院、一九九八年)。
(19) 北川忠彦「陽明文庫本平治物語〝信西最期〟をめぐって」(『軍記物論考』三弥井書店、一九八九年、初出一九七八年)。
(20) 日本古典文学大系『保元物語・平治物語』(岩波書店) 補注三三二頁。
(21) 小助川元太「『壒嚢鈔』における知」(『行誉『壒嚢鈔』の研究』三弥井書店、二〇〇六年、初出一九九九年) 参照。
(22) 同縁起説については、大橋直義「治承回禄と縁起説――興福寺縁起の再生――」(『転形期の歴史叙述――縁起　巡礼、その空間と物語』慶應義塾大学出版会、二〇一〇年、初出二〇〇六・〇八年) に詳しい。
(23) 日下力「古態本の確認」(『平治物語の成立と展開』一九九七年、初出一九七〇年、汲古書院)、北川忠彦「軍記物の流れ」(『軍記物論考』三弥井書店、一九八九年、初出一九七二年) 参照。
(24) 以上の出口氏の所説は、同氏「物語絵画と定型をめぐって――寛永三年版『保元物語』の挿絵を中心に――」(『日本文学』六二－七、二〇一三年七月) による。
(25) 星瑞穂「解説　海の見える杜美術館蔵『保元・平治物語絵巻』の版本との関係性」(『海の見える杜美術館蔵　保元・平治物語絵巻をよむ　清盛栄華の物語』二〇一二年、三弥井書店) 参照。
(26) 出口久徳「明暦二年版『平家物語』の挿絵をめぐって」(『立教大学日本文学』八一、一九八八年一二月)。
(27) 出口久徳「軍記物語の挿絵と読み――『平家物語』絵入り版本を中心に――」(『軍記と語り物』三九、二〇〇三年三月)。
(28) 加美宏『源平盛衰記絵巻 [解説篇]』(青幻舎、二〇〇八年)。

(29) 二松學舍大学ウェブサイト「二松學舍　国文学科の「お宝」紹介　第5回　奈良絵本『保元物語』『平治物語』」小山聡子執筆（http://www.nisyogakusya.jp/special/kokubun01　二〇一四年一月一一日現在）。

(30) 二松本と同じく、寛永版を前提としながら仕立てられた絵巻に、寛文年間（一六六一～七三）に制作された、海の見える杜美術館蔵『保元・平治物語絵巻』がある。この絵巻の鳥羽院熊野参詣場面の絵は、寛永版とも二松本とも異なる独自のものである。この絵についても寛永版の影響が指摘されているが、むしろ海の見える杜美術館本と詞書の筆者が同一であることで注目される、水戸徳川家旧蔵『源平盛衰記絵巻』巻第十第二五「維盛入道熊野詣での事」の絵と極めて近似している点が興味深い。拝殿の蔀戸の有無、人物配置が異なるが、熊野本宮本殿の構造はほぼ同一である。両本の先後関係は明らかでないが、寛永版の図像表現に不審を抱いた海の見える杜美術館本の絵師が、『盛衰記絵巻』の絵を引き写したか、あるいは独自に粉本となる絵を探し出したものであろう。なお、次に検討する童子の姿は同本に描かれてはいない。海の見える杜美術館本の詳細については、前掲註25著書所載の解説（石川透・星瑞穂執筆）を参照されたい。

(31) 霞亭文庫本『保元軍物語・平治軍物語』東京大学図書館蔵は七巻七冊。刊記に「うろこかたや開板」とあり、延宝末から元禄頃にかけて菱川派の絵本を多数出版した鱗形屋三左衛門によるものとわかる。鱗形屋については、丸山伸彦『江戸モードの誕生――文様の流行とスター絵師』（角川選書、角川書店、二〇〇八年）一五四頁参照。

(32) 出口久徳「寛文期の『平家物語』――寛文十二年版『平家物語』の挿絵をめぐって――」（『日本文学』五一－一〇、二〇〇二年一〇月）。

(33) 梶原正昭校注『平家物語　改訂版』（一九八四年、おうふう）。

〔使用本文〕
延慶本『平家物語』（『延慶本平家物語　本文篇』勉誠社）、盛衰記（『源平盛衰記　慶長古活字版』勉誠社）、覚一本『平家物語』（日本古典文学大系）、『平家物語』「剣巻」（『屋代本高野本対照平家物語』新典社）、半井本『保元物語』・一類本『平治物語』（新日本古典文学大系）、鎌倉本・京図本『保元物語』（『保元物語六本対観表』和泉書院）、金刀比羅本『保元物語』・『平治物語』、流布本『保元物語』・『平治物語』（日本古典文学大系所収古活字本）、『義経記』（日本古典文学大系）、『大御記』（神道大系文学編『参詣記』）、『梁塵秘抄』（新日本古典文学大系）、宴曲《熊野参詣》（中世の文学『早歌全詞集』三弥井書店）、寛永三年版『保元・平治物語』（京都大学図書館蔵本）、貞享二年版『保元・平治物語』（国立国会図書館蔵本）、明暦二年版『平家物語』（四天王寺大学図書館蔵恩頼堂文庫蔵本）、延宝五年版『平家物語』（『（新版絵入）平家物語　延宝五年本』（信太周編、和泉書院）、寛文五年版源平盛衰記（架蔵本）

＊傍線・濁点の付加や字体を通行字体に改める等、適宜私意による処理を施している。

金刀本保元物語の合拗音振仮名と『落葉集』

佐藤　進

はじめに

本論は『保元物語』の金刀比羅宮蔵本（以下、金刀本保元物語と称する）に見える「關クワン」などの合拗音漢字語に付された特異な振仮名「クハン」等を紹介して、それがキリシタンゆかりの字書として知られる『落葉集』にもとづくものであること、引いては金刀本保元物語がキリシタンの手になる書写である可能性を検証するものである。

一　金刀比羅宮蔵本

このテキストは、讃岐の金刀比羅宮所蔵の写本で、岩波書店旧「日本古典文学大系」31『保元物語　平治物語』（一九五九年刊、以下「旧大系本」）の底本に採用されて広く読まれたものである（永積安明・島田勇雄両氏の校注）。この旧大系本の巻頭「解説」によれば、金刀本系統の保元物語は保元物語諸本のなかでも「先例・典拠の権威をふまえて述懐したり、和歌や古典的文献を援用したりして、貴族たちの悲運への咏嘆を盛り上げており」「文学的な表現においては、諸本中、最高度の成熟を示している」という。史実や挿話の再構成という点での特徴をそのように述べているわけであるが、書写の形式についても「まま誤脱もあるが丁寧な書写によって詳密な振仮名までを留めた」という点にも特色がある。旧大系本に付録として翻刻されている古活字本の振仮名と見較べてみると、金刀本の丁寧さがよく分かる。

しかし、旧大系本をひもとくと、いきなり最初の頁から見慣れない振仮名の表記に出くわすはずである。たとえば「皇太子」が「くわうたいし」ではなく「くはうたいし」、「恩光」が「おんくわう」ではなく「をんくはう」、いわゆる合拗音の「わ」が「は」になっている。そこで、物語を読むより合拗音の表記が気になって先の方をめくってみると、「關白」は「くはんばく」となり、「判官」が「はうぐはん」となっており、どうやら一貫した表記なのであるが、中国語音韻学や悉曇学を学んだものにとっては奇異な表記としか思えないものなのである(1)。

旧大系本の底本は国文学研究資料館のマイクロフィルムで確認ができる。それで確認しても間違いなく「わ」ではなく「は」であった。

そこで、本論では合拗音漢字語にどのような振仮名がついているか、全書にわたって調査を行ってみた。

二　合拗音漢字語の振仮名

まず以下の資料の掲げ方を示す。データの通し番号1～117の下に『保元物語』について調査した合拗音の漢字三七字を示した(化・火・花・果・科・華・過・囘・外・会・快・怪・悔・會・寬・槐・檜・懷・埆・鶴・月・菅・寛・管・還・舘・關・願・觀・官・冠・桓・元・光・皇・荒・廣。これらの配列はその文字の漢音読みの順に従った)。次にその漢字を使った語形、ほとんどが熟語形であるが、単字で使われたものとして囘・官・皇の三字がある。三七字に対して、通し番号が1~117となっているのは、同じ漢字が異なる熟語形で使われたり、異なる音読みがついているものを別番号で掲げたからである。

語形の次に金刀本に付された音読みを掲げた（キリシタンのいわゆる「こゑ」である）。次に、合拗音のマーカーとして「わ」がつかわれているか「は」が使われているか、「わ」と「ハ」で示した。金刀本では原則として漢音が使われているが、仏教用語や職官用語や元号などに呉音が使われている場合には「呉音」と書いておいた。

次に頁と行であるが、この数字は旧大系本の頁数行数である（原本は国文学研究資料館のマイクロフィルムで見る限り冊子本であるが、丁番の記載はない）。同一のデータが重複して出てくる場合は、「／」で区別しつつすべてを掲げたが、六か所以上になるデータはそれ以上の頁行を省略し、最後に合計何度出てくるかを示した。その次に、キリシタン字書『落葉集』にその語形がある場合の音読みと頁数行数を掲げた。(2)

	文字	語形	読み	仮名	頁・行	落葉集
1	化	化縁	けえん	呉音	129・11	【落】けえん60―5
2	化	難化	なんけ	呉音	129・12	
3	化	化度	けど	呉音	130・8	【落】けど64―4
4	化	変化	へんげ	呉音	141・12	【落】へんげ18―7
5	火	獄火	ごつくは	ハ	118・10	
6	花	花山	くはさん	ハ	141・10	【落】くハさん54―2
7	花	榮花	ゑいぐは	ハ	175・5	【落】ゑいくハ110―4
8	花	花鳥	くはてう	ハ	177・4	【落】くハてう

9	花	榮花	ゐいぐわ	わ	139・7	【落】ゐいくハ110—4
10	花	花洛	くわらく	わ	167・15／183・9	【落】くハらく54—1
11	花	花藏院	けざういん	呉音	134・7／181・16	
12	果	果報	くはほう	ハ	67・8／138・7	【落】くハほう54—7
13	果	得果	とつくは	ハ	101・16	【落】とくくハ
14	果	因果	いんぐわ	わ	62・3	【落】いんぐハ8—4
15	果	果報	くわほう	わ	183・5	【落】くハほう54—7
16	科	犯科	ぼんくは	ハ	146・12	【落】ぼんくハ17—5
17	科	罪科	ざいくわ	わ	141・4	【落】ざいくハ84—2
18	科	重科	ぢうくわ	わ	174・6	【落】ぢうくハ24—1
19	華	法華	ほつけ	呉音	88・14／182・9	【落】法花ほつけ16—6
20	過	過去	くはこ	ハ	136・16	【落】くハこ54—5
21	過	過言	くはごん	ハ	175・13	【落】くハごん54—6
22	回	回	くわい	わ	59・3／89・12／179・3／184・8	【落】迴55—2
23	外	外戚	ぐわいせき	わ	63・4／74・1／133・7	【落】ぐハいせき56—7
24	外	象外	しやうぐわい	わ	91・14	
25	外	存外	ぞんぐわい	わ	125・15	【落】ぞんぐハい45—8
26	外	雲外	うんぐわい	わ	168・6	
27	外	外見	ぐわいけん	わ	168	【落】ぐハいけん56—6
28	外	海外	かいぐわい	わ	171・4	【落】かいぐハい32—7

29	外	内外	ないげ	呉音	54・11	【落】ないげ47―1
30	外	内外典	ないげでん	呉音	129・4	【落】げでん64―3
31	会	御会	ごくはい	ハ	55・7	
32	会	放生会	はうじやうゑ	呉音	54・15	【落】はうじやうゑ13―2
33	会	大会	だいゑ	呉音	61・3	【落】大會だいゑ42―1
34	快	（不快）	ふくはい	ハ	63・11	【落】ふくハい66―6
35	快	勢快	せいくわい	わ	175・5	
36	快	不快	ふぐわい	わ	54・5／112・13	【落】ふくハい66―6
37	怪	（奇怪）	きくはひ	ハ	86・16	
38	悔	（後悔）	こうくはひ	ハ	74・3	【落】こうくハい71―7
39	悔	（後悔）	こうくわひ	わ	65・8／85・9	【落】こうくハい71―7
40	悔	後悔	こうくわい	わ	109・12／142・3／148・9／152・3／165・3 計6	【落】こうくハい71―7
41	會	樊會	はんくわい	わ	117・6	人名
42	會	節會	せちゑ	呉音	65・3／86・1	【落】せちゑ123―5
43	嵬	馬嵬	ばぐわい	わ	159・4	地名
44	槐	槐門	くわいもん	わ	166・3／179・14	
45	檜	老檜	らうくわい	わ	182・14	
46	懐	素懐	そくわい	わ	134・6	
47	懐	心懐	しんくわい	わ	168・3	
48	懐	述懐	じゆつくわい	わ	175・13	【落】しゆつくハい104―7

49	懐	懐土	くわいと（くわいど）	わ	179・7／179・15／182・13	
50	墎	城墎	じやうくはく	ハ	80・12／137・13	【落】城郭じやうくハく108―1
51	鶴	鶴翼	くはくよく	ハ	94・4	【落】くハくよく55―1
52	月	月西	ぐはつせい	ハ	56・11	人名
53	月	月氏	ぐわつし	わ	129・4	地名
54	月	年月	ねんげつ	呉音	54・10	【落】ねんげつ46―5
55	月	風月	ふうげつ	呉音	177・4	【落】ふうげつ67―2
56	菅	菅給料登宣	かんきうりうのりのぶ	直	78・11	人名
57	寛	寛遍	くはんべん	ハ	128・12／134・13	人名
58	寛	寛暁	くはんきやう	ハ	134・7	人名
59	寛	長寛	ちやうくはん	ハ	181・12	年号
60	管	管絃	くはんげん	ハ	92・10／164・2／168・14／178・10	【落】くハんげん56―2
61	管	管領	くはんれい	ハ	126・13	【落】くハんれい56―6
62	還	還幸	くはんかう	ハ	123・12	
63	還	還俗	げんぞく	呉音	87・7	【落】げんぞく65―2
64	還	還補	げんぶ	呉音	126・11	【落】げんぽ65―2
65	舘	先舘	せんくはん	ハ	72・15	
66	關	關白	くはんぱく	ハ	63・11／63・13／63・16／64・2／64・3 計30	【落】くハんぱく56―2、175―2
67	願	願書	ぐはんじよ	ハ	124・14	【落】ぐハんじよ56―7
68	願	御願	ごぐわん	わ	165・1／180・6	

69	観	観法	くはんぽう	ハ	57・13	【落】くハんぽう55—7
70	観	観空上人	くはんくうしやうにん	ハ	60・8	人名
71	観	貞観	ぢやうぐはん	ハ	133・15	年号
72	観	観經	くはんぎやう	ハ	143・7	
73	官	（判官）	はうくはん	ハ	86・13／86・14／87・1	
74	官	（解官）	けつくはん	ハ	86・14	
75	官	官使	くはんし	ハ	54・14／165・12／165・13／167・7	
76	官	官次	くはんじ	ハ	60・9	
77	官	女官	によくはん	ハ	61・10	
78	官	官奏	くはんそう	ハ	65・3	
79	官	弁官	べんくはん	ハ	65・4	
80	官	判官	はうぐ(く)はん	ハ	67・5／68・6／68・6／68・6／68・6 計44	【落】判官卿はうぐハんけい177—4
81	官	官人	くはんにん	ハ	68・13／80・8／133・11／178・6	【落】くハんにん55—6
82	官	官軍	くはんぐん	ハ	98・10／117・16／118・11／119・10／120・16 計7	
83	官	官	くはん	ハ	124・4／124・4	【落】くハん55—5、145—8、209—3
84	官	百官	ひやつくはん	ハ	138・4	
85	官	判官	はんぐはん	ハ	142・8	
86	官	缺官	けつくわん	わ	136・14	

87	官	百官	ひやつくわん	わ	183・7	
88	冠	冠者	くはじや	ハ	76・5／106・1	【葡】Quanja, Quaja
89	冠	冠者	くはんじや	ハ	76・9／81・11／92・4 94・7／125・12	【落】くハんじゃ55—8
90	桓	桓武	くはんむ	ハ	68・6／89・9／101・3 104・1／184・7	人名
91	元	元年	ぐはんねん	ハ	54・3／60・2／64・1 89・10／131・10	【落】ぐハんねん56—8
92	元	天元	てんげん	呉音	129・16	年号
93	元	保元	ほうげん	呉音	131・10	年号
94	元	元性	げんせい	呉音	181・16	人名
95	光	恩光	をんくはう	ハ	53・10	
96	光	日光	につくはう	ハ	56・10	【落】につくハう14—4
97	光	和光	わくはう	ハ	58・16／89・6	【落】わくハう30—1
98	光	頼光	らいくはう	ハ	69・15／83・8	
99	光	光弘	くはうこ（ご）う	ハ	163・1／163・2	人名
100	光	威光	いくわう	わ	89・1	【落】いくハう5—6（R本ハ摩滅）
101	光	光仁	くわうにん	わ	184・6	
102	皇	皇太后	くはうだいこ	ハ	53・2	
103	皇	皇太子	くはうたいし	ハ	53・4	
104	皇	上皇	しやうくはう	ハ	53・4／54・6／77・11 85・1／88・6 計6	【落】じやうくハう107—4

105	皇	皇胤	くはういん	ハ	66・2 104・1	
106	皇	皇帝	くはうてい	ハ	166・16／176・4	【落】くハうてい53―4
107	皇	皇賀	くはうか	ハ	176・3	
108	皇	皇居	くはうきよ	ハ	184・8	【落】くハうきよ53―3
109	皇	法皇	ほうわう	わ	53・1／57・3／57・7 57・10／57・15 計16	【落】ほうわう15―4
110	皇	天皇	てんわう	わ	53・2／53・2／53・7 56・7／65・16 計25	
111	皇	皇子	わうじ	わ	53・2／53・4／165・6	
112	皇	人皇	にんわう	わ	56・14／184・6	
113	皇	皇城	わうじやう	わ	171・16	
114	皇	皇	わう	わ	181・9／181・9	【落】くハう53―3
115	皇	皇都	くわうと	わ	184・6	
116	荒	荒廢	くはうはい	ハ	182・8	
117	廣	廣博	くはうはく	ハ	123・8	【落】くハうはく53―2

このなかで、合拗音が「は」表記になっているのは以下の六〇例である。

過去（くはこ）、過言（くはごん）、獄火（ごつくは）、花山（くはさん）、花鳥（くはてう）、榮花（ゑいぐは）、果報（くはほう）、得果（とつくは）、犯科（ぼんくは）、(3)（後悔）（こうくはひ）、御会（ごくはい）、（不快）（ふくはい）、（奇怪）（きくはひ）、城墎（じやうくはく）、鶴翼（くはくよく）、月西（ぐはつせい）、寛遍（くはんべん）、寛曉（くはんきやう）、長寛（ちやうくはん）、管絃（くはんげん）、管領（くはんれい）、還幸（くはんかう）、先舘（せんくはん）、關白（くはんばく)、願書(ぐはんじよ)、觀法(くはんぽう)、觀空上人(くはんくうしやうにん)、貞觀(ぢやうぐはん)、觀經(くはんぎやう)、元年(ぐはんねん)、(判官)(はうくはん)、(解官)(けつくはん)、官(くはん)、官人(くはんにん)、判官(はうぐ(く)はん)、官使(くはんし)、官次(くはんじ)、女官(によくはん)、官奏(くはんそう)、弁官(べんくはん)、官軍(くはんぐん)、百官(ひやつくはん)、判官(はんぐはん)、冠者(くはんじや)、冠者(くはじや)、桓武(くはんむ)、廣博(くはうはく)、光弘(くはうこ(ご)う)、日光(につくはう)、和光(わくはう)、恩光(をんくはう)、頼光(らいくはう)、皇居(くはうきよ)、皇帝(くはうてい)、上皇(しやうくはう)、皇太后(くはうだいこ)、皇太子(くはうたいし)、皇胤(くはういん)、皇賀(くはうか)、荒廢(くはうはい)

その反対に、合拗音が「わ」表記になっているのは以下の三八例である。

花洛(くわらく)、榮花(ゑいぐわ)、因果(いんぐわ)、果報(くわほう)、罪科(ざいくわ)、重科(ぢうくわ)、(後悔)(こうくわひ)、後悔(こうくわい)、樊噲(はんくわい)、馬嵬(ばぐわい)、槐門(くわいもん)、老檜(らうくわい)、述懷(じゆつくわい)、素懷(そくわい)、心懷(しんくわい)、懷土(くわいと(ど))、囘(くわい)、海外(かいぐわい)、外見(ぐわいけん)、外戚(ぐわいせき)、存外(ぞんぐわい)、象外(しやうぐわい)、雲外(うんぐわい)、不快(ふくわい)、勢快(せいくわい)、月氏(ぐわつし)、御願(ごぐわん)、缺官(けつくわん)、百官(ひやつくわん)、威光(いくわう)、光仁(くわうにん)、皇(わう)、法皇(ほうわう)、天皇(てんわう)、皇子(わうじ)、人皇(にんわう)、皇城(わうじやう)、皇都(くわうと)

ここでまず注目に値するのは、同一の漢字語形でその合拗音表記が「わ」「は」の両様に揺れる例が決して多くないことである。

①果報(くはほう)が67・8/138・7の二か所に出現し、果報(くわほう)が183・5に一度だけ出現する。②(不快)(ふくはい)が63・11に一か所、不快(ふくわい)が54・5/112・13に二か所出現する。ただし「ふくはい」は

本文が平仮名表記である。③（後悔）（こうくはひ）が74・3に平仮名表記で出現し、同様に、（後悔）（こうくわひ）が65・8／85・9の二か所に平仮名表記で出現する。振仮名の後悔（こうくわい）は109・12／142・3／148・9／152・3／165・3を含めて合計六回出現する。「は」表記は本文平仮名表記に出るのみである。④百官（ひやつくはん）は138・4に一度、百官（ひやつくわん）は183・7に一度だけ出現する。振仮名ということで言うならば、わずかに「果報」の「果」と「百官」の「官」に揺れが見られるだけである。語彙レベルではかなり一貫性の高い表記が成されているのである。

ここで再度確認しておきたいのは合拗音「は」表記が六〇例あることの意味である。注1にあるように、我が国の中世における韻学にあっては「わ」表記しか見られない。

一方、一六世紀には悉曇学に較べるとはるかに通俗的な各種の「節用集」が作られた。ここで、室町末期以前のいわゆる古本節用集を調べると、饅頭屋林宗二の刊行とされる饅頭屋本節用集に合拗音「は」表記が見られるが、ほかの節用集には一切見られない。

合拗音「は」表記を大々的に採用しているのは、よく知られているようにキリシタン字書の『落葉集』である。したがって、次には『落葉集』と金刀本保元物語の関係を検討するべきであろう。先に全データを掲げた際に最後に『落葉集』の表記を掲げたのは、金刀本と『落葉集』の関係を考えるためであったのである。

三　『落葉集』の合拗音表記

『落葉集』については、土井忠生『吉利支丹語学の研究　新版』（三省堂、一九七一年）に詳細な解説があるほか、福島邦道『吉利支丹版落葉集』（勉誠社文庫、勉誠社、一九七七年）の解題、小島幸枝『耶蘇会板　落葉集総索引』（笠間索引叢刊、笠間書院、一九七八年）の解説、土井洋一『落葉集二種』（天理図書館善本叢書、八木書店、一九八六年）の解題などがある。

『落葉集』の合拗音表記「ハ」[4]についてはあまり触れられない。ただ、小島氏の解説には多少触れるところがあり、「(「わ」と「は」について）両者の通用は当時の規範意識においては許されたのである」として、「通用」であったとしている。確かに、たとえば「沫」が「あわ」「あは」両様に表記されるような例はいちいち挙例するまでもなく存在した。しかしながら、合拗音の表記はもともと和語にはなかった外来の漢字音の表記に必要になったもので、和語の仮名遣いとは異なる条件を考える必要がある。そういう観点から、規範意識の高い字書類にあって、『落葉集』での合拗音「ハ」の徹底振りが突出している一方、なぜ饅頭屋本節用集をのぞくほかの字書類にはほとんど合拗音「ハ」が通用されないのかを考えると、「通用」論では納得のゆく説明にはなっていない。

この問題に関しては、やはり漢字音研究の視点から検証する必要がある。そのような試みとして、鄭炫赫「『落葉集』の字音仮名遣い」がある（『早稲田日本語研究』一四、二〇〇五年）。以下がその見解である。

カ行・ガ行合拗音は全部で78字549例が認められる。すべてが「くハ〜」「ぐハ〜」と表記される（中略）「ハ」字は本来ハ音をあらわすが、『落葉集』ではワ音をあらわそうとする方針があったようである。高羽五郎[5]（1951）は、同一の傾向が「ぎやどぺかどる字集」にも見られると言い、当時一般に「ハ」がワ音をあらわす特殊用法があったことを述べている（2頁)。なぜ『落葉集』の編者が、カ行・ガ行合拗音の表記をすべて「くハ」「ぐハ」としたかはさらに検討を要するが、本稿は当時一般の仮名用法の習慣を、『落葉集』の編者が積極的に取り入れようとした結果であると考える。

ここでも、「は」を「わ」と読ませるのは当時の仮名遣いの習慣に従っただけだとしている。

小島氏はこの通用が当時の規範意識として許されたと言い、鄭氏は「は」を「わ」にあてるのは当時一般の仮名用法の習慣であったと言う。しかし前述したように、和語にはなかった合拗音の表記の問題である以上、仮名遣い・仮名用法とは異なる見方が必要になるはずである。そのことについては筆者が改めてことあげをする前に、前述の『吉利支丹語学の研究　新版』には以下のようにあることに注目したい。

「落葉集」では字音を本来の仮名遣に拘泥しないで、当時の発音通りに写した。仮名遣と発音とが相違して複雑な関係にあつたのは、長音に発音される字音であつた。それを整理して、長音符は「う」を以て統一し、（以下オ段・ア段・イ段その他の例を挙げるが省略）。しかるに字訓に至つては、頃《ころをい》・弊《ついゑ》・誘《さそう》のやうに表音的仮名遣を用ゐたのは稀であつて、多くは当時通行の仮名遣のままである。（中略）。ともあれ、イエズス会において字音に表音的仮名遣を用ゐたのは理論的立場をとり、字訓に通行の仮名遣を用ゐたのは便宜的立場をとつたものと言へるであらう。　（「二　吉利支丹日本語学の構造・特質」）

つまり、小島氏にしても鄭氏にしても、字訓の通行の仮名遣いをもって字音の表記の原則と見なす誤りを犯しているのである。そうではなく、イエズス会が独自に採用した表記、言い換えると、それまで韻学では定着していた「わ」を採らず、キリシタンが積極的に「は」表記を採用したその理由を考えるべきであろう。

ここで考えねばならないのは、室町時代の「は」音がどういう実質であったかということである。柳田征司『室町時代の国語』（東京堂、一九八五年）には次のようにある。

ハ行音は、キリシタン資料から両唇摩擦音Φであったことが知られる。御奈良院の『何曽』に「ははにはふたたびあひたれど、ちちにはいちどもあはず　くちびる」とあることなどもよく知られている。

柳田氏の所説を補っておこう。キリシタン資料から両唇摩擦音Φであったとするのは、たとえば、一六〇三年の『日葡辞書』や一六〇四年序のジョアン・ロドリゲス『日本大文典』（土井忠生訳、三省堂、一九五五年）などにおいて、ハ行はＦで表記されていることを指して言う。このＦは唇歯音のＦではなく、柳田氏の言うように両唇摩擦音Φであった。御奈良院は後奈良天皇（一四九七～一五五七）のことで、『何曽』は『名曽』とも書かれる謎々集。「くちびる」は謎々「はは……」の解である。すなわち、当時のハ行が両唇摩擦音Φであって初めて成立する謎々である。(6)

また一方、合拗音をローマ字でどのように表記していたかを確認しておくべきであろう。『日葡辞書』の場合、「くわ」は qua、「ぐわ」は gua が原則であるが、長拗音「くわう」「ぐわう」の場合は quŏ や guŏ のように、u に開いた o を示す ŏ を加える方式を採用している。ロドリゲスの『日本大文典』『日本語小文典』においても同様である（ちなみに、ポルトガル語においては、字母 q は u 以外の母音の前には立たない。qu の綴りにおいてのみ使用する字母である）。

さて、『日葡辞書』のようにローマ字で表記するなら右の原則で差し支えないとしても、『落葉集』のように仮名表記を理論的に構築するとしたら、その転写においてどう処理するのが理想的なものになるかを考えてみたい。まず、ローマ字 qua, gua の qu は「く」、gu は「ぐ」で書き表すことには異論がないであろう。ただ、残る a を単純に「あ」と書けば直音の「くあ」「ぐあ」となってしまう。たとえば「願」のローマ字表記 guan を「ぐあん」と仮名転写すると「愚案」と区別がつかない結果になる。この転写方式では拗音の表記はできない。何とかして合口性の拗音であることを示す必要がある。合口性の発音ですぐに気がつくのは、右に述べたハ行の両唇摩擦音Φであったはずである（ないしは注6で述べたように、合口性の h）。そこで拗音の a に「は」をあてる処理をほどこし、「ぐはん」としたわけである。(7)

さらに想像をめぐらせば、この「は」は通常の fa ではなく合口拗音のマーカーに過ぎないことを示すために、『落葉集』では敢えて「は」ではなく、変体仮名とも言える「ハ」でもって表記したのではないか。そのように考えれば『落葉集』は「關白」の字音を「くハんばく」とした理由が無理なく説明できるのである。要するに、ここには通行の仮名遣いとは異なるイエズス会士の創意工夫に満ちた音声観察と用字が反映されているのである。『落葉集』の合口拗音表記「ハ」が伝統的韻学や悉曇学とも異なり、饅頭屋本以外の節用集とも異なるのは、いったんローマ字表記された漢字音を仮名文字で転写する際の理論的考察が背景にあるからである。

四　金刀本保元物語と『落葉集』

先に、金刀本の振仮名で合拗音が「は」表記になっている六〇例と、「わ」表記になっている三八例を掲げたが、それらの中には人名や地名や元号など、『落葉集』の語彙採択の範囲以外のものも含まれる。合計九八例の語彙のうち、『落葉集』に載るものは四二例ある。「榮花」「果報」「不快」「後悔」のように「は」「わ」両様の表記をとるものがあるので、合計数は四六例になるが、『落葉集』と同じく「は」をとるのは三〇例、『落葉集』は「ハ」であっても「わ」をとるのは一六例である。(8) 言い換えると、金刀本の合拗音振仮名ではその約三分の二が『落葉集』に一致する(9)。

金刀本が漢字音の表記においてイエズス会士の創意にもとづく特殊な表記に一致するということは、金刀本の書写者が『落葉集』を参照したと考えるのが自然であろう。偶然の一致と考えるには合拗音「は」表記の特殊性がそれを許さない。一方、饅頭屋本節用集を参照した可能性を考えるにしても、饅頭屋本はそもそも収録語彙数が少なく、『落葉集』とは同日の論ではないのである。

さらに踏み込んだ仮説が許されるなら、金刀本保元物語を最終的に現状の写本のように書写したのはキリシタンであったのかもしれない。なぜなら、イエズス会士の見るところ、『保元物語』はヨーロッパ人向けの講読テキストとして最適な読物のひとつであるという評価が存在したからである。ジョアン・ロドリゲス『日本語小文典』（一六二〇年）の第一部「日本語の学習と教授にふさわしいと思われる方法について」に以下のようにある。

厳密な意味での日本語による書物のうち、講読に適するものを分類して平易なものから挙げれば、つぎのとおりである。第一の最も初歩的な部類に入るものとしては「舞」と「草子」がある。文体が平易で通常の会話体に最も近いからである。第二の部類には、西行法師の著した隠者伝で「撰集抄」と呼ばれるものと、鴨長明の書いた隠者伝で「発心集」と呼ばれるものがある。第三は歴史物語の意の「物語」の名のついたもので、例えば「平家物語」「保元平治物語」。これら二つはこの分野で最高かつ最も美しい文体をもつものである。第四は「太平記」と呼ばれる歴史書で、その文体はこの日本で最も荘重にして崇高な文体である。講読に用いてよいのは以上四種の書物、および美しく正しい日本語があますところなく認められる同種の書物である。

（池上岑夫訳、岩波文庫、一九九三年）

金刀本保元物語は旧大系本の巻頭「解説」に言うように、「丁寧な書写によって詳密な振仮名までを留めた」写本である。振仮名の詳密さという点では恐らく随一のものであろう。日本人の読者にとっては煩わしいほどの詳密度といってよい。ただそれも、ヨーロッパ人向けの講読テキストとして考えれば納得がいく。軍記物にもキリシタン資料にも門外漢である筆者の夢想を許していただければ、金刀本の先にはローマ字版天草本保元物語が想定されていたかも知れないと思うのである。

（1）馬淵和夫『増訂　日本韻学史の研究　Ⅱ』（臨川書店、一九八四年）第三篇「韻学と国語学史との関係」第一章「五十音図の研究」を参照してみても、資料の九種においてすべて「クワ」で表記され「クハ」は皆無である。

（2）『落葉集』の検索には小島幸枝編『耶蘇会板　落葉集総索引』（笠間索引叢刊、笠間書院、一九七八年）を用いた。この索引はローマのイエズス会本部所蔵本によるが、その写真版の頁数行数と、八木書店刊天理図書館善本叢書『落葉集二種』所収の天理図書館蔵本の頁数行数とは、ほとんど同じである。

（3）漢字語をかっこに入れたのは、漢字があって振仮名が付されているのではなく、本文が平仮名表記になっているものである。岩波書店旧大系本の翻刻においてはその平仮名に振漢字をほどこしてある。

（4）この場合の「ハ」は平仮名字体だとされる。築島裕『仮名　日本語の世界5』（中央公論社、一九八一年）など。

（5）「ぎやどぺかどる字集仮名字体」（高羽五郎編『ぎやどぺかどる字集索引』国語学資料第6輯、一九五〇～五一年）。ただし、筆者は未見。

（6）本論ではキリシタン資料のfを両唇摩擦音として取り扱うが、その説に対して、別の可能性を示唆する慎重な考え方もある。福島邦道『キリシタン資料と国語研究』（笠間書院、一九七三年）第七章「ハ行音と開合音の問題」では、ポルトガル語では無音になるhを避けたらfを使わざるを得ない、すなわちfは必ずしも両唇摩擦音とは言いきれないとする。では具体的にはどんな可能性があったかということで、橋本進吉『国語史の研究』（信濃木崎夏季大学、一九三六年）の説を紹介して言う。「橋本博士は（中略）which, what などの（hw）を考えられたが、これだと、/Φ/の場合より少し唇の合せ方がゆるんでくることになろう」。ここにいう（hw）は英語の綴りそのものでなく、円唇性のhのことであろう（福島氏の論文中に、「fとhの中間」という表現もある）。実を言えば、本論にとっては両唇摩擦音よりは円唇性のhのほうが、むしろ本稿の説を支持する有益な考え方になる。

（7）前掲『吉利支丹語学の研究　新版』で、『落葉集』における合拗音漢字の配列を解説する際の文言に「唇的拗音」と言っていることも想起すべきである。

（8）「は」表記は以下の三〇例。過去（くはこ）、過言（くはごん）、花山（くはさん）、花鳥（くはてう）、得果（とつくは）、犯科（ぼんくは）城墎（じやうくはく）、鶴翼（くはくよく）、管絃（くはんげん）、管領（くはんれい）、關白（くはんばく）、願書（ぐはんじよ）、觀法（くはんぽう）、元年（ぐはんねん）、官（くはん）、官人（くはんにん）、判官（はうぐ（く）はん）、官軍（くはんぐん）、判官（はんぐはん）、冠者（くはんじや）、廣博（くはうはく）、日光（につくはう）、和光（わくはう）、皇居（くはうきよ）、皇帝（くはうてい）、上皇（しやうくはう）、榮花（ゑいぐは）、果報（くはほう）、（後悔）（こうくはひ）、（不快）（ふくはい）。

「わ」表記は以下の一六例。花洛（くわらく）、因果（いんぐわ）、罪科（ざいくわ）、重科（ぢうくわ）、述懐（じゆつくわい）、回（くわい）、海外（かいぐわい）、外見（ぐわいけん）、外戚（ぐわいせき）、存外（ぞんぐわい）、威光（いくわう）、皇(わう)、榮花(ゑいぐわ)、果報(くわほう)、後悔(こうくわい(ひ))、不快(ふくわい)。

(9)　それ以外に、漢音では合拗音になる仏教用語などで、「變化」の「化＝げ」などのように呉音を使うものを見てみると、『落葉集』所載一三例すべてが金刀本の表記と同じである(「還補」一例のみが『落葉集』「げんぼ」金刀本「げんぶ」で「補」の読みが異なる。ただし、合拗音「還＝げん」は一致する)。以下の一三例がそれである。法華(ほつけ)、化縁(けえん)、化度(けど)、變化(へんげ)、節會(せちゑ)、外典(げでん)、内外(ないげ)、大会(だいゑ)、放生会(はうじやうゑ)、年月(ねんげつ)、風月(ふうげつ)、還俗(げんぞく)、還補(げんぶ)。

『愚管抄』と『保元物語』『平治物語』をめぐる試論

麻原　美子

はじめに

本稿は、『愚管抄』と『保元物語』『平治物語』を対置させて両者の位置関係を見据えることを通して、慈円の歴史認識が同時代の特に両軍記物語叙述者に共有されていたのか否かを見定め、成立の原点を探ることを目的としたものである。このように焦点を定めて関係文献を探って意外に感じたことは、尾崎勇氏の『愚管抄』を扱われたご論著(1)以外に、両軍記物語との関係を正面から扱った論が私の見落としを考慮に入れても比較的少なかったことから、何故なのかという疑問に改めて取りつかれたのである。『愚管抄』と『平家物語』との関係についてはつとに問題とされていて、歴史学者と国文学者の間の一大争点となり、研究の道に首を突込み始めた若年の私はわくわくした思い出がある。それは両者の先後をめぐる論で、『平家物語』先出説の赤松俊秀論(2)と、『愚管抄』先出説の冨倉徳次郎論(3)である。これについての詳細の言及はここでは避けるが、冨倉徳次郎氏を筆頭に水原一、山下宏明、武久堅の『平家物語』研究の各氏が反論をされて、『愚管抄』を参照して初期伝本とされる延慶本・四部合戦状本が成立したとする説がほぼ定着したかとみえたが、近年注目される説が出されて以降更なる検討の深化が期待されている。即ち佐伯真一氏の「『平家物語』の『愚管抄』依拠――四部本研究予備作業――」[4]の御論において、白河院の三井寺頼豪憤死事件の記述部分「勧賞ハ乞ニヨルベシ」の部分を取りあげ、『愚管抄』依拠の叙述として、『平家物語』諸本中どの伝本かをめぐる諸氏の説を勘案されて、四部本・延慶本両本間の距離に比べて『愚管抄』との距離が大きすぎることから、四部本も延慶本も各々なりに加筆・省略・改変等何らかの改作が加わっていることはほぼ疑いないとされながらも、結論として「『平家物語』と『愚管抄』が記事構成等においても類似を見せ、各所にわたって相当に根深い関わりを持っていると考えられる」と述べられるなど、両本の関係をめぐる論は、親近性、記事構成、事件把握の類似性をめぐって残された課題は多く、依然として結着がつけ難いことは確かである。

私はここでこの問題にもかかわって、『平家物語』のみを検討対象とするのではなく『保元物語』『平治物語』についても、「『兵範記』紙背文書」[5]等を視野に入れた位相的かかわりから一往の検討も必要ではないかと考えるのである。この問題意識から『愚管抄』と『保元物語』『平治物語』の位相を、当時の王権関係者、即ち所謂王臣と近臣の人物形象をめぐって解明したいと思うのである。

一

まず『愚管抄』についてざっと概要を述べておくと、作者については二〇世紀初頭まで未確定で、三浦周行氏が大正九年「愚管抄の研究」で慈円説を発表され、赤松俊秀氏が追認され[6]て今日定説として認められている。何故このように比較的長期にわたって慈円説が未確定であったのかは謎であるが、その理由の一つには次の記述があげられようか。

山ノ座主慈円僧正ト云人アリケルハ、九条殿ノオトヽ也。ウケラレヌ事ナレド、マメヤカノ歌ヨミニテアリケレバ、摂政トヲナジ身ナルヤウナル人ニテ、「必ズマイリアヘ」ト、御色モアリケレバ、ツネニ候ヒケリ。院ノ御持僧ニハ昔ヨリタグヒナクタノミヲボシメシタル人ト聞ヘキ。(7)

（巻六）

全く他人事のように慈円という延暦寺座主の紹介をしており、慈円の見事な自己韜晦の遣り口に皆ひっかかったといえようがこれを裏返せば、歴史を論評することが当時の閉鎖的な貴族社会にあって、いかに困難で危険な作業であったかの証左ともいえよう。ただ室町期の伏見宮貞成親王の『椿葉記』には、御子彦仁の後花園天皇としての即位にあたって、聖王聖代の治世を願って次のように記されている。

御ぢせいにてあらむときも、洪《ママ》才博覧しく〳〵てこそせいだうもよくをこなはんずれ。……法家の勘状などめされてだうりにまかせて御さだめれば、きみのあやまりはなきなり。慈鎮和尚のかきをかれたる物にも、よろづの事は道理といふ二のもんじにおさまるよし見えはんべれば、げにも肝要にて侍るなり。(8)

この「道理」と「慈鎮和尚のかきをかれたる物」から、『愚管抄』を指すことは明らかで、帝王学の重要な一書として、王権内部でひそかに享受されていた様子がうかがわれる。この治世の根本原理として、問題にされている「道理」という語は、『愚管抄』全七巻のうち巻第七に集中的に使われているが、ここでは触れない。この全七巻の内容については、従来より三部説があり、赤松俊秀氏は巻一・二が皇帝年代記、巻三より巻六までが本文、巻七が付録とされている。(9) この三区分は定着しているが、呼称名については尾崎勇氏が第一部皇帝年代記、第二部は歴史事象を編年に則して叙述している別帖、第三部を総論とされている。(10) 巻七を総論と位置づけられたのは、その内容が単なる付録・補記的なものではなく、総括がここに出されていると位置づけられたからであろうと臆測する。ただ私としては、もう少し素人に理解しやすい名称をとのぞむので、第一部天皇年代記、第二部歴史叙述部、第三部歴史論評部とする愚案を提案させていただく。

次に問題となるのは、慈円の著作時期とその意図である。著作時期については、前掲諸氏により慈円の晩年期にあたる、承久乱直前（一二二一年）とされている。没年月日は嘉禄元年（一二二五）九月二五日、東坂本の小島坊で七一歳の入寂である。建保（一二一三年）頃から老病、即ち中風を病み起居不自由とされ、『愚管抄』の述作は口述筆記かという説[11]もありこの件は判定し難い。次に述作の意図であるが、これについては次のような記述が注目される。

●保元以後ノコトハミナ乱世ニテ侍レバ、ワロキ事ニテノミアランズルヲハバカリテ、人モ申ヲカヌニヤトヲロカニ覚テ、ヒトスヂニ世ノウツリカハリオトロヘクダルコトハリ、ヒトスヂヲ申サバヤトオモヒテ思ヒツヾクレバ、マコトニイハレテノミ覚ユルヲ、カクハ人ノオモハデ、道理ニソムク心ノミアリテ、イトド世モミダレヲダシカラヌコトニテノミ侍レバ、コレヲ思ヒツヾクル心ヲモヤスメント思テカキツケ侍也。（巻三）

●サテ大治ノ、チ久寿マデハ、又鳥羽院白河院ノ御アトニ世ヲシロシメテ、保元元年七月二日、鳥羽院ウセサセ給テ後、日本国ノ乱逆ト云コトハヲコリテ後、ムサノ世ニナリニケルナリ。コノ次第ノコトハリヲ、コレハセンニ思テカキヲキ侍ナリ。（巻四）

これによると、末法という仏教用語こそ使っていないが、鳥羽院崩御後の保元の乱で、乱世に入ったという歴史認識を提示している。これは慈円の誕生が保元の乱の前年とされており、王権体制の衰退期に生をうけたという自己存在についての宿命観からくる危機意識で、仏教界にありながらも政界の転変に鋭い思念をこらして、摂関の飾り物的名目的地位にじっとしていられない焦燥感と、使命感につき動かされて述作したものといえよう。直接の動機は『愚管抄』研究の諸氏がいわれる、後鳥羽院の北条氏打倒計画の無暴さを諷諫することにあったのは確かであるが、院政という政治構造に王権衰退の現況のすべてが胚胎しているとする問題意識は、具体的に次の記述に認めることができる。

サテ、トモイヘカクモイヘ時ニトリテ、世ヲシロシメス君ト摂籙臣トヒシト一ツ御心ニテ、チガフコトノ返〳〵侍マジキヲ、別ニ院ノ近臣ト云物ノ、男女ニツケテイデキヌレバ、ソレガ中ニイテ、イカニモ〳〵コノ王臣ノ御中ヲアシク申ナリ。……延喜天暦マデハ君臣合体魚水ノ儀マコトニメデタシトミユ。　（巻七）

まず慈円の理想とする政治体制は、醍醐帝の延喜、村上帝の天暦期の天皇・摂関体制で、その「君臣合体魚水ノ儀」にあった。これが次第に齟齬をきたして、私的な立場の院の院政との二重構造となり、院が主導権を掌握し、実動部隊の院近臣の中・下級官僚貴族が実権を握って権力を行使するようになり、摂関体制が機能しなくなった状況を憂うのである。次の記述も、この状況を具体的に述べている。

猶ヲロ〳〵コノ世ノヤウヲウケタマハレバ、摂籙ノ臣トテヲモテハモチヰル由ニテ、底ニハ奇怪ノ物ニヲボシ召テ、近臣ハ摂籙臣ヲ讒言スルヲ、君ノ御意ニカナフコト、シリテ世ヲウシナハル、事ハ、中テモ〳〵イフバカリナキヒガコトニテ侍也　（巻七）

これによると慈円の院政形態に対する認識は、基本的に否定的なものであったといえよう。従って考察の対象として取りあげる保元の乱・平治の乱の叙述もその歪みにより発生したとして、詳細に記述されるのは原因であり、抗争の渦中の人物の去就である。これを『保元物語』『平治物語』に描き出される人物像と対比的にみて、類似・相違を明らかにし、その位相を把握するという方法で進めたいと思う。

二

そこで保元の乱をめぐる『愚管抄』と『保元物語』の記述内容をざっと対照させてみると、前者は乱の原因について比較的詳細に叙述しているのに対して、後者は軍記物語と称されるだけに、武士特に源氏関係者の、勇武の発揚に力点を置いて叙述しており、両者の歴史叙述の有り様の差は明白である。

まず『愚管抄』では、動乱の世の出来の予告が白河院が熊野権現に参詣された時にあったとして、宝殿の簾の下から差し出された掌が二、三度翻された不可思議な現象に対する巫の占いで、「世ノスヱニハ手ノウラヲカヘスヤウニノミアランズル」と示されたという。この占いは、おそらく白河院政期の山門寺門の対立抗争、南都興福寺の闘諍等の仏教界の不穏な状況を視野に入れているとみられるが、『保元物語』はこの説話を鳥羽院の晩年期の久寿二年（一一五五）冬にあて、保元の乱の霊告とする。第一段「後白河院御即位ノ事」で、鳥羽院が二一歳で待賢門院腹の第一皇子顕仁（崇徳天皇）に譲位し（保安四年＝一一二三）、保延五年（一一三九）誕生の鳥羽院と美福門院の間の皇子体仁を立太子させて三歳で永治元年（一一四一）に即位させて、近衛天皇とした件について、

先帝コトナル御ツヽガモ渡ラセ給ハヌニ、ヲシヲロシ奉ラセ給フコソ浅増ケレ。カヽリケレバ御恨ノミ残ケルニヤ、一院新院ノ御仲不快ト聞エシ。誠ニ心ナラズ御位ヲサラセ給ヒシカバ、ナヲ返シツクベキ御志モヤマシ〳〵ケン、又新院ノ一宮重仁親王ヲ位ニ付奉ラセ給ハントヲボシメシケルニヤ御心中難知。[12]

と述べ、久寿二年七月に一七歳で近衛院が崩じられ、美福門院の意志で崇徳院と同腹の四宮雅仁（後白河天皇）の即位となった由を述べて、「新院御恨今一入ゾマサラセ給ゾ理ナル」と崇徳院の恨みを強調して、次章段の「法皇熊野御参詣并ビニ御託宣ノ事」における冥界ノ霊告の記述へと連接させる構造をとるのであり、ここに物語作者の明確な構想を窺うことができるといえよう。続いて「法皇崩御ノ事」「新院御謀反思シ召シ立ツ事」の章で、保元の乱の原因が、崇徳院にあるとして焦点を絞る。これは崇徳院の讃岐流罪、崩後の怨霊化に対応させるためといえる。これに対して『愚管抄』[13]では、乱の原因を次のように述べる。

サレバ世ヲシロシメス太上天皇ト、摂籙臣ノヲヤノサキノ関白殿トモニアニヲニクミテヲトヽヲカタヒキ給テ、カヽル世ノ中ノ最大事ヲオコナハレケルガ、世ノスヱノナルベキ時運ニツクリアハセテケレバ……カク

テ鳥羽院ハ久寿ヲ改元シテ四月廿四日ニ保元トナリニケリ。七月ノ二日ウセ給ヒケル。御ヤマイノアイダコノ君ヲハシマサズハ、イカナル事カイデコンズラント貴賤老少サヽヤキツヽヤキシケルヲ……（巻四）

これによると、原因は肉親間の愛憎に発し、親のわが子に対する偏愛が兄弟間の対立を助長させた根本原因だと明示し、「ウエ〳〵ノ御中アシキコトハ」として、具体的に次のような事情を述べる。鳥羽院が第一皇子の崇徳院に譲位を命じて寵愛の美福門院腹の東宮を近衛天皇として即位させるに際し、その宣命に父鳥羽院の約束通り「皇太子」の記述があるかと崇徳院が確認すると「皇太弟」とあり、父院に謀られたことを知った崇徳院について、「コハイカニト又崇徳院ノ御意趣ニコモリケリ」と述べて、対立する鳥羽院と崇徳院親子の有り様に触れる。続いて帝位についた近衛天皇が公事に一切出御せず、寝所に籠りきりという自閉症的精神状態で一七歳で崩じられたとして、その後日の取沙汰について、「コノサフガ呪咀ナリト人イヽケリ。院モヲボシメシタリケリ。証拠共モアリケルニヤ」と記す。この件については、犯人扱いされた頼長自身が耳にして、日記『台記』(14)に父忠実ともども、近衛院呪咀の犯人とされた旨を記しており、乱前の政治的謀略の実態が窺える。慈円にとって頼長は叔父にあたるが、次のように紹介する。

コノ頼長ノ公、日本第一大学生、和漢ノ才ニトミテ、ハラアシクヨロヅニキハドキ人ナリケルガ、テヽノ殿ニサイアイナリケリ。（巻四）

これに続いて父法性寺忠実が、俊秀の末子頼長を左大臣のままに留めておくのを残念に思って、摂政内覧の地位の移譲を、嫡男忠通に再三迫り、拒否されて鳥羽院に頼み込む。忠通は譲れない理由として、頼長の性格の問題、天皇を補佐する摂政にすると天下を危機に陥れること、父の申状に従えば国に対して不忠の臣となる等々の条を奏上する。困惑した院は、忠実にこの忠通の申し状を示して、摂政移譲は不可能となる。そこで「執フカキ人」と評される忠実は、国政に関わらない藤原氏の氏長者位の移譲を迫り、無理に奪い取って頼長に与え、久安七年（一一五一）一月に初めての例として、内覧の宣旨が頼長に下される。この件について「アサマシキコトカナト一天アヤシミニナリヌ」と、摂関家の親子間の紛糾が拡大した秘話が記される。この忠通の申し状の部分には多分に慈円の父に対する思い入れがあって、私情に左右されないで天下国家を常に憂う理想的政治家像が付与されているとみることができる。

これに対して『保元物語』では頼長について、

宇治ノ左大臣頼長ト申ス人ヲワシケリ。……入道殿・御子達ノ御中ニコトニ御糸惜クヲボシメシケル御子也。人柄モ左右ナキ人ニテ御座ス。和漢ノ礼儀ヲ調へ、自他記録ニクラカラズ、文才世ニ勝レ、諸道ニ浅深ヲ探ル。朝家ノ重宝摂籙ノ器量ナリ。サレバ御兄ノ法性寺殿ノ詩歌ニタクミニテ御手跡モウツク敷遊バサレケルヲソシリ申サセ給フト覚ヘテ、詩歌ハ閑中ノ翫アリ。朝儀ノ要事ニアラズ。手跡ハ又一見ノ興也。賢人必ズ是ニヰトマヲカ、ズトテ、我身ハ宗ト全経ヲマナビ、仁義礼智信ヲタ、シクシ、賞罰勲功ヲ分給フ。政務キリトヲシニシテ、万人ノ紕繆ヲゾ正サル。カ、リケレバ、悪左大臣殿トゾ申サル。カ様ニ恐レ奉ル。然共、真実御心ムキハ極メテ正敷、ウツクシクゾ御座ス。

として、下人層の舎人・牛飼や貴族階層の官僚・官使を咎める場合も身分に左右されず公平に接し、道理をきちんと述べれば許し、自分に非があれば率直に詫びたという逸話を紹介して、「誠ニ是非明察ニシテ、善悪無弐ニ御座シケレバ、世以テ是ヲ賞シ奉ル。父ノ禅定殿下モ大事ノ人ニ思タテマツリキ」と最高の人物評価を下すのであり、『愚管抄』とはまさに正反対の評価である。この記述が成り立つ背後には、『保元物語』作者圏と想定される中・下級官僚の、頼長に対する高い評価があったと見做される。ついでに忠通に対してはこれとは逆に厳しく、「関白ノ御名計ニテ何事ニモイロワセ給ハズ、余所ノ人ニテゾ御座ケル」とあり、権威のみで何ら裁定を下さず、無能な名ばかりの関白であったと酷評を下す。続いてこの忠通と頼長の関係について、兄弟ではあったが「父子ノ御契約アリテ、礼儀深ク御座ケレドモ、後ニハ御中不快ニゾキコヱシ」と、忠通にまだ実子基実が誕生せず、親子程の年齢差があったことから養子関係にあった家族歴が紹介される。これに続いて頼長の王権に対する理非曲直を正そうとする政治姿勢で、現王権を非正統として、嫡統の崇徳院の第一皇子重仁を皇位につけようと新院と結託する。この動きに連動して、新院方に源為義、官軍方に義朝と、武門の源家も親子敵味方に別れての争乱に突入する経緯が手短かに述べられ、『愚管抄』には記述されない源平武士団の合戦譚がリアルに活写される。

表　『保元物語』と『愚管抄』記事対照表（×ナシ　○アリ　●詳細　△簡略）

	『保元物語』目次	『愚管抄』	
上	後白河院御即位ノ事		×
	法皇熊野御参詣并ビニ御託宣ノ事（鳥羽院）	白河院	○
	法皇崩御ノ事	鳥羽院	●
	新院御謀反思シ召シ立ツ事		●
	官軍方〻手分ケノ事并ビニ親治等生ケ捕ラルル事		×
	新院御謀反露顕并ビニ調伏ノ事付ケタリ内府意見ノ事		×
	新院、為義ヲ召サルル事		△
	左大臣殿上洛ノ事付ケタリ着到ノ事		△
	官軍召シ集メラルル事		△
	新院御所各門〻固メノ事付ケタリ軍評定ノ事	白河中御門阿弥陀堂サジキ殿	△
	将軍塚鳴動并ビニ彗星出ヅル事		×
	主上三条殿ニ行幸ノ事付ケタリ官軍勢汰ヘノ事		×
中	白河殿へ義朝夜討チニ寄セラルル事		△
	白河殿攻メ落ス事		△

	新院、左大臣殿落チ給フ事		△
	新院如意山ニ逃ゲ給フ事	仁和寺御室	△
	朝敵ノ宿所焼キ払フ事		×
	新院御出家ノ事		×
	勅ヲ奉ジテ重成新院ヲ守護シ奉ル事		×
	関白殿本官ニ帰復シ給フ事付ケタリ武士ニ勧賞ヲ行ハルル事		×
	左府ノ御最後付ケタリ大相国御歎キノ事		●
下	謀反人各召シ捕ラルル事		×
	重仁親王御出家ノ事		×
	為義降参ノ事		△
	忠正、家弘等誅セラルル事		×
	為義最後ノ事		△
	義朝ノ弟共誅セラルル事		×
	義朝ノ幼少ノ弟悉ク失ハルル事		×
	為義ノ北ノ方身ヲ投ゲ給フ事		×
	左大臣殿ノ御死骸実検ノ事		×
	新院讃州ニ御遷幸ノ事		△
	左府ノ君達幷ビニ謀反人各遠流ノ事		×
	大相国御上洛ノ事		△
	為朝生ケ捕リ遠流ニ処セラルル事		×
	新院血ヲ以テ御経ノ奥ニ御誓状ノ事付ケタリ崩御ノ事		×
	為朝鬼島ニ渡ル事幷ビニ最後ノ事		×

以上、『愚管抄』と『保元物語』にみる乱の原因とされる王臣の確執を人物像に焦点をあてて対比すると、摂関家の忠通・頼長兄弟の人物評価に大きな差のあることが明らかである。従って事件経緯の大枠は共通であっても、両者間には直接の先後関係は認め難いといえよう。

三

次に『愚管抄』と『平治物語』に考察対象をうつして、平治の乱の原因となった近臣、特に信西と信頼の人物像に焦点をあてて考えてみたいと思う。

まず信西について『愚管抄』に、

後白河法皇クライニテ、少納言入道信西ト云学生抜群ノ者アリケルガ、年ゴロノ御メノトニテ紀ノ二位ト云妻モチテアリケル　（巻四）

と紹介され、保元乱後の政治的建直しに、無能な高級官僚貴族を見限って辣腕を振るった様子が、「偏ニ信西入道世ヲトリテアリケレバ、年比思ヒトヂタル事ニヤアリケン」と述べられる。特に焼失した内裏造営事業について、

信西がハタ〳〵ト折ヲ得テ、メデタク〳〵サタシテ、諸国七道少シノワツラヒモナク、サハ〳〵トタヾ二年ガ程ニツクリ出シテケリ。ソノ間手ヅカラ終夜算ヲオキケル。後夜方ニ算ノ音ナリケル。コヱスミテタウトカリケル、ナド人沙汰シケリ。サテヒシト功程《マヽ》ヲカンガヘテ、諸国ニスクナ〳〵トアテ、誠ニメデタクナリニケリ。　（巻五）

これによると内裏造営という大事業を取りしきり、造営資金の地方負担の無駄を省いて倹約に徹し、自ら計算して詳細に段取りをし、二年という短期間で見事完成させたというのである。慈円も成果を高く評価しているが、

この能吏の失態とするのは、後白河院の無二の寵人である信頼に、有能さをそねむ心をおこさせて殺意を抱かせたことにあるとする。また義朝に対しても、信西の息男の婿取りを所望した際、「我子ハ学生ナリ。汝がムコニアタハズ」と武門源家との縁組みを拒絶する一方で、清盛との話には応じていたとして、「イカデカソノ意趣コモラザラン。カヤウノフカクヲイミジキ者モシ出スナリ」と述べる。この怨恨から信頼と義朝が結託して信西殺害の謀略が計られたとみて、次のように記す。

信西ガフルマヒ、子息ノ昇進、天下ノ執権、コノ充満ノアリサマニ、義朝ト云程ノ武士ニ此意趣ムスブベシヤハ。運報ノカギリ、時ノイタレルナリ。又腹ノアシキ、難ノ第一、人ノ身ヲバホロボスナリ。ヨク腹アシカリケルモノニコソ。（巻五）

この「腹ノアシキ」を二度も繰り返えす辛口の批評・非難は、尋常ではない。続けて清盛が熊野参詣に出立して都を留守にしている時を狙って、信頼・義朝を中心にした信西殺害の謀略が実行されて信西の邸は焼打にされて子息たちは辛じて逃げ得たという。信西はというと「本星命位ニアリ。イカニモノガルマジ」と事前に死の宿命を悟り、襲撃前に京を脱出して自裁すべく大和田原に向う山中に穴を掘って埋めてもらうが、従者から探索の源光保の来襲を知らされて自害する。この間の状況を次のように述べる。

武士ドモ、セイ〳〵ト出キテ、トカク見メグリケルニ、ヨクカキウヅミタリト思ケレドモ、穴口ニ板ヲフセナンドシタリケル、見出シテホリ出タリケレバ、腰刀ヲ持テアリケルヲ、ムナ骨ノ上ニツヨクツキ立テ死テアリケルヲ、ホリ出シテ、頸ヲトリテ、イミジカホニ、以テ参リテワタシナンドシケリ。（巻五）

この記述によると、信西の死体は掘り出されて首は謀叛人の断罪の手順で大路を渡され、獄門に架けられたとある。この文官にはあり得ない無慚な梟首という最期が、「腹ノアシキ」信西の応報の結果として淡々と記されて終る。

一方信頼は宿敵を葬って念願を果たし、廟堂の主役となって君臨する様を、

信頼ハカクシチラシテ大内ニ行幸ナシテ、一条院当今ニテオハシマスヲトリマイラセテ、世ヲオコナヒテ、院ヲ御書所ト云所ニスヱマイラセテ、スデニ除目行ヒテ、義朝は四位シテ播磨守ニナリテ、子ノ頼朝十三ナリケル、右兵衛佐ニナシナドシテアリケルナリ。（巻五）

と述べる。しかしこれは束の間の栄華で、都の変事を急報で知った清盛は直ちに都へ立ち戻り、経宗・惟方などと慎重に事を運び、信頼に名簿を提出して油断させ、夜陰にまぎれて二条天皇と神器の遷幸を六波羅に仰ぎ、六波羅を仮の皇居にして平家一門が警護する。この初動で、一夜にして信頼と義朝は朝敵となる。『愚管抄』はこの逆転劇を、「アブノ目ヌケタル如クニテアリケル」と揶揄する。こうして源平両軍の合戦となるが、この時義朝は「日本第一ノ不覚人ナリケル人ヲタノミテ、カヽル事ヲシ出ツル」と信頼を面罵し、信頼は黙然とした由を中納言師仲から聞いたと記す。合戦の記述は、六波羅での義朝と清盛の対峙の様を簡略に述べ、義朝勢の東国への敗走、郎従長田忠致の裏切で討たれ、義朝と乳人子鎌田正清の首は獄門に曝されたと簡潔に始終が記される。一方信頼は、仁和寺に逃げ込むが、御室五の宮から六波羅に引き渡され、紏問され処刑となる場面を、次のように述べる。

信頼アヤマタヌヨシ云ケル。ヨニ〳〵ワロク聞ヘケリ。カウ程ノ事ニサ云バヤハ叶ベキ。清盛ハナンデウトテ顔ヲフリケレバ、心エテ引タテ、六条河原ニテヤガテ頸キリテケリ。（巻五）

これによると土壇場で無罪を主張し、不覚人の上塗りをした由を伝聞し、これ程の事件を引き起したのだから無罪放免になるはずはないと評し、清盛の拒否の身振で斬刑となったと記す。以上『愚管抄』に認められる信西と信頼評の差は歴然として明らかで、同じ近臣ではあるが家格の高下によるのか、前者に対しては苛酷という程に辛辣であり、後者にはいずれも伝聞評により、慈円の直接の評としていない点が注目される。これに対して

『平治物語』の場合は両人の人物評が、全く対極的であることは改めて興味のひかれるところである。

まず『平治物語』上巻「信頼・信西不快の事」の両人の紹介で、既に差の際立った評価が下される。信頼について、少々長文となるがあげてみる。

近来、権中納言、中宮右衛門督、藤原朝臣信頼卿といふ人あり……。伊予三位仲隆が子息なり。文にもあらず、武にもあらず、能もなく文芸もなし。たゞ朝恩にのみほこりて、昇進にかゝはらず、父祖は諸国の受領をのみへて、年たけ齢かたふきてのち、わづかに従三位までこそ至りしに、これは近衛府、蔵人頭、后宮宮司、宰相の中将、衛府督、検非違使別当、これらをわづか二、三ケ年が間にへあがって、年廿七、中納言、衛門督に至れり。一の人の家嫡などこそ、かやうの昇進はし給へ、凡人にとりては、いまだかくのごときの例をきかず。官途のみにあらず、俸禄も又、心のごとくなり。家にたえてひさしき大臣の大将にのぞみをかけて、おほけなき振舞をのみぞしける。みる人、目をおどろかし、きく人耳をおどろかす。弥子瑕にもすぎ、安禄山にもこえたり。余桃の罪をもおそれず、たゞ栄華にのみぞほこりける。(15)

ここには無能無芸の凡庸な徒が朝恩のみによって、若い身空で先祖の家格をはるかに超え摂関家の子弟に匹敵する程の異常な出世を遂げたことから、限りなく憍慢になり世間の耳目を驚かしたと述べて、中国の弥子瑕・安禄山の例を引き合いにして「朝恩」に後白河院の気まぐれを暗示し、『韓非子』「説難」の故事に由来する説「余桃の罪」を云々する紹介の仕方には、始めから問題を引き起こす人物として烙印を押しているに等しいといえる。

これに対置される信西は、

その比少納言入道信西といふ人あり。山井三位光頼卿八代の後胤、越後守秀綱の孫、進士蔵人実兼が子なり。儒胤をうけて儒業をつたへずといへども、諸道を兼学して諸事にくらからず。九流をわたりて百家にいたる。当世無双、宏才博覧なり。後白河の院の御乳母紀二位の夫たるによって、保元元年よりこのかた、天下の大小事を心のまゝに執行してたえたるあとをつぎ、廃れたる道をおこし、延久の例にまかせて記録所を置き、訴訟を評定し、理非を勘決す。聖断わたくしなかりしかば、人のうらみものこらず。世を淳素に返し、君を尭舜に至したてまつる。

と、以下その偉業を称える言葉が続き、いかに傑出した人物であるかが強調される。この評価が最も鮮明に描き出されるのは、信西が易占で自分の死の運命を知り、自ら田原の山奥の穴中で自決し、その死体が探索されて梟首されるという『愚管抄』と同じ場面に、わざわざ老隠遁僧を登場させて、政争の犠牲となった信西を悼み、涙ながらに政道批判の言辞を吐かせる場面にある。

「此人かゝる目にあい、その咎なにごとぞや。天下の明鏡今すでにわれぬ。たれの人か古をかゞみ、今をかゞみん。……此人ひさしく存ぜしかば、国家もいよ〳〵泰平ならまし。諂諛の臣にほろぼされて、忠賢の名をのみ残さんことのむざんさよ。朝敵にあらざる人の首を渡てかけたる先例やある。罪科なにごとぞや。先世の宿業、当時の現報、まことはかりがたき事かな」と、世にもおそれず、人にもはゞからず、うちくどきて泣きければ、これを聞くともがら、袖をしぼらぬはなかりけり。

この哀悼文には、隠遁僧に仮托した物語作者自身（この件について現時点で、私は真言圏に属する信西一門の高僧である誰・彼を想定したいと考える）の、逸材を死に追いやる政道、特に後白河院政に対する批判が、尖鋭な言葉で表現されているといえる。同じような趣旨の記述は、信頼が信西排除後の、内裏での公卿僉議の場で、上座についている所に左衛門督光頼が参上して、「御座敷こそ世にしどけなく候へ」と皮肉をいって、右衛門督信頼の上座に着座したこと、退出するにあたって弟の別当惟方を呼び出し、信西入道の首実検に立ち合ったことは、検非違使の別当という重職に相応しないこと、また首実検は不穏便だと批判をし、惟方の天皇の御意向であるとの弁解に対して、「天気なればとて、存ずる旨はいかでか一儀申さざるべき」と、先規に反した命に対しては、意見を言上すべきであること、暴逆の臣に組して代々の家の佳名に傷をつけたと、叱責をする場を設けていることに呼応する。これに続けて「信頼卿はつねは小袖に赤大口、冠に巾子紙入てぞありける。ひとへに天子の御ふるまひの如なり」とあり、暴逆の臣は信頼を指していることが暗に判るように記されるのである。これを契機としてか、惟方は信頼と別行動をとり、主上の六波羅行幸の隠密作戦の実行に出る。この間信頼は内裏で沈酔していたが、内裏は蛻《もぬけ》の殻であることを知らされて驚愕する。

信頼、「出しぬかれぬ〳〵」と云て、大の男の肥ゑふとりたるが、踊上〳〵しけれども、板敷のひゞきたるばかりにて、踊出したる事もなし。

ここに信頼は戯画化されているといえよう。さて、勅命を受けた平家軍が、朝敵となった源氏の義朝と信頼・成親攻撃のため待賢門に向う場面で、合戦の大将として出立つ信頼について、

年廿七、大の男の見目よきが、装束は美麗なり。その心はしらねども、あはれ大将やとぞ見えたり。

と記されるが、開戦の合図の時の声に臆して、「色は草の葉の如く、何のやうに立つべしとも見えざりけり」と述べて、膝がふるえて歩けず、馬に乗ろうとして乗り定まらず、落ちて侍に抱き起こされるが、顔面は砂と血まみれであると、大将軍としてあるまじき不様な失態が紹介される。

この類の叙述は更に続いて、義朝に「大臆病のもの、かゝる大事をおもひたちけるよ。たゞ事にあらず。大天魔のいりかはりたるを知らずして、与して憂き名をながさん事よ」と、瞬時に予測された敗北とその不名誉、信頼の本性を見抜けなかった自己の浅慮への後悔のやり切れなさの言葉を吐かせるのである。合戦経過は『愚管抄』と大体一致するが、場面描写は臨場感があり、敗北して東国を目指して落ちる義朝に信頼が同行を頼むと、怒りをあらわにして、「大臆病の者」云々の言葉を再度投げつけ、鞭で二、三度左の頬先を打ちすえて見捨てるという、最大の恥辱が盟友義朝から与えられる。ついで敗軍の将信頼の最終局面は、次のように描かれる。美麗な

鎧直垂は非人に奪い取られ、仁和寺の後白河院を頼って逃げ込むがそのまま六波羅に引き渡され、処刑のため河原に引き据えられて尋問される。立ち合った重盛に助命を嘆願するが、死罪が宥められた成親の場合と違って、信頼は首謀者であるところから助命は聞き入れられず処刑される。ただし信西とは違って獄門にはかけられない。

泣けども甲斐なく、さけべ共叶はず、終に首をはねられぬ。大の男の肥太たるが、頸はとられて、むくろのうつぶさまに伏たる上に、すなご蹴かけられて、折ふし村雨のふりかゝりたれば、背みぞにたまれる水、血まじりて紅をながせり。目もあてられぬさまなり。

と、折からの村雨が血を洗い流す場面を描き鎮魂の言葉とする。だが信頼譚はこれで終らず、信西譚にみられた後日譚に対応させるためか、次の挿話が付加される。処刑後の死体を二、三度鞭打つ老入道を登場させ、その理由について相伝の所領を押領されて多くの下人を失い、一族が路頭に迷って、飢寒にせめられたことの怨みの仕返しなのだと答えさせて、その旧悪が暴露される。更に処刑に立ち合った重盛の六波羅に戻っての報告で、信頼の頬先の鞭目のあざが披露される。これを聞いた左大臣伊通が、猿楽に鼻かくという狂言があるとして、「信頼は、一日のいくさに鼻かきてけり」と捩ったことで一同がどっと笑い、これを聞かれた二条院までもがるつぼに入られたという嘲笑の場面で信頼譚は終る。

この『平治物語』の信頼に対する遠慮会釈のない嘲弄の仕方には、増上慢として懲罰しようとする意図さえ認められ、『愚管抄』の信頼像とは、雲泥の差があることに気付かされる。何故これ程に信頼が戯画化され嘲弄されたのか、本人に問題があったにしても後白河院の無二の寵人であったという事情を勘案すると、自ずから別の面も見えてくるといえよう。穿った見方かもしれないが、後白河院の権勢を盾に、憍慢な振舞をした信頼を通して、暗にそれを許した後白河院批判を企図しているのではないかということである。

『愚管抄』『平治物語』を始めとして、日本の歴史的作品には、至上の存在についてあれこれの評価をすることは伝統的に避けられている。ただ日記中に批判をすることは、例えば『玉葉』の例がある。兼実は寿永三年三月一六日の条に、大外記頼業がきて語ったとして、「先年通憲法師語云、当今（謂法皇也）和漢之間少二比類一之暗主也、謀叛之臣在レ傍、一切無二覚悟之御心一、人雖レ奉レ語レ之、猶以不レ覚、如レ此之愚昧、古今未見未聞者也、但其徳有レ二、若叡心有下欲二果遂一事上、敢不レ拘二人之制法一、必遂レ之、（此条於二賢主一為二大失一、今愚暗之余以レ之為レ徳）次自所二聞食置一事、殊無二御忘却一、年月雖レ遷不下忘二心底一給上、此両事為レ徳云々」と、信西の厳しい後白河院評を記している。また同じく建久二年一一月五日の条には、信西が「長恨歌絵」を画いて自筆の書状を添えて院に献上した平治元年一一月一五日の文書を見た由を記して、この感想を「此図為レ悟二君心一、予察二信頼之乱一、所二書影一也、当時之規模、後代之美談者也、末代之才士、誰比二信西一哉、可レ褒可レ感而已」と記す。これによると、近々信頼が謀略を企てるであろうことを察知した信西が、安禄山の変を画図して後白河院をそれとなく諷諫した話として、信西を末代の才子と称讃しているなど、稀有な例といえよう。この話は『平治物語』上の「信頼、信西不快の事」において、信頼が大将をのぞみ、この件を後白河院が信西に相談された際の対応に取り入れ、

「信頼などが身をもって大将をけがさば、いよ〳〵おごりをきはめて、謀逆の臣となり、天のために滅され候はんことは、いかでか不便におぼしめさでは候べき」といさめ申けれども、君はげにもと思召たる御気色もなし。信西、せめてのことに、大唐・安禄山がおごれるむかしを絵にかきて、院へまいらせたりけれども、げに思しめしたる御こともなかりけり。信頼、信西がかやうに讒言し申事をつたへきゝて出仕もせず……

とあって、これにより信西殺害を思い立って武芸の稽古に励んだと述べ、信西と信頼の対立の原因に位置づけている。ちなみに後白河院については、保元三年八月の譲位と、建久三年三月一八日の崩御を記しており、正統な皇位の継嗣としては位置づけられず、三年の期限つきで譲位した後、治天の君として生殺与奪の権を握って君臨した姿が窺知できる。

以上『愚管抄』と『平治物語』の両者の関係は、乱の大筋の経緯に大きな齟齬はないものの、細部の人物像に取り込まれる逸話は異なり、それを通して信西・信頼の人物評は、正反対ともいえる差があることの確認はできたといえよう。この理由の一端としては、卓抜した歴史認識をもつ慈円の、錯綜する情報から真実を把握しようとした努力は評価できるが、伝統的王権体制の維持を最重要課題とする政治意識による人物判定が先行し、その観念によって挿話の選択がなされた結果、中・下級貴族に所属するとみられる『平治物語』著者の、比較的開かれた人間観による人物判定との間に、真逆といえる程の差異を生じたとみることができよう。

むすび

以上の考察を通して、冒頭に提起した問題に立ち戻って一往の結論を述べれば、『愚管抄』と『保元物語』『平治物語』との間には、前者から後者へという直接の影響関係は存在しなかったとみることができよう。一般に作品間にみられる影響関係は、単に同時代に存在した作品だから授受の関係があったとみるのは単純すぎるのであり、仮に授受があったと仮定しても、その作物に取り入れるには、価値観の共鳴がなければ成立しないのは今更いうまでもないことである。特に古代・中世における階層間の顕然とした懸隔は、大きく人間観・社会観を左右したはずであり、前者と後者に認められた人物評価の違いの大きさは、この点に由来するといえよう。ただ問題は、前者と後者の間に動乱をみる認識・解釈に大きな齟齬がないことをどのように考えるかということである。この立場に立つ時、当然引き出される結論は、『愚管抄』と『保元物語』『平治物語』は全く無関係であるとは言いきれないという、前言とは稍矛盾した物言いをせざるを得なくなる。ここでいきおいこの問題は成立の原点にかかわってくるのであるが、あくまでも仮説として以下私見を述べて結論としたいと思う。

まずここで取りあげたいのは、『平家物語』の成立説で有名な『徒然草』の二二六段である。この件に若干の説明を加えるならば、かつて『平家物語』の成立論は、二二六段を根拠として論じられ、これが語り物成立論となってほぼ定着して今日に至っているわけであるが、ただこの二二六段の資料的価値については疑問が提起され、徐々に『平家物語』研究者にも留意されるようになり、語り物成立論（略本平家系）[16]から読み物成立論（広本源平系）への基軸転換がなされつつある状況にあるといえよう。

もう少し説明を加えるならば、小西甚一先生がかつて二二六段は「けり叙述」であるところから、『平家物語』成立論における証拠価値はないと論断された[17]ことで、成立論の見直しがなされるようになったといえる。私はいうまでもなく恩師の説の信奉者の一人であるが、ただ全否定するのではなく、この兼好説は成立事情の一端を象徴的というか暗示的に我々に開示するものとして、『平家物語』のみならず、『保元物語』『平治物語』の成立の原点にかかわる説として再考したいと考えるのである。即ち、二二六段の要点をいえば、㋑稽古の誉れのあった信濃前司行長が出家遁世して、㋺一芸ある者は下部までも召置くといわれる慈鎮和尚に扶持され、㋩『平家物語』を書いたというのであるが、㋺に関しては何らかの目的があって慈円の膝下に行長に代表される有能な人材が集められていたことを物語るものであること、これは『愚管抄』に結実する歴史叙述を意図した準備段階と見做せると想定するのである。慈円のこの一念発起の心底には、前述したが源平両武門が武力を行使する世となり、平家一門が壇の浦で滅亡したにしても、武門が政治権力を把握したことで、向後武力を行使する権力闘争は絶えないだろうという先見的歴史認識により、王権の危機的状況は今後も続くだろうとの予測から、王権が危機にみまわれた保元・平治・治承寿永の動乱の始終を、何らかの形で後世に残す必要性を痛感したことによると推測するのである。そこで自身の主導で、歴史叙述に必須の資料蒐集が企図され、僧俗にかかわらず中・下級の有能な知識層で、特に文書の管理やそれにかかわる人脈を持つ人材が集められたとみるのである。従ってかれらに課せられた仕事は、まず保元・平治・治承寿永の動乱にかかわる資料蒐集であり、その際おそらく担当部門の役割分担がなされたことと推定される。次の段階は資料の整理である。当然合理的方法として、騒擾の原因・経過・結果の基本構造によって、細部にわたる挿話を、時間軸に合わせてまとめる作業がなされる。ここで付言しておきたいのは、武門関係の資料は欠落していたということである。それにしても当然メンバーの間で何回かの会合がもたれて資料の精査がなされ、討議の上資料の一往の結集がなり、その清書された資料集成が慈円の手許に届けられたとみることができる。

こうしてメンバーに課せられた仕事は終了し解散となるわけであるが、ここで想定されることは各部門の担当者は自分が蒐集した資料は当然証拠として、紛失・焼失等、また慈円からの下問に答えるためにも、複数書写して手許に残されたであろうことは、今日の事務担当者の実務状況からも容易に察せられる。これにより前述の保元以後の争擾関係資料の集成は、慈円の手許に届けられたものと、各部門の担当者の手許に保管されたものとの複数の存在が想定できる。ただこれらは一往の乱の経緯が見通せる程度の基礎的資料集成であり、争乱の渦中の人物についての主観的評価は付加されていない、比較的客観的事実に関する事柄に限定されていたとみることができる。従って誤解のないように付言すれば、今日我々が見る『愚管抄』『保元物語』『平治物語』とは違う、事件に関する原資料の集成として限定的にみるべきであろう。

さて慈円の側からいえば、この資料集成を熟読頑味して、更に自身も資料の補強・補足、真偽の確認などを行いつつ叙述構想を練って、執筆に着手したことであろうと想像される。ただし老病に犯されていたようでもあるので、その執筆は体力との戦いであり、完成させるまでは死ねないという強固な意志力で完遂させたといえる。しかし『愚管抄』は慈円の歿後直ちに世間に流布したとは考えられず、弟子の良快にすべて遺品が付託されて叡山の秘庫に秘蔵され続けたと見做され、ごく一部の人がこの秘書の存在を知って接することが許されたのではあるまいか。このように考えると『愚管抄』と軍記物語との直接の授受関係を認めることはできないという結論となる。前述したように資料蒐集に関与したメンバーの誰・彼により、手許に保管された資料を基にして新しく企画されて、勝敗の鍵を握った源平武士団の活躍に目を注ぎ、『愚管抄』とは全く異質の軍記物語『保元物語』『平治物語』および『平家物語』と称される作品を創り出したと考えるのである。(18)

ここに『愚管抄』と『保元物語』『平治物語』との関係は、蒐集された資料の共通性にのみ胚胎すると愚考する次第である。

(1) 尾崎勇『愚管抄とその前後』(一九九三年、和泉書院)。
(2) 日本古典文学大系『愚管抄』赤松俊秀　解説七頁、及び赤松俊秀「平家物語の原本について」『平家物語の研究』(一九八〇年、法藏館)。
(3) 冨倉徳次郎『平家物語研究』(一九五七年、角川書店)。
(4) 佐伯真一「平家物語の愚管抄依拠――四部本研究予備作業――」(『帝塚山学院大学研究紀要』18、一九八三年一二月)。
(5) 藤原定家書写『兵範記』の紙背文書、延応二年(一二四〇)七月頃の定家宛書状の紙背。この紙背文書の次の文書「保元以後、□□治承記六事、雖一紙一巻、必可被免拝見候也」。
(6) 前掲註2。
(7) 前掲註2『愚管抄』による。以下引用同書。
(8) 『群書類従　帝王部』による。
(9) 前掲註2。
(10) 前掲註1、四七頁。
(11) 鈴木正道『慈円研究序説』(一九九三年、桜楓社)第八章、三五一頁。
(12) 新日本古典文学大系『保元物語』半井本による。以下引用同書。

（13）「太上天皇」については、白河院（赤松説）、鳥羽院（永原・大隅説）、崇徳院（中島説）と諸説があり、尾崎氏は鳥羽院が妥当とも思われるとされつつも、冥の世界とのかかわりから白河院説をとられる。ちなみに私は直前の文脈から鳥羽院説に立つ。

（14）久寿二年八月二七日の条「親隆朝臣来語曰、所㆔以法皇悪㆓禅閤及殿下（忠実）〈余〉㆒者先帝崩後、人寄㆓帝巫口㆒、巫曰、先年人為㆑詛㆑朕打㆓釘於愛宕護山天公像目㆒、故朕目不㆑明、遂以即㆑世、法皇聞㆓食其事㆒、使㆔人見㆓件像㆒、既有㆓其釘㆒、即召㆓愛宕護山住僧㆒聞㆑之、僧申云、五六年之前、有夜中□、美福門院及関白、疑㆓入道及左大臣所為㆒、法皇悪㆑之、雖㆑難㆑取㆑信、天下道俗所㆑申如㆑此……」。

（15）新日本古典文学大系『平治物語』上巻（陽明文庫本）・中・下巻（学習院図書館蔵本）。以下引用同書による。

（16）かつて私は『平家物語』伝本分類呼称の「語り」「読み」は、学術用語としては曖昧で不適切であるとして、「広本・略本」「源平系・平家系」の呼称を提起した（『文学』一九六八年六月号）。

（17）「平家物語の原態と過渡形態」『東京教育大学文学部紀要』第一四輯。

（18）この私見については、近日刊行予定の拙著『平家物語世界の創成』の「I 第二章　成立と成立圏」においても触れたことをお断りしておく。

付記　この度本稿を草するにあたって、二松學舍大学東アジア学術総合研究所共同研究プロジェクトの二松學舍大学附属図書館所蔵の奈良絵本『保元物語』『平治物語』を中心とした公開ワークショップに参加させていただき、論考執筆の機会をお与え下さった関係者の方々に、深甚の感謝を申し述べさせていただく次第です。

源平盛衰記と絵画資料——フランス国立図書館蔵「源平盛衰記画帖」をめぐって——

松尾　葦江

一　源平盛衰記の絵画資料

かつて平家物語には絵巻が少ないと言われていた。しかし近年、国文学に関連する絵画資料の研究が進み、近世初期の奈良絵本や屏風類には軍記物語を素材としたものが大量に含まれていることが注目されるようになってきた。史料の上ではすでに一三〇〇年代から絵詞が制作され、一四〇〇年代に絵巻も享受されていることが知られていたが、(1)それらは現存していない。我々が実見できる軍記物語の絵巻・絵本・屏風絵の多くは、近世武家文化の中で制作されたもので、それゆえの物語享受・愛好の実情を開示してくれる手がかりでもある。

本稿は、二〇一一年に調査したフランス国立図書館蔵「源平盛衰記画帖」を中心に、源平盛衰記の絵画資料に関する情報を整理しながら、この分野の研究の方向を見さだめようとする試みである。

(1) 源平盛衰記について

源平盛衰記は平家物語諸本の中でも最も大部な一本である。延慶本・長門本・南都異本などと密接な本文関係を持ち、それらの中では、文体の一貫性からみて編集作業がある程度行き届いた段階に達しているとされてきた。諸本の集大成的な性格を持つゆえに最後出の異本とみなされることが多かったが、近時、長門切の研究から、比較的早く（鎌倉末期）成立していた系統の本文とする見解も示されるようになった。従来の研究では作者は不明、成立年代は、内証から一四世紀の半ば頃というのが最大公約数的見解であった(2)が、古筆の世界では著名な、長門切と呼ばれる漢字平仮名交じりの大型巻子本の断簡があり（現在、模写も含めて七〇葉が確認されている）、その本文の大半は源平盛衰記とよく一致する。近世古筆鑑定家たちは長門切を世尊寺行俊（一四〇七年没）筆と判定してきたが、近年、もう少し早いのではないかとする古筆研究者(3)もあり、さらに最近の放射性炭素14年代測定法では、料紙の原材料は鎌倉末期（一二七九〜九一年のあたり）のものである可能性が強いという結果が出されている。(4)近来の平家物語研究では、延慶本を初めとする読み本系諸本が平家物語成立の根幹にあるとする説が強いので、源平盛衰記に近い本文が、諸本発生の比較的初期から存在したとの考えは受け入れられそうではあるが、大型巻子本、界のある料紙に平仮名交じり(5)で書かれる、という形態には、未だ不可解な点が残る。(6)

現存の源平盛衰記伝本の最も古いものは一六世紀後半の端本の写本である。初期の古活字版は慶長一〇年以前刊行とされ、それとは細部に異文をもつ蓬左文庫所蔵の写本は慶長一六年（一六一一）奥書があるから、我々が見る初期の伝本は一五五〇年から一六二〇年頃、ほぼ七〇年の範囲内である。広範囲な素材をもつ平家物語読み本系の成立年代研究では所詮、内証から判定できる年代は、部分的、または素材自体の年代にとどまらざるを得ない。語彙の位相は中世末期から近世、思想や文芸的傾向は近世のさきどりと見られる特徴が多いのであるが、けっきょく、我々がいま見ている源平盛衰記の様相は、古活字版以降のものだと考えておくべきであろう。長門切の年代から三〇〇年以上の隔たりがあることになる。中世の読み本系本文流動期の平家物語のありようを十全にえがき出すことは、我々には未だできていない。

源平盛衰記は武家文化の時代、近世には平家物語と並んで、いやそれ以上にひろく読まれ、知識人の手許に備え付けられていた(7)と思われる。絵画資料研究の場合、平家物語と源平盛衰記の内容は共通するところが多いので諸本として一括して見ていくことも必要であるが、近世の人々には両者は一対の作品、もしくは別の範疇に属する著作（つまり物語と史）とみなされていた可能性も考慮しておくべきであろう。

中世以来、源平盛衰記は芸能や小説類に多くの素材を提供したと同時に、歴史資料として活用され、また読物ふうの歴史（稗史）として婦女子の教育にも使われた。しばしば平家物語と混用され、さらにその影響作品である芸能からの再輸入の例も少なくない。絵本や屏風絵には、そのような大がかりな状態で「源平」の物語が把捉されていたことが、如実にあらわれている。

(2) 源平盛衰記の絵画資料

源平盛衰記の本文に基づく絵画資料を媒体別に分類してみる。

1　版本挿絵
2　奈良絵本・画帖・扇面絵
3　絵巻
4　屏風絵
5　近世の草双紙・図会などの絵本

本文をふまえて制作されたものだけでも右のように分けられるが、本稿では5は別種の作品になっているものとして、扱わない。平家物語の絵画資料にも同様の種類があるが、ここでは明らかに源平盛衰記に拠っているものの中で、管見に入った資料を中心に概略を紹介しておく。1と2については後に詳述する。

1　源平盛衰記絵入り整版本

①寛文五年（一六六五）版＝延宝八年（一六八〇）版　縦型本

②元禄一四年（一七〇一）版＝宝永四年（一七〇七）版　横本

2　奈良絵本・画帖

①奈良絵本源平盛衰記　海の見える杜美術館蔵　五〇帖

②源平盛衰記画帖　フランス国立図書館蔵　現存一帖

2の②については奈良絵本と呼んでいいかどうか、現在の形態や画風からしてやや問題があるかもしれない（いわゆる土佐派ふうの傾向がみられる）が、制作環境のことを考えるには一括しておいた方がよいと思う。なお今後の研究によっては、③として扇面絵(8)も挙げることになろう。必ずしも平家物語本文のみに拠らず、一部は源平盛衰記本文と一致する画を有する例がありそうだからである。

3　絵巻

①水戸藩旧蔵源平盛衰記絵巻(9)　京都個人蔵　一二軸

②木曾物語絵巻(10)　國學院大学図書館蔵　二軸

③斎宮歴史博物館蔵絵巻(11)　三軸

①と②とは類似していない。②は木曾義仲の一代記の形をとりながら頼朝の世到来への祝言で結ばれている。③はやや時代が降るとされ、必ずしも源平盛衰記のみには拠っていないらしいが、調査結果は別稿に譲ることとする。

4　屏風

①石橋合戦図屏風(12)　兵庫県立歴史博物館蔵　現存六曲一隻

②源平合戦屏風(13)　長野県立歴史館蔵　八曲一双

①は対になるもう一隻があったかもしれない。現存部分は源平盛衰記の記事では頼朝挙兵時の合戦後半部、小坪合戦・衣笠合戦の場面に当たる。

このほかにも、調査が進めば源平盛衰記本文に依拠した屏風は少なからず見つかるのではないかと思われる。

二　絵入り版本と「源平盛衰記画帖」

(1) 絵入り整版本

①寛文五年版＝延宝八年版　縦型本

②元禄一四年版＝宝永四年版　横本

源平盛衰記の整版本は、絵のないものとあるものとに、まず分けられる。前者には片仮名整版本とその覆刻である寛政八年版とがあるが、片仮名整版本は何度も覆刻されたらしく、ルビの欠け方などに注目すると何種類かにグループ分けできそうである。絵入り整版本は、本の体裁と絵とから、右のように①と②の二種類に分けられるが、宝永四年版は刊記の異なる数種があるようである。①と②の絵は直接の関係はないと言ってよいだろう。両者とも絵の数は多く、①では一三四六図ある。①の絵は本文とは別丁になっており、つまり挿絵が袋綴の表裏に一面ずつあることになる。本文の次にどの絵が入るかは本文の丁付に指定されている。なお延宝八年版は寛文五年版よりも後の刷りであることはたしかだが、絵の数や配列が全く同じであるかどうかは未調査である。刊記のない版もあり（國學院大学所蔵）、東洋文庫には無刊記の丹禄本がある。

（2）フランス国立図書館蔵「源平盛衰記画帖」

〈所在情報〉

一九九四年、フランス国立図書館「新着資料解題」に「橋合戦」の場面の写真と共に、「源平盛衰記の紙本一五図を折本に仕立てたもの。本文はない。表紙は損傷して居るが錦地、二三・七糎×一八・〇糎。奈良絵本を思わせる一七〜一八世紀土佐派の絵。骨董店ドロワから一九九三年三月二六日購入」として紹介されている。

〈書誌情報〉（二〇一一年八月調査）

もとは冊子だったかもしれない。本文はなく、絵のみを折本の両面に貼り込んで画帖に仕立てたもの。表紙（淡緑色錦地）・題簽（「源平盛衰記」）などはその際に付したらしい。見返しは金地布目だが裏見返しは後補か。六〇折の両面、表紙・見返しを除き絵があり、絵は見開きの場合もあり片面もある。すやり霞は輪郭を描かずに金粉をべったりと蒔いており、樹木や波などの描き方はやや雑である。本文はないが、たとえば「以仁王、笛を演奏」（巻一五）、「祇王初見参」（巻一七）、「髑髏尼」（巻四七）など源平盛衰記独自本文に基づく場面がある[14]ことから、平家物語ではなく源平盛衰記であると分かる。なお水戸藩旧蔵源平盛衰記絵巻とは、絵に共通性はない。

〈絵の内容〉

二〇一二年に伊藤悦子・大谷貞徳両氏の研究により、この画帖の絵は延宝八年版（寛文五年版）の挿絵に基づき、貼られた順番もほぼ版本どおりであることが判明した[15]。一部構図の似た、海の見える杜美術館蔵奈良絵本は、後述するように同じく延宝八年版（寛文五年版）をもとに制作されたようで、共通する場面があるが、両者の間に親子関係はないようである。版本の巻一二から二四、巻三七から四八に該当する絵があり、錯簡らしく巻三四の絵が一枚だけ入っている。それゆえ折本の画帖は、巻一から一一、及びその裏に巻二五から三六の絵が貼り込まれた、もう一帖があったはずだということが分かる。そのほかにも巻四七、四八の絵が巻四二相当部分に貼り込まれているなどの錯簡がある。

しかし通常描かれる名場面がいくつも欠けており（例えば一ノ谷合戦の部分は現存するにもかかわらず、「坂落とし」がない。屋島合戦はあるが「那須与一」がない。壇ノ浦合戦があるのに「先帝入水」の場面がない。巻四八部分はあるのに「女院往生」がないなど）、場面選択の基準について不審な点が多い。あるいは画帖に貼られる前に失われた部分があったことも想定すべきかもしれない。

三　寛文絵入り版本と「源平盛衰記画帖」・「奈良絵本源平盛衰記」

（1）版本挿絵から構想された奈良絵

海の見える杜美術館（旧・王舎城美術宝物館）所蔵の「奈良絵本源平盛衰記」（以下、本稿では「奈良絵本」と略す）は海外から帰ってきたものである。この本については別途考察の対象としたいが、「源平盛衰記画帖」（以下、本稿では「画帖」と略す）と同じく寛文五年版（延宝八年版も含め、以下「版本」と称す）の絵をもとにしている（「版本」の挿絵の数が最も多く、「奈良絵本」・「画帖」にあって「版本」にない絵はない。即ち両者別々に「版本」から構図その他影響を受けて、成立したらしい）ことが既に指摘されているので[16]、本稿では以下、三本に共通する場面をとりあげて比較してみる。本稿で使用した「版本」は國學院大学所蔵の延宝八年版である。

この「奈良絵本」は総目録共五〇帖（総目録一帖、四八巻の中、巻一一を二分割したため計五〇帖）。紺地に牡丹唐草文様の緞子の表紙、見返しは金地布目、列帖装。料紙は斐紙、漢字平仮名交じり、一面一〇行、濁点・振り仮名がところどころある。数人の寄合書きで、本文の詳細は未調査であるが、低書部は少なく、厳密に他と区別されていない例が見受けられる。つまり古写本のように、量の多い低書部を意図的に本文から差別化しようとはしていない。本文中に事書のある章段名を記す。絵は精密で多様な色が使われ、植物や背景の風景の描き方も詳しい。寛文延宝頃の制作と見立てられている。絵は一帖につき各九図、第一三帖は一〇図。星瑞穂氏は「奈良絵本」は「版本」の挿絵の表裏のどちらか一方を機械的に選んで挿絵制作に利用した、とする。[17] 即ち「版本」の挿絵を同じ丁の表裏から採ることはしていない。但し、挿絵を均一の間隔で選んではおらず、選別の基準は現在のところ不明である。「版本」の挿絵はすでに指摘されている通り、[18] 場面に連続性があり、殊に一丁の表裏では時間的に連続している絵が多いので、続けて採ると構図に変化がなく、ストーリーの進捗性に乏しくなるので避けたものであろう。

三者に共通する絵は四〇図以上ある。その中「画帖」には、見開きとして描いたと思われる例が二例含まれる（一つは巻一三、新院厳島参詣の場面であり、もう一つは巻二四、五節の舞の場面）が、これも「版本」の一面の図を二図に分けて構成したものである。これ以外の見開きの図も同様である。

（2）三資料の絵画的方法の比較

三者を比較して、まず大きな傾向の違いを挙げると、何と言っても「奈良絵本」が精密に豪華に絵を描いていることである。室内の調度、背景の中の植物、人物の衣装や武具なども細かく鮮やかに描きこまれており、あたかも画面に空白を残さない方針であるかに見える。もともと「版本」の挿絵も詳細で線の密度が高い方であるが、この「奈良絵本」の精密さは平家物語の奈良絵本類の中でも一級であろう。植物は様式化して描かれ、松や杉、撫子や桔梗、薔薇[19]（似た花で牡丹も描かれているが葉が異なる）などがあしらわれる。

それに対し「画帖」は植物の描き方はやや粗雑で、草花は殆ど描かれることがなく（但し、実定と小侍従の月見の演奏場面では菊花が縁先に描かれている）、画面構成の上での区切りや目隠しとして樹木が描かれることが多い。風景の山なども「画帖」はあっさりしているが、全体に「版本」よりも「画帖」・「奈良絵本」の方が場面の空間が広くとられ（人物は小さくても彩色により目立つので、それが可能になっている）、視点も時には俯瞰的、時には一画面の中を移動するような構成もある。

「奈良絵本」が室内の襖絵に凝り、水墨画の縮小版のような絵を描きこんでいるのに比べ、「画帖」は水墨画であってもざっと描き、多くの襖障子には虹のような五色の波線を描いて済ませている。しかし御簾や建物の線などは手を抜いていない。横顔の人物には目鼻をつけないなど省筆も見られるが、衣装の部分には金線で縁取りをするなどいわゆる奈良絵本・絵巻の定石に従って描いている。一場面の人数は「版本」が最も多いのが通常だが、時によっては「奈良絵本」や「画帖」の方が一人二人多いこともある。すやり霞は、「画帖」では金粉を撒いて画面の上下を覆っていることが多いのだが、金泥の絵具で塗るよりもこの方が経費は安く上がり、全体に「画帖」の方が「奈良絵本」よりも低い制作費で出来たであろうと思われる。尤も、草花や風景に凝らない点は経費の問題よりも制作工房の顔ぶれの問題だった可能性がつよい。なお「奈良絵本」は、陣幕・楯などに必ずと言っていいほど大きく紋所を描く傾向があり、享受者層を暗示しているのかもしれない。

現代の我々にとっては彩色のある絵の方が迫力があり、細部まで配慮の行き届いた「奈良絵本」の方がむしろ先出で、「版本」挿絵はそれをモノクロ化したもの、「画帖」は省略によって画面を単純化したもの、と考えたくなってしまうのであるが、「版本」挿絵がもとで、「奈良絵本」や「画帖」はそれを改編したものであることはすでに証明されている[20]。その際、画工がどの程度本文を理解しそれに則って描いたり彩色したりしたのかは、不明である。白旗と赤旗とを取り違えたりしている例[21]も少なくない。鎧の色目や馬の毛並みも本文に合致している場合と必ずしも一致しない場合との両様がある。同一人物は同じ衣装や容貌の特色から見分けがつくようにしようとしているらしいが、それが全編にわたって一貫しているとは言えないことも多い。制作の現場では分業が行われ、完成までメンバーが固定していたとは限らなかったのであろう。

（3）絵画的改変とその結果

「版本」からどのように絵がアレンジされたか、例をいくつか挙げてみよう[22]。

例えば巻一六、頼政が退治した化け物鵺の尻尾は「版本」「画帖」とも本文に一致して狐の尾になっているが、「奈良絵本」は蛇の尾を描いており、これは語り本系平家物語の本文に一致する。

文覚が、管弦が佳境に入っている後白河法皇の御所へ押しかけて勧進帳を読む場面（巻一八）では、なぜか「画帖」は文覚の姿を描いていない。あるいは見開きで描かれていたのに片面が失われた可能性も考えられるが、このまま見ると、「版本」・「奈良絵本」が文覚が押しかけてきて勧進帳を読むというストーリーを絵で表現しているのに対し、「画帖」は狼藉の起こる直前の音楽会のすばらしさを描いていることになる。

義経が嵐を衝いて讃岐へ渡る場面（巻四二）では、「版本」には弓に矢をつがえて漕ぎ手を脅す武士が描かれ、「奈良絵本」では波頭がはげしく沸き立つ様子を描き（弓を持つ武士はいるが矢はつがえていない）、「画帖」は漕ぎ手が腰を落として必死に漕ぐ姿勢を表現する（「画帖」は前述の通り波や山を大ざっぱにしか描かないので波頭はない）。つまり、それぞれの方法でこの場面の緊迫感をあらわそうとしているのである。

壇ノ浦合戦の後、海底に沈んだ剣の捜索が命じられる場面（巻四四）、「版本」・「画帖」は後白河法皇らしき法体の人物が御簾中に座して義経を引見しているが、「奈良絵本」では幼少の天皇（後鳥羽帝）らしき人物が畳に座し、庭には車が立てられ、構図もやや異なっている。あるいは賀茂参籠の場面であろうか、しかし源平盛衰記の本文では参籠するのも捜索を下命するのも後白河法皇である。語り本系平家物語には捜索下命のことはないので、「奈良絵本」が何を根拠にこの場面を描いたかは不明である。独自に修訂したとは考えにくい。但し「画帖」と「奈良絵本」が、記事の中心場面について異なった選択をして、別の構図を見せる例はほかにもあり、遷都後の名月の夜、旧都に小侍従を訪ねた実定の場面（巻一七）では、「奈良絵本」は縁先から室内の二人を見る視点で描いた「版本」の場面を選んだのに対し、「画帖」は合奏する三人を中心に据え、縁先の菊花と中天に懸かる名月とを室内から見やる視点で描かれた場面を選んでいる。

本文とは齟齬があるかに思われる例には、巻四四、出家後の建礼門院が「五月のみじか夜」に「軒近き廬橘に」「折しも郭公の鳴渡ければ」、歌を詠じる場面、(23)「版本」は縁先に夏草と軒に花橘らしき木を配しているが、「奈良絵本」は山から懸樋で引いた水や垣にまつわる青葛、そして定番の秋草（野菊と撫子か）をあしらっている。女院の隠遁生活を描き出したつもりであろうが、郭公とは季節が合っていない。「画帖」は例によって背景はあっさり描くのだが、なぜか軒先に花をつけた山桜の木がある。後の大原御幸にあるように山中の遅い春を桜で表現し、山では早くから鳴く郭公を配したと解釈するのは深読みであろう。山家生活に美的なイメージを付与して、女院に相応しい閑居を図像化したものと見ておく。

しかし、絵画的に改変する際に物語の内容が軽視されているとは言えない。例えば都落ちする義経一行を描く場面（巻四六）では「奈良絵本」に切迫した動きが感じられる。建礼門院の転居のために妹の隆房北の方が女房車二両を用立てる場面（巻四八）で、「奈良絵本」は「版本」にはない、縁先に座って話をする女房を描いており、「版本」や「画帖」に比べ、隆房北の方や信隆北の方が没落後の女院を訪らい続けたという事実が鮮明に意識されることになろう。

さきに「版本」よりも「画帖」・「奈良絵本」が空間を広くとっていると述べた。巻四八の女院が山から下りてくる場面では、「版本」はもうすぐそこに女院たちがやって来た所のように見えるが、「奈良絵本」では法皇が手をかざして女院たちの姿を眺めており、歩きにくい山道を下りてくる女院たちとの距離が表現されている。

四　絵画化する際の意図

ところで、絵画を読むことから文学研究は何を得られるのか。この問題に結論を出す自信があるわけではないが、本稿で扱った三種の資料から考えさせられた点について、例を挙げて述べてみる。

それは絵画化する時に、制作者は単に本文を無視するのでなく、享受者の抱くであろうイメージを先取りする場合があるのではないかということ、享受者と同一の視点で物語を可視化しようとしたり、あるいは享受者の期待に応えるために構図を変えても図像情報を詰め込むこともあるのではないかということである。「版本」の挿絵を示して述べる。

(1) 信連を訊問したのは誰か

巻一三「高倉宮信連戦」では、逮捕された信連が六波羅に連行され、訊問を受ける。本文[24]には「前右大将ハ、御簾ヲ半バ巻上テ、大口計《ばかり》ニ白衣ニテ、長押ニ尻懸《かけ》、大床ニ足差出シテ」とあり、宗盛が無礼な格好で訊問したことを信連が咎める。この章段の終わりに「太政入道殿ハ」「分方ナキ次男ニテ前右大将宗盛ニ世ヲ譲リ給タリケル」のに、高倉宮を取り逃がしたことを世人が酷評したので、「誠ニ口惜《くちをしき》事ニゾ被思《おもはれ》ケル」とあって、源平盛衰記の本文に拠ったのであれば、訊問したのは宗盛でなければならない。

ところが「版本」「画帖」「奈良絵本」とも長押に腰掛けて信連を訊問しようとしているのは法体の男性である（図1）。清盛と見るほかはない。しかも「奈良絵本」では地味だが模様のある衣服を着け、「画帖」の方は華やかな衣装を着けていて、「大口・白衣」ではない。流布本平家物語では「前右大将宗盛卿、大床に立って」とあり、覚一本や葉子本はその前に「入道相国は簾中にゐたまへり」という一文がある。それらに拠ったものではな

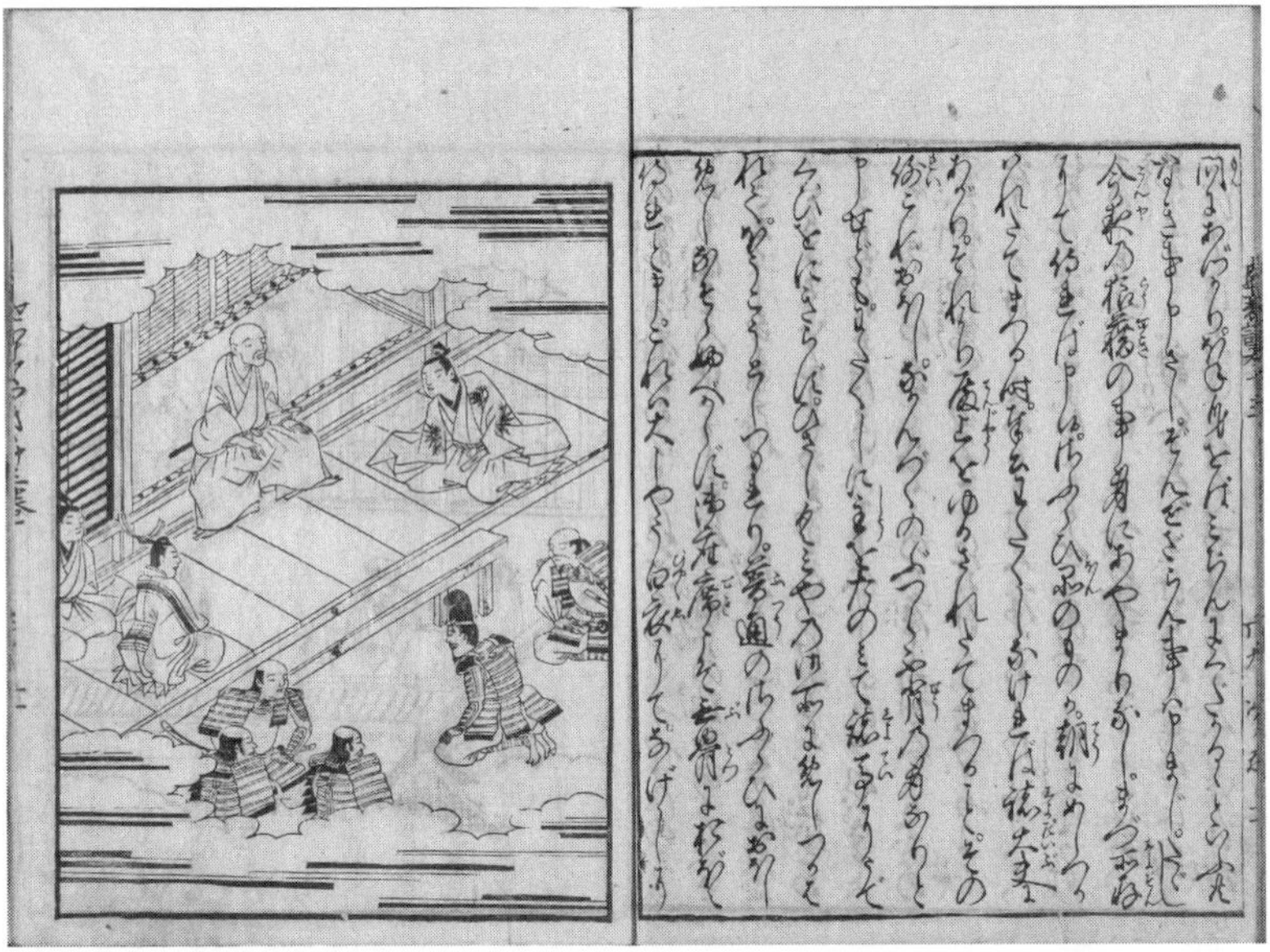

図1　版本巻13挿絵　信連を訊問する清盛

いことは明らかである。源平盛衰記本文は「無能な宗盛」像を強調しているのだが、絵の方は、憤激しやすく無礼な清盛自らが信連と対決して面罵される、という趣向を採ったものらしい。享受者にはわかりやすい図式であろう。最初に清盛に置き換えたのは「版本」だったが、「画帖」も「奈良絵本」も本文に照らして正すことはしなかったのである。

（2）寄り添うまなざし

妻子を都に残した維盛はついに屋島を脱出して高野山で出家、父の跡を慕って熊野に詣で、金島に上陸して己が名を書き留めて後、小舟でさらに沖へ出て入水する。「版本」と「奈良絵本」はほぼ同じ構図だが（図2）、「画帖」は上空に帰雁がいない。「画帖」は維盛一行四人と漁船とを左右入れ替え、一行を背後から見送るかのような視点で描く。源平盛衰記本文には「三月ノ末ノ事ナレバ春モ既ニ晩《くれ》ヌ、海上遥ニ霞籠《こめ》、浦路ノ山モ

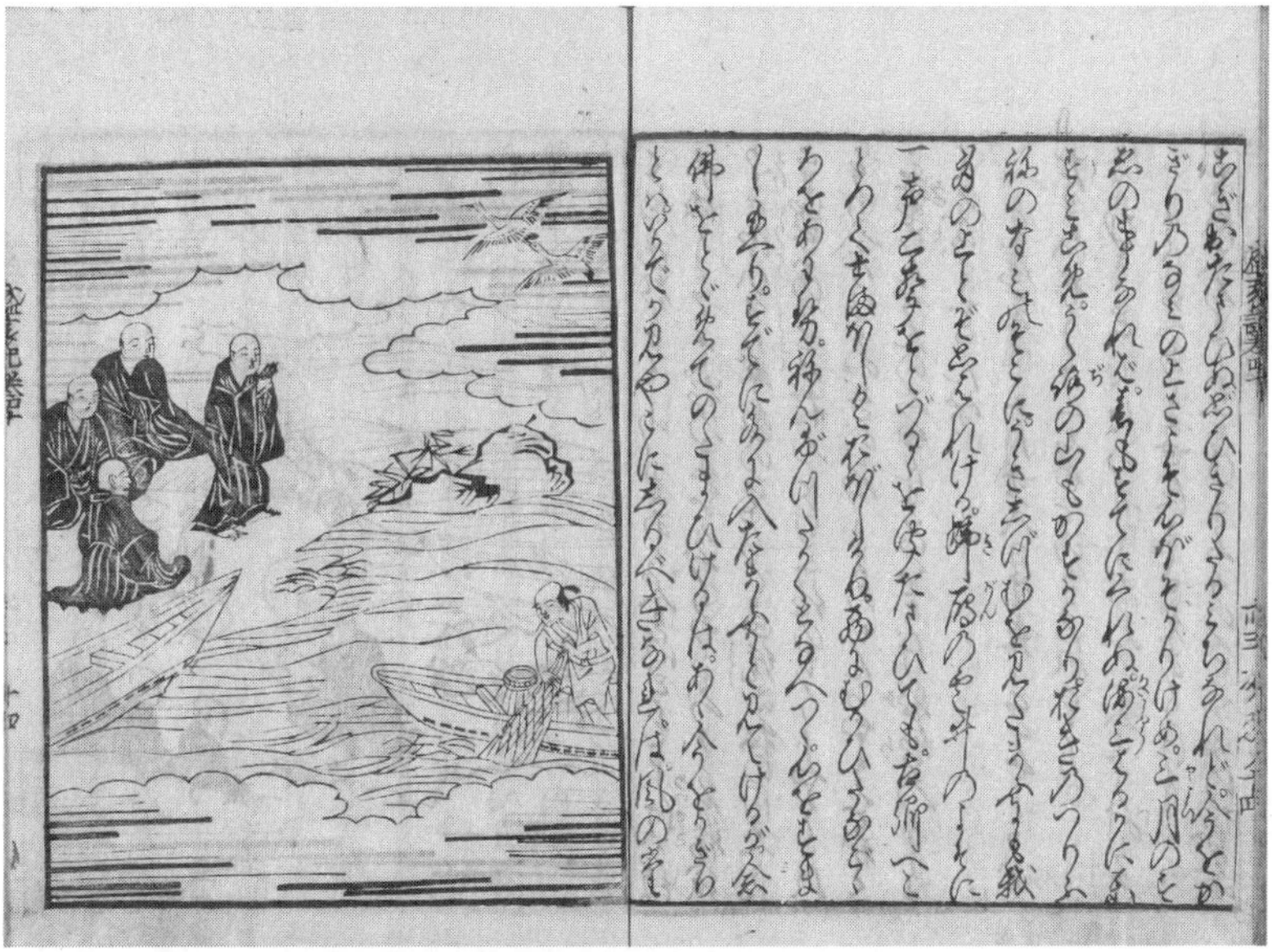

図２　版本巻40挿絵　中将入道入水

幽《かすか》也。沖ノ釣舟ノ波ノ底ニ浮沈《うきしづむ》を見給フニモ我身ノ上トゾ被思《おもはれ》ケル。帰雁ノ雲井ノ徐《よそ》ニ一声二声音信《おとづるる》ヲ聞給テモ、故郷ヘ言伝《ことづて》セマホシク覚シケリ」とあり、「画帖」の画面からは、末期の眼で自然を眺めながら感慨に耽る維盛に寄り添うまなざしが感じられる。帰雁を二羽添景に置き、維盛一行と享受者が同じ方向を眺め、その先に網を打って殺生を生業とする漁師を置くことによって、それが可能になった。

なお「奈良絵本」はここに雁を描かないだけでなく、巻四三、壇ノ浦で義経の旗の上に鳩が現れるという奇瑞の場面でも鳩が描かれていない。一方、海豚が平家敗戦の凶兆を示した記事では、海を平面的に塗りつぶす「画帖」には、海豚が描かれない。

(3) 名場面「弓流」は必須だった

巻四二「与一射扇」中に、越中次郎兵衛盛嗣の熊手をよけながら義経が、海面に落とした自分の

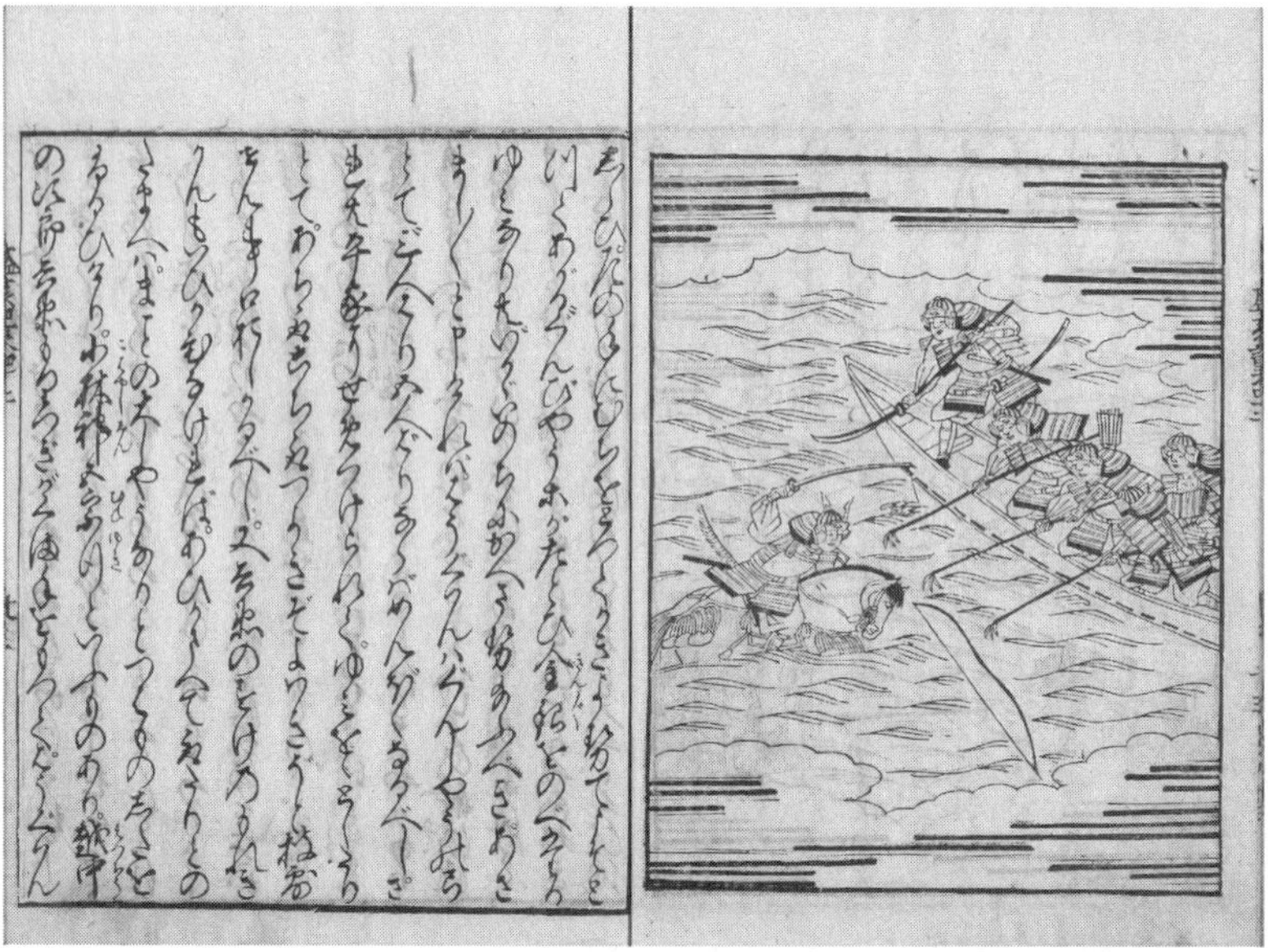

図３　版本巻42挿絵　与一射扇

弓を拾う、いわゆる「弓流」の記事がある。「版本」と「画帖」にはほぼ同じ場面があるが、「奈良絵本」は少し事情が違っている。やや後の「源平侍共軍」の一場面で、よく見ると海上に弓が浮いているのである。画面は左下の海中に乗馬と徒歩の一団、右に舟の集団が三段になって描かれ、右上の舟から熊手が差し伸べられて海中の武士たちを狙っている。海中の乗馬の武将が、「版本」挿絵の弓流（図３）から取りこまれた義経なのであろう。

つまり「奈良絵本」は、弓流の記事の位置にある挿絵を典拠とはしなかったが、義経弓流の名場面を無視するわけにはいかなかったのであろう。それゆえ屋島合戦の場面中に、やや前方にある弓流の挿話の図像を詰め込んだのである。

物語享受者の期待を裏切らない、ときには本文の記述と食い違っても、大方の抱くイメージを可視化する、さらに物語の場面をあたかも追体験できるかのような図像を提供する――そのために制作者たちは各々の工夫を凝らした。ただ単に本文の解説として描いたのではない。我々は本文との整合性を確認する、もしくは図像から本文を逆に規定しようとするのでなく、いわば即いたり離れたりの関係で表現されているものとして、物語の絵画資料を見てゆく必要があると思われる。

（1）落合博志「鎌倉末期における『平家物語』享受の二、三について」（『軍記と語り物』二七、一九九一年三月）。

（2）天明三年（一七八三）成立の『湯土問答』は、源平盛衰記の成立を宝治元年（一二四七）から建長元年（一二四九）とする。近代の研究では『徒然草』以降とする説（水原一）、『法然伝』との関係により正安三年（一三〇一）から元亨二年（一三二二）とする説（渡辺貞麿）などがある。

（3）小松茂美『古筆学大成』解説（一九九三年、講談社）、高田信敬「貴重資料紹介　そのXⅢ　長門切」（『アゴラ』三五、一九八八年四月）。

（4）池田和臣「長門切の加速器分析法による14C年代測定」（公開シンポジウム「一三〇〇年代の平家物語——長門切をめぐって——」基調講演　於國學院大学渋谷校舎常磐松ホール　二〇一二年八月三一日）。

（5）一三二〇年以降の名和長高請取状紙背文書（宮内庁書陵部蔵）に書かれた、源平盛衰記と一致する本文は漢字片仮名交じりである。またこの大型巻子本が現存源平盛衰記と同様の巻立であったとしたら、膨大なものであったことになる。絵詞として制作されたとの説もあるが従いがたい。むしろ仮名交じりで筆記された「記」の類例があれば、それに近いジャンルに属するのかもしれない。

（6）古筆研究からみた長門切の問題点を考察した参照すべき論文に、佐々木孝浩「巻子装の平家物語——「長門切」についての書誌学的考察——」（『斯道文庫論集』四七、二〇一三年三月）がある。

（7）整版本の覆刻の多さや、地方の知識人の文庫などに、現在は端本であっても必ずと言ってよいほど源平盛衰記が所蔵されていることから。

（8）まとまったものとしては根津美術館・徳川美術館・遠山記念館・ベルリン国立アジア美術館・大倉集古館などに所蔵されている。保元平治物語を描いた六〇葉の小扇面絵もある。

（9）加美宏・狩野博幸『源平盛衰記絵巻』（青幻舎、二〇〇八年）。
（10）松尾葦江『軍記物語原論』（笠間書院、二〇〇八年）。國學院大学図書館デジタル・ライブラリーで公開中。
（11）図録『ヒーロー伝説――描き継がれる義経――』（斎宮歴史博物館、二〇〇七年）による。
（12）前田徹「当館蔵　源平合戦図屛風（三浦・畠山合戦図）」（『塵界』二一、二〇一〇年三月）、伊藤悦子「研究発表要旨」（松尾葦江編『「文化現象としての源平盛衰記」研究――文芸・絵画・言語・歴史を総合して――』第三集、二〇一三年三月）。
（13）伊藤悦子「資料紹介」（前掲松尾葦江編『「文化現象としての源平盛衰記」研究――文芸・絵画・言語・歴史を総合して――』第三集）。
（14）以仁王が三井寺を出る際に笛を吹く場面（巻一五）。祇王が初めて清盛に召される折に弟子の白拍子たちを同道したとする場面（巻一七）。髑髏尼の子が武士に拉致される場面（巻四七）など。
（15）前掲註12松尾葦江編『「文化現象としての源平盛衰記」研究――文芸・絵画・言語・歴史を総合して――』第三集所収「研究発表要旨・資料紹介」。
（16）松尾葦江「源平盛衰記と絵本・絵巻」（絵入り本国際集会公開講演　於海の見える杜美術館　二〇一二年八月四日）、山本岳史「源平盛衰記の絵画資料について」（國學院大学大学院日本文学科中世ゼミ発表　二〇一二年一〇月四日）、伊藤悦子・大谷貞徳「仏蘭西国立図書館蔵源平盛衰記画帖」（公開研究発表会「文化現象としての源平盛衰記研究」研究発表　於國學院大学　二〇一二年一〇月二〇日）。なお山本岳史氏はこのときの発表で、縦型本絵入り整版源平盛衰記の挿絵が、寛文頃とされる縦型絵入り整版本太平記の影響を受けた可能性を指摘している。
（17）「奈良絵本『源平盛衰記』と版本の挿絵の関係性」（石川透・星瑞穂編『源平盛衰記絵本をよむ――源氏と平家合戦の物語――』三弥井書店、二〇一三年）。本稿では「奈良絵本」の画像は主に本書に拠った。
（18）出口久徳「寛文期の『源平盛衰記』――寛文五年版『源平盛衰記』の挿絵の方法――」（『日文協日本文学』二〇〇九年一〇月）。
（19）本稿執筆中に出光美術館で、同館所蔵の伊勢物語絵の小屛風（六曲一双）が展示され、その中にこの「薔薇」が描かれているのを発見した。奈良絵本の画工たちは物語屛風の制作にも携わったと思われる。

(20) 大谷貞徳氏の指摘によれば、「版本」挿絵からアレンジする際に絵の要素を加除することがあったらしい。例えば頼朝伏木隠れの場面で、景時が「版本」では本文通り弓を持っているが「画帖」では持っていない。また頼朝挙兵時に駆けつける上総介弘経軍が二旒の白旗を掲げているが、「画帖」では赤旗、「奈良絵本」では兵士の手は何かを掲げているような形に描かれているにもかかわらず旗はない。

(21) 例えば義経が黄瀬川で頼朝と対面する場面は、「版本」は白旗が巻かれているが、「画帖」「奈良絵本」とも赤旗が翻っている。

(22) 本稿で記事の位置を巻で示す場合は「版本」の巻数、つまり源平盛衰記の本文の箇所で示す。「奈良絵本」の巻数は巻一一以降、一巻ずつずれていくことになる。

(23) 巻四八にもほぼ同様の場面がある。

(24) 源平盛衰記の本文は慶長古活字版から引用し、私に振り仮名を付した。

付記　本稿は科学研究費補助金基盤研究（B）【「文化現象としての源平盛衰記」研究――文芸・絵画・言語・歴史を総合して――】（課題番号22320051）による研究の一部である。調査にご協力下さった関係各方面の方々に、あつく御礼申し上げます。

編集後記

本書は、二松學舍大学附属図書館に所蔵されている奈良絵本『保元物語』『平治物語』(以下、二松本)を中心に、奈良絵本や軍記物語について様々な角度から考察した論文集である。本書では、二松本の包括的な理解のために、奈良絵本『保元物語』『平治物語』の全体論について論じられている石川透論文を第一部の前に配置した。そして、第一部は二松本についての論文(小井土守敏・小森正明・山本陽子・出口久徳・小山聡子)、第二部は奈良絵本『保元物語』『平治物語』に関する論文や奈良絵本・軍記物語に関する論文(磯水絵・山田雄司・恋田知子・源健一郎・佐藤進・麻原美子・松尾葦江)から成っている。

本書は、磯・小井土・小山、さらには東アジア学術総合研究所共同研究プロジェクト「二松學舍大学附属図書館蔵 奈良絵本『保元物語』『平治物語』の翻刻と研究」で開催したシンポジウム「源平の時代を視る」でご発表いただいた方々、また奈良絵本や軍記物語などについて第一線で研究されている方々の論考による。つまり本書は、東アジア学術総合研究所共同研究プロジェクトの研究成果報告書としての意味を持つものである。

現在まで、奈良絵本の研究は、文学を専門とする研究者を中心に行なわれてきた。それに対して本書は、文学・歴史学・美術史学・中国語学などの多岐にわたる専門分野の研究者による、学際的な視点からの論文集となっている。というのも、とりわけ軍記物語に関する奈良絵本については、歴史学的な考証や美術史学的な考証などを加えることによって、制作のあり方をより明確にすることが可能となる。それゆえ、本書を出版するにあたっては、あえて多岐にわたる専門分野の研究者に執筆を依頼した。その効あって、本書によって、奈良絵本『保元物語』『平治物語』の中における二松本の位置づけができたように思う。また、本書により、奈良絵本の制作意義やその過程についても、ある程度浮き彫りにすることができた。本書が、近年盛んに行なわれている奈良絵本研究の進展に少しでも貢献できれば、望外の喜びである。

前述したように本書は、東アジア学術総合研究所共同研究プロジェクトの研究報告書としての意味を持っている。そのようなこともあり、執筆を許諾してくださった方々には、締切などでも様々にご協力いただいた。ご多用にも関わらずご寄稿いただいた執筆者の方々には、ここに記して御礼申し上げる。また、行き届いた仕事で本書を世に送り出してくださった思文閣出版にも感謝申し上げたい。なお、本書の刊行にあたっては、二松學舍大学東アジア学術総合研究所の刊行助成を受けた。

二〇一四年二月吉日

小山　聡子

執筆者紹介

（掲載順、＊は編者）

＊磯　水絵（いそ・みずえ）

二松學舍大学大学院文学研究科博士課程満期退学。二松學舍大学文学部兼大学院教授。主要論著に、『院政期音楽説話の研究』（和泉書院、2003年）、『『源氏物語』時代の音楽研究―中世の楽書から―』（笠間書院、2008年）、『大江匡房―碩学の文人官僚』（勉誠出版、2010年）、『論集 文学と音楽史―詩歌管絃の世界―』（編著、和泉書院、2013年）、『今日は一日、方丈記』（編著、新典社、2013年）など。

石川　透（いしかわ・とおる）

慶應義塾大学大学院文学研究科博士課程単位取得退学。慶應義塾大学文学部教授。主要論著に、『落窪物語の変容』（三弥井書店、2001年）、『御伽草子　その世界』（勉誠出版、2004年）、『奈良絵本・絵巻の展開』（三弥井書店、2009年）、『入門奈良絵本・絵巻』（思文閣出版、2010年）など。

＊小井土守敏（こいど・もりとし）

筑波大学大学院博士課程文芸・言語研究科単位取得退学。大妻女子大学文学部教授。主要論著に、『長門本 平家物語 一～四』（共編著、勉誠出版、2004～06年）、『平家物語長門本・延慶本対照本文』（共編著、勉誠出版、2011年）、「真名本訓読本系統『曾我物語』の改作について」（『国語と国文学』82-12、2005年）など。

小森　正明（こもり・まさあき）

筑波大学大学院修士課程教育研究科修了。宮内庁書陵部図書調査官・二松學舍大学非常勤講師。主要論著に、『室町期東国社会と寺社造営』（思文閣出版、2008年）、『史料纂集　薬黄記　第二』（共著、続群書類従完成会、2005年）、『史料纂集　教言卿記　第四』（校訂、八木書店、2009年）など。

山本　陽子（やまもと・ようこ）

早稲田大学大学院文学研究科美術史専攻博士課程後期修了。明星大学人文学部教授。主要論著に、『絵巻における神と天皇の表現―見えぬように描く―』（中央公論美術出版、2006年）、『絵巻の図像学―「絵そらごと」の表現と発想―』（勉誠出版、2012年）、『物語絵画における武士―表現の比較研究と作例のデータベース化』（共著、科学研究費報告書、2009年）など。

出口　久徳（でぐち・ひさのり）
立教大学大学院博士後期課程修了。立教新座中学校・高等学校教諭。主要論著に、『図説平家物語』（共著、河出書房新社、2004年）、『平家物語を知る事典』（共著、東京堂出版、2005年）、「物語絵画と定型をめぐって—寛永三年版『保元物語』の挿絵を中心に—」（『日本文学』62巻7号、2013年7月）など。

＊小山　聡子（こやま・さとこ）
筑波大学大学院博士課程歴史・人類学研究科修了。二松學舍大学文学部准教授。主要論著に、『護法童子信仰の研究』（自照社出版、2003年）、『親鸞の信仰と呪術—病気治療と臨終行儀—』（吉川弘文館、2013年）、「護法童子信仰の成立と不動信仰」（磯水絵編『論集 文学と音楽史—詩歌管絃の世界—』和泉書院、2013年）など。

山田　雄司（やまだ・ゆうじ）
筑波大学大学院博士課程歴史・人類学研究科修了。三重大学人文学部教授。主要論著に、『崇徳院怨霊の研究』（思文閣出版、2001年）、『跋扈する怨霊』（吉川弘文館、2007年）、「室町時代の災害と伊勢神宮」（『史林』96-1、2013年）など。

恋田　知子（こいだ・ともこ）
慶應義塾大学大学院文学研究科博士課程単位取得退学。国文学研究資料館助教。主要論著に、『仏と女の室町　物語草子論』（笠間書院、2008年）、『薄雲御所慈受院門跡所蔵大織冠絵巻』（勉誠出版、2010年）、「霊場巡礼の成立と縁起生成—巡礼縁起の形態を端緒として—」（徳田和夫編『中世の寺社縁起と参詣』竹林舍、2013年）など。

源　健一郎（みなもと・けんいちろう）
関西学院大学大学院文学研究科博士課程単位取得退学。四天王寺大学人文社会学部教授。主要論著に、「源平盛衰記と寺門派修験」（『軍記物語の窓』第四集、和泉書院、2012年）、「『平家物語』と法然浄土教とを巡る近代的認識」（『軍記と語り物』49、2013年）、「『平家物語』と仏教とを巡る近代的認識」（『佛教文学』37、2013年）など。

佐藤　進（さとう・すすむ）
東京都立大学大学院人文科学研究科修士課程修了。北海道文教大学外国語学部教授。主要論著に、『音韻のはなし—中国音韻学の基本知識—』（光生館、1987年）、『全訳・漢辞海』（三省堂、2000年）、『中国語教室Ｑ＆Ａ』（大修館書店、2000年）など。

麻原　美子（あさはら・よしこ）
東京教育大学大学院文学研究科博士課程修了。日本女子大学名誉教授。主要論著に、『幸若舞曲考』（新典社、1980年）、『舞の本』（共著、新日本古典文学大系、岩波書店、1994年）、『平家物語 長門本延慶本 対照本文』（共編、勉誠出版、2011年）など。

松尾　葦江（まつお・あしえ）
東京大学大学院人文科学研究科博士課程単位取得満期中退。國學院大学文学部教授。主要論著に、『軍記物語原論』（笠間書院、2008年）、『源平盛衰記　五』（三弥井書店、2007年）、「資料との「距離」感―平家物語の成立流動を論じる前提として―」（『國學院雜誌』114-11、2013年）など。

二松學舎大学学術叢書
源平《げんぺい》の時代《じだい》を視《み》る
二松學舎大学附属図書館所蔵《にしょうがくしゃだいがくふぞくとしょかんしょぞう》 奈良絵本《ならえほん》『保元物語《ほうげんものがたり》』
『平治物語《へいじものがたり》』を中心《ちゅうしん》に

2014(平成26)年2月25日発 行

定価：本体4,800円(税別)

編 者 磯水絵・小井土守敏・小山聡子
発行者 田 中 大
発行所 株式会社 思文閣出版
〒605-0089 京都市東山区元町355
電話075-751-1781(代表)

印 刷
製 本 亜細亜印刷株式会社

ISBN978-4-7842-1735-9 C3095